A

ÉLOÏSE COHEN DE TIMARY

Meteoriten

Roman

Aus dem Französischen von
Maja Ueberle-Pfaff

ATLANTIK

S. 6, 7,

Die Originalausgabe erschien 2020 unter dem Titel
Les amants météores bei Éditions JC Lattès, Paris.

Atlantik ist ein Imprint des
Hoffmann und Campe Verlags, Hamburg.

1. Auflage 2021

www.hoffmann-und-campe.de
Umschlaggestaltung: zero media, München
Umschlagabbildung: © FinePic®, München
Satz: Pinkuin Satz und Datentechnik, Berlin
Gesetzt aus der Garamond Premier Pro und der Frances Modern
Druck und Bindung: GGP Media GmbH, Pößneck
Printed in Germany
ISBN 978-3-455-01084-8

HOFFMANN
UND CAMPE

Ein Unternehmen der
GANSKE VERLAGSGRUPPE

Prolog

Wie eine Sportlerin vor dem Wettkampf geht sie im Geist den Ablauf durch. Sicher, sie hätte das lieber in der Klinik erledigt, mit dem gleichmäßigen Piepen der Geräte und dem Rattern des Servierwagens im Ohr und dem vertrauten Geruch der Desinfektionslösungen und Anästhetika in der Nase, aber die Umstände erfordern es nun einmal, dass sie es irgendwo in der Bretagne tun muss, in einem alten Haus mit feuchten Wänden und ausgetretenen, stellenweise abgesplitterten Steinfliesen. Es ist kurz vor Tagesanbruch, draußen herrscht eisige Kälte. Weißer Raureif überzieht die Fensterscheiben, die Temperatur im Haus beträgt höchstens zehn Grad.

Sie stöbert in dem großen Kirschholzschrank neben dem Eingang nach einer Wolldecke oder einem Plaid, aber sie findet nur Öljacken und Gummistiefel in allen Größen, Eimer, farbige Spaten, einen Tennisschläger mit gerissener Bespannung, und alles verströmt den Geruch von Ferien und Salzwasser. Unverdrossen geht sie zum offenen Kamin und legt ein paar Holzscheite nach. Es fällt ihr nicht schwer, sich die Kinder vorzustellen, die johlend, mit salzverkrustetem Haar, vom Strand zurückgerannt kommen, die Badeanzüge, die tropfend über der Wanne hängen, sie kann sich auch den fortwährenden Trubel in diesem Haus gut vorstellen, die

Erwachsenen, die Witze reißen oder sich zoffen, die geselligen Tischrunden mit gut und gerne fünfzehn Personen, die Würstchen, die aufgereiht auf dem Grill brutzeln, die randvollen Salatschüsseln, die Flaschen, die geleert werden, eine nach der anderen, die Mahlzeiten, die sich ewig hinziehen, das letzte Glas, das man mit Blick auf den Sternenhimmel trinkt, und auf einmal drücken die Erinnerungsbilder, die nicht die ihren sind, ein wenig auf ihre Stimmung. Sie schüttelt den Kopf, um die düsteren Gedanken zu vertreiben, und kehrt in die Küche zurück, wo sie den Kaffee aufsetzt. Marianne müsste bald nach unten kommen.

Im Stockwerk über ihr liegt Marianne schon lange wach. Das heißt, sie hat so gut wie gar nicht geschlafen. Aber sie möchte noch ein Weilchen für sich sein. Sie stellt sich ans Fenster, wischt die beschlagene Scheibe mit dem Ärmel ab und betrachtet den alten Pflaumenbaum am hinteren Ende des Gartens, der völlig kahl ist. Seine schlanken, windschiefen Äste heben sich wie ein Scherenschnitt vom Morgenhimmel ab. Marianne steht allein vor dem sanft heraufdämmernden Tag und fröstelt. Sie bläst ein paarmal ihren warmen Atem in die Hände und klemmt die Finger unter die Achseln. Der Morgennebel hat sich wie eine dünne weiße Decke auf die Landschaft gelegt. Aus den Schornsteinen der Nachbarhäuser quillt der erste Rauch. Die Zeit scheint langsamer zu verstreichen. Es ist vollkommen still, nichts regt sich, kein Laut dringt an ihr Ohr. Nur zwei Vögel trippeln zum Vogelhäuschen im Garten, um ein paar Sonnenblumenkörner aufzupicken, und im angrenzenden Bauernhof bereitet sich ein Kälbchen darauf vor, geboren zu werden.

Kurze Zeit später liegt Marianne lang ausgestreckt auf dem Sofa im Wohnzimmer. Von der Taille abwärts ist sie mit einer Wolldecke zugedeckt, darunter ist sie nackt. Sie schließt die Augen und kneift die Lider so fest zusammen, dass aus dem Dunkel psychedelische Farbwirbel auftauchen. Sie würde gern ein Gedicht aufsagen oder womöglich gar ein Gebet sprechen, aber ihr fällt nichts ein. Ganz präsent sind nur Virgiles Gesicht und die wenigen flüchtigen Bilder, die sie gern für immer unversehrt im Gedächtnis bewahren würde – den Abend ihrer ersten Begegnung und den Moment, in dem sie nach der Zigarette greift, die er gerade angezündet hat, als Ersatz für seine Lippen, die sie so gern berührt hätte; ihren ersten gemeinsamen Ausflug ans Meer, an einen Küstenort nicht weit von hier; das erste Mal, dass sie ihre Kleider in denselben Schrank eingeräumt und ihre Unterwäsche in dieselbe Waschmaschine gesteckt haben; das erste Mal, dass sie sich überlegt haben, wie es wäre, gemeinsam alt zu werden, und welchen Geruch ihrer beider Haut dann wohl hätte.

Marianne nimmt einen tiefen Atemzug und öffnet die Augen weit. Sie spürt, dass Virgile ganz nahe bei ihr ist. Sie kann ihn wahrnehmen, seinen warmen Atem, sein sonniges Lachen, den Zitrusduft von frischer Bergamotte in seiner Halsbeuge, und sie flüstert im Stillen allen Druiden und Zauberkundigen dieser Erde zu: *Bitte macht, dass es gut geht. Macht, dass es funktioniert, ihr alle.*

Die Frau neben ihr sagt etwas Ermutigendes – *es klappt bestimmt, keine Sorge* – und legt ihr beruhigend die Hand auf den Bauch. Dann führt sie behutsam den Katheter ein und injiziert mit sicherer, ruhiger Hand den Inhalt des kleinen Röhrchens – in diesem Moment für Marianne der Mittelpunkt des Universums.

Der Chefredakteur thronte hinter seinem Schreibtisch, das Hemd bis zum gelockten Brusthaar aufgeknöpft, die Kippe zwischen den Zähnen, und wühlte nervös in seinem Papierstapel.

»Was für ein Chaos«, stöhnte er und legte dic brennende Zigarette auf dem Rand des Schreibtischs ab. Er schob die Unterlagen hin und her, bis er gefunden hatte, was er suchte. »Ach, hier ist es. Ein Artikel über Paul Wiazowski, der letzte Woche in den USA erschienen ist.«

Marianne nahm die Zeitschrift entgegen, und der Chefredakteur klaubte seine Zigarette vom Tisch. Er ließ sich in den Sessel zurücksinken und nahm einen tiefen Zug, dann strich er mit der Hand über seinen Dreitagebart.

»Aber merkwürdig ist es schon«, sagte er. »Der Typ gibt nie Interviews. Und du ergatterst ein Gespräch mit ihm, einfach so, knall, peng. Wo noch mal?«

Marianne murmelte die Adresse, während sie mit der Spitze des Zeigefingers die Seiten umblätterte, und als sie den fraglichen Artikel fand (*»Paul Wiazowski or the Revival of French Literature«*), legte sie die Zeitschrift auf die Knie und strich den Rand glatt. Der Artikel war eine Ansammlung von Plattitüden, er zeichnete das Porträt des »Salinger der Ardennen« – Wiazowski stammte ursprünglich aus Charleville-Mézières, Geburtsdatum unbekannt – anhand seiner Lieblingsthemen und seiner Arbeitsweise. Oberflächliches Zeug, das man schon tausendmal gelesen hatte.

»Danke, Vincent«, sagte Marianne und legte die Zeitschrift auf den Schreibtisch zurück. »Aber ich glaube, das kriege ich hin. Damit komme ich klar.«

Sie wollte Paul Wiazowski schon so lange interviewen. Manchmal hatte sie fast den Eindruck, ihn bereits zu kennen, so stark fühlte sie sich von seinen Werken angesprochen, einen solchen Widerhall fand das, was er schrieb, in ihrem Herzen. Selten hatte sie etwas gelesen, das die menschliche Seele mit einer solchen Präzision und Schärfe abbildete, und noch immer war er offenbar nicht an die Grenzen seines Talents gestoßen. Wiazowski fing wie kein anderer die winzigsten Alltagsdetails ein und konnte die verborgensten Gefühle so zutreffend beschreiben, als schliche er sich auf Zehenspitzen, nein, auf Samtsohlen ins Herz der Menschen, aber er konnte seine Leser auch mit Passagen voller Gewalt und schier unerträglichem Schmerz bis ins Mark treffen. Bei der Lektüre seiner Bücher kam man nie ungeschoren davon. Immer war man aufgewühlt, bewegt, erschüttert. Und zuweilen stieß man unerwartet auf einen Satz, in dem unvermittelt eine Lebensweisheit aufblitzte, und es war, als würde sich im Dunkeln ein Vorhang heben, sodass mit einem Mal reines, helles, strahlendes Licht einströmen konnte.

Marianne wusste natürlich, dass Wiazowski keine Interviews gab, aber sie hatte trotzdem eine Anfrage an seinen Verlag geschickt. Sie hatte keine großen Reden geschwungen, sondern möglichst genau die Wirkung beschrieben, die seine Bücher auf sie ausübten: Sie fühlte sich wie eine Frau, die in einem klapprigen Eisenbahnwaggon mit Höchstgeschwindigkeit durch ein russisches Gebirge rast. Und dann hatte sie abgewartet. Mehrere Monate waren vergangen, sie hatte schon kaum noch mit einer Antwort gerechnet, und dann hatte sie eines Tages wundersamerweise einen Brief erhalten, in dem ihr ein Gespräch mit Paul Wiazowski angeboten wurde.

Marianne musste länger nach dem vereinbarten Treffpunkt suchen, da sie vom Verlag nur eine sehr vage Wegbeschreibung bekommen hatte. Sie fragte sich durch, musste immer wieder umkehren und fand schließlich die enge Sackgasse, die auf keinem Stadtplan verzeichnet war. Die Mauern waren mit Graffiti besprüht, es stank nach Pisse, auf dem Pflaster lagen Zigarettenstummel und gebrauchte Präservative herum, und eine struppige Katze flitzte ihr gegen die Waden. Du lieber Himmel, das fängt ja gut an, dachte sie. Das totale Klischee. Aber was für einen Aufmacher ihr diese Szenerie für ihr Interview liefern würde!

Der Rest sah entsprechend aus: ein schäbiger Hinterhof, ein abbruchreifes Gebäude und weit geöffnete Fenster, aus denen das Klappern von Geschirr, laute Stimmen und Fernsehgeräusche drangen. Das konnte doch nicht der richtige Treffpunkt sein? Marianne wollte gerade umkehren, als sie zu ihrer Linken eine unscheinbare Tür bemerkte. Sie stieß sie auf, ohne anzuklopfen, und ihr schlug eine Wolke aus Tabakrauch, Knoblauch, Gewürzen und fröhlichem Stimmengewirr entgegen. Sie fand sich in einer winzigen Bar wieder, die nicht mehr als drei mal vier Meter messen konnte. Vor der Theke standen fünf oder sechs Barhocker, dahinter waren auf einem mehrstöckigen Flaschenregal diverse Spirituosen aufgereiht. An den Wänden hingen alte Schwarz-Weiß-Fotos von Tanger, Rabat und Essaouira, daneben Spiegel unterschiedlicher Größe und Form, vergilbte Botanikposter vom Flohmarkt, aus Kautschukholz geschnitzte afrikanische Masken, aufgespießte Schmetterlinge und Käfer in Bilderrahmen und mehrere Kupferstiche, die eindeutig aus dem neunzehnten Jahrhundert stammten – lasziv posierende Frauen mit schneeweißen Brüsten und ausladenden Hüften. Vor der Theke stapelten sich Bücher auf dem Fußboden.

Die Bar, die von einem Paar namens Kamel und Olive

geführt wurde, war immer gut besucht. Man fand selten einen freien Barhocker, und dieser Abend bildete keine Ausnahme. Zwei junge Männer, die an der Theke saßen, unterhielten sich laut und lachten hemmungslos. Der erste trug eine senfgelbe Hose, ein kariertes Hemd, eine farblich passende Fliege und einen sehr dünnen Schnurrbart, der aussah wie mit chinesischer Tusche gepinselt. Der andere steckte in einem weit geschnittenen Ringelshirt, hatte ein kantiges braunes Gesicht, schöne graue Augen und roch intensiv nach einem Duftwasser, in dem sich Süßgras, Seifenflocken und Patschuli mischten. Neben ihnen becherte ein Bärtiger still vor sich hin und hing seinen Gedanken nach, während auf dem Hocker neben ihm ein junger Mann mit Engelsgesicht, blonden Locken und einem durchscheinend zarten Teint die Nase in sein Buch steckte. Von Zeit zu Zeit unterbrach der junge Mann seine Lektüre, wenn auf seinem Handy eine SMS aufleuchtete; dann warf er einen zerstreuten Blick auf sein Display, tippte eine Antwort und vertiefte sich gleich wieder in sein Buch.

Und dann saß da noch Paul Wiazowski. Mit rasiertem Schädel, einer dunklen Brille und einem Tattoo auf dem Ohrläppchen. Vor ihm stand ein großes Bier, und er stocherte in einem Keramikschälchen mit Schnecken *à la marocaine.*

»Hier, probier das mal«, sagte er und hielt Marianne die Schüssel hin, bevor sie noch Zeit gehabt hatte, sich vorzustellen. »Orangenschale, Anis, Piment, ein paar Tropfen Absinth … Ich kenne keinen, der Schnecken kochen kann wie Kamel!«

Kamel, der hinter der Theke gerade ein Weinglas abtrocknete, errötete bis zu den Haarwurzeln.

»Das war meine Großmutter«, nuschelte er verlegen. »Sie hat mir alles beigebracht.«

»He, he«, mischte sich Olive ein, die mit dem Cocktailshaker in der Hand mitten in der Bewegung innehielt. »Freu dich über das Kompliment und zieh Leine, Chéri.«

Sie deutete einen sanften Tritt an, Kamel setzte eine empörte Miene auf, *hör auf damit, du*, stellte das Glas ins Regal und fuhr geistesabwesend mit dem Spültuch über den Rand des Spülbeckens. Dabei murmelte er voller Rührung noch ein paar gefühlvolle Worte über seine Großmutter. Olive lächelte. Sie goss den Inhalt des Shakers in zwei Gläser, die mit dem Rand in farbigen Zucker getaucht waren, und schob sie über die Theke, eines für die senfgelbe Hose, das andere für den parfümierten Ringelpulli. Dann drehte sie sich zu Kamel um, verstrubbelte ihm die Haare und wischte mit dem angefeuchteten Daumen die Lippenstiftspuren weg, die an seiner Wange klebten.

»Ich hätte deine Großmutter so gerne kennengelernt«, sagte sie. »Wir hätten uns bestimmt fabelhaft verstanden.«

Sie lachte leise, *ja, ganz bestimmt, wir hätten jede Menge Blödsinn angestellt*, doch dann stiegen ihr aus heiterem Himmel Tränen in die Augen. Sie griff nach dem Küchentuch, das Kamel liegen gelassen hatte, wischte hektisch über die saubere Theke, rückte mechanisch die Flaschen zurecht. O ja, sie hätte Kamels Großmutter nur allzu gern kennengelernt. Sie hätte sie liebend gern besucht, einen Tee mit ihr getrunken und stundenlang mit ihr geplaudert, sie hätte ihr das schüttere Haar gekämmt, staubtrockenes Gebäck geknabbert, sich eine langweilige Anekdote nach der anderen angehört – wenn Kamel nur wüsste, wie gern! Denn seitdem sie darauf verzichtet hatte, Luis zu sein, um Olive zu werden, hatte sie ihre eigene Großmutter nicht mehr wiedergesehen. Ebenso wenig wie ihre Mutter. Oder alle anderen Mitglieder ihrer Familie.

Marianne holte ihr Notizheft hervor und legte das Diktiergerät auf den Tresen.

»Was trinkst du?«, fragte Wiazowski. »Ich bestell mir noch was.«

Er langte nach einer Papierserviette, wischte sich nervös die Stirn und goss das restliche Bier in einem Zug hinunter.

»Ich gehöre an meinen Schreibtisch. Zu meinen Stiften, meinen Papierstapeln und meinen gelben Zetteln. Ich brauche den Geruch von trocknender Tinte in der Nase. Ich muss an jedem Satz schrauben, ihn immer wieder umstellen und polieren. Was anderes brauche ich nicht.«

Er schwenkte die Keramikschüssel im Kreis, sodass die Muschelschalen gegeneinanderklackten, dann griff er nach einem kurzen Zögern in seine Jackentasche und zog Mariannes Brief hervor. Er faltete ihn sorgfältig auseinander und legte die flache Hand darauf. *Aber jetzt sind wir hier, wir zwei*, schien er damit sagen zu wollen. Er blickte Marianne durch seine dunkle Brille hindurch aufmerksam an.

»Was genau willst du wissen?«

Sie hatte lange überlegt, wie sie dieses Interview am besten anpacken sollte. Sie hatte sich entschieden, gleich zum Kern der Sache vorzustoßen und ihn zu seiner Schreibpraxis zu befragen. Sie schaltete das Diktiergerät ein, schob es sachte auf ihn zu und räusperte sich.

»Ich stelle mir vor, dass ein Schriftsteller mit jedem seiner Bücher ein Stück Weg zurücklegt«, begann sie. »Dass er immer neuen Schwierigkeiten begegnet, etwas ausprobiert, Irrtümer begeht, neu ansetzt und schließlich die Hindernisse überwindet. Was haben Sie beim Schreiben des jüngsten Romans, Ihres elften, gelernt?«

Marianne sah, wie Wiazowski hinter seiner dunklen Brille

die Stirn runzelte und Kamel per Handzeichen aufforderte, ihm sein Bier zu bringen. Er nahm einen tiefen Zug und stellte das Glas auf eine Ecke des Briefs. Dann stürzte er sich kopfüber in seine Erläuterungen und spulte sie ab, ohne den Blick auch nur einmal vom Tresen zu lösen.

»Angefangen hat alles mit dieser Frau, die bei mir zu Hause im Waschkeller saß, vor einer der Maschinen. Sie war sehr dünn und sehr verloren, sie gab ihrem Baby die Brust und starrte dabei auf die Trommel, die sich vor ihr drehte. Sie saß auf einem Plastikstuhl, mit dem Baby an ihrem kümmerlichen Busen, und fixierte die Kleider, die träge in der Trommel vor sich hin wirbelten. Sie hatte einen krummen Rücken und einen stumpfen Blick, verfilztes, mausgraues Haar bis zu den Schultern und eine herabhängende Unterlippe. Sie drückte den Säugling fest an sich, aber der quiekte wie ein kleines Ferkel und strampelte wie wild. Ich sah, wie sein winziges Köpfchen gegen die magere Brust stieß, als wollte er sich befreien, und er schob sich mit seinen kleinen geballten Fäusten mit aller Kraft von der Frau weg.«

Paul Wiazowski trank noch einen Schluck, zündete sich eine Zigarette an und rauchte schweigend.

»Als ich die Szene sah, war ich wie gebannt. Ich konnte mich nicht losreißen, sie machte mich regelrecht fertig. Ich war mir sicher, dass da etwas nicht stimmte. Aber die Frau musste meine Anwesenheit gespürt haben, denn irgendwann drehte sie sich um, und als sich unsere Blicke kreuzten, verstand ich auf einmal. Alles. Ich hatte einen trockenen Mund, und mein Herz schlug mir bis zum Hals. Ich ging in meine Wohnung hoch und fing an, die Geschichte dieser gottverlassenen Frau aufzuschreiben, die auf einer Grünanlage mitten in der Stadt ein Neugeborenes stiehlt. Das Baby war ganz offensichtlich nicht ihr eigenes. Ich habe selbst keine Kinder, und ich weiß, dass man zu so einer Verrücktheit imstande ist, wenn der Abend kommt und zu viel Einsamkeit und zu viel Leere um einen sind. Ich habe mehrere Fassungen geschrieben, jede wie aus einem Guss, aber es gab immer ein Element, das sich mir entzog. Es gelang mir nicht, die Person selbst zu erfassen, sie zum Leben zu erwecken. Sie blieb blass wie ein Schemen. Und manchmal verfolgte mich die Frau nachts bis in meine Träume – sie pflanzte sich vor mir auf, mitsamt ihrem Baby, aus dem ein großer bedrohlicher Muskelprotz geworden war, der mir anscheinend ans Leder wollte. Woher wollte ich überhaupt wissen, dass er nicht ihr Kind war? Was verstand ich denn schon davon? Monatelang habe ich mich mit meinen Zweifeln herumgeplagt, ich habe mehr als einmal alles hingeworfen und dann zum Schluss doch durch Zufall eine Möglichkeit gefunden.«

Er nagte an seiner Unterlippe, als hätte er sich verplappert, und schüttelte den Kopf.

»Du siehst, dass ich über meine Arbeit nicht gescheit daherlabern kann.« Er schob das Diktiergerät mit der flachen Hand von sich weg. »Genau deshalb lehne ich Interviews normalerweise ab. Auch bei Werbetouren lese ich nur in Kirchen, weil ich dann nicht reden muss.«

Marianne hatte sich einmal mit eigenen Augen davon überzeugen können. Die Leute hatten im Kirchenschiff Schlange gestanden, vor dem Tischchen neben dem Beichtstuhl, an dem der Autor saß. Er signierte ein Buch nach dem anderen, nahm Komplimente entgegen, schüttelte Hände und machte den Mund nicht auf. Dennoch beteuerten zahllose Leserinnen, dass ihnen seine Bücher geradezu das Leben gerettet hatten – *ja, allen Ernstes, das Leben gerettet!* –, weil sie endlich ihre eigene Psyche durchschauten, ihren Horizont erweiterten, für ein paar Stunden ihrem Alltag entkamen und freier, gestärkt und selbstbewusster als bisher in ihr Leben zurückkehrten. Sie wollten mit Wiazowski darüber sprechen, sie wollten verstehen, wieso er sie in- und auswendig kannte, wie er es anstellte, welches Geheimnis er hütete. Manche schlugen sogar vor, nach der Signierstunde irgendwo ein Glas zu trinken, andere wollten eine Korrespondenz beginnen. Auch einige Männer überwanden ihre Scheu und offenbarten vor ihm ihre empfindsame Seite. »Seitdem ich Sie lese, sehe ich die Dinge mit anderen Augen«, hatte ihm einer gestanden. »Ich habe endlich meinen nervenaufreibenden Job gekündigt und meine untreue Frau verlassen«, ein anderer. »Und alles nur Ihretwegen, dank Ihrer Bücher. Können Sie sich das vorstellen?« Paul Wiazowski hörte zu, signierte, was man ihm hinhielt, lächelte zuweilen vage und beantwortete nie auch nur eine einzige Frage. Kein Wort, nichts, nada. Wirklich ein komischer Heiliger.

Marianne versuchte ihn zu ermutigen, *doch, doch, das ist interessant, sprechen Sie weiter*, aber Wiazowski ging nicht darauf ein, sondern schüttelte nur den Kopf und wurde auf einmal noch nervöser. Auf seiner Oberlippe hatten sich kleine Schweißperlen gebildet. Marianne versuchte es mit einer neuen Fragetechnik, wollte ihn auf ein einfacheres, weniger intimes Terrain führen. Doch es war vergebliche Liebesmüh. Wiazowski stand auf, zog sich sein Jackett über und legte einen Geldschein auf die Theke.

Niedergeschlagen überflog Marianne ihre Notizen. Drei magere Sätze, wie mit dem Schmetterlingsnetz aus der Luft gefischt. Nie und nimmer ausreichend für einen Artikel. Sie sah im Geiste schon den Chefredakteur, wie er mit der

Kaffeetasse in der Hand die Augen zum Himmel verdrehte und ihr mit einer Spur Verachtung in der Stimme hinwarf: »Hätte mich ja auch gewundert. Paul Wiazowski redet nie mit Journalisten. Sogar den Amerikanern hat er alles abgeschlagen. Kein Radio, kein Fernsehen, nichts.«

Kamel stellte ein Glas vor Marianne und entkorkte eine Flasche.

»Das dürfen Sie nicht persönlich nehmen«, sagte er, während er ihr einen gut gekühlten Weißwein einschenkte. »So ist Wiazowski eben. Völlig unberechenbar.«

Marianne drehte den Stiel zwischen Daumen und Zeigefinger und blickte ins Leere. Kondenswasserrinnsale liefen wie kleine Tränenbäche über das Glas. Hatte sie sich womöglich auf eine Karriere versteift, die ihr nicht lag? Geisteswissenschaften, die Journalistenschule ... War sie wirklich dafür geschaffen? Woher sollte man wissen, wann man sich hartnäckig in etwas verbeißen und wann man aufgeben musste? Immer häufiger kam es vor, dass sie von einer handwerklichen Tätigkeit träumte, etwas mit Holz, oder Erde zwischen den Fingern, Teig kneten in einer Backstube. Etwas mit den eigenen Händen herstellen, in Kontakt sein mit Rohmaterial, mit der Realität. Zu etwas nutze sein. Stattdessen schuftete sie für ein mageres Zeilenhonorar, führte bescheuerte Interviews und war obendrein ziemlich einsam.

Sie trank ihr Glas in einem Zug aus, stellte es auf die Theke zurück und versuchte tapfer, Kamel anzulächeln, aber am liebsten hätte sie einfach nur losgeheult. Nein, lieber schnell noch etwas bestellen, eine Margarita zum Beispiel, jetzt erst recht!

»Eine Margarita, very good idea!«, lobte der Mann, der in diesem Moment die Bar betrat. »Mach mir auch eine. Das wird mich an die alten Zeiten erinnern, als wir noch süße Backfische waren«, fügte er feixend hinzu.

Olive zwinkerte ihm zu, *hallo, mein Herzblatt, geht's dir gut?*, während Kamel zwei Gläser auf die Theke stellte und den Korken einer Tequilaflasche ploppen ließ.

Der Mann wandte sich Marianne zu. »Was soll denn diese Grabesmiene? Hat man Ihnen nicht gesagt, dass das hier verboten ist?«

»Hör auf«, griff Kamel ein. »Das geht auf Wiazowskis Konto. Sie war mit ihm verabredet, aber er ist mitten im Gespräch abgehauen.«

Der Neuankömmling hob die Arme gen Himmel und ließ sie schwer herabfallen.

»Dieser Idiot!«, rief er theatralisch. Er machte eine kurze Pause, dann fuhr er fort: »Aber mal ehrlich, ich habe nie so recht verstanden, was alle an diesem Typen finden. Hast du eins seiner Bücher gelesen?« Kamel schüttelte den Kopf. »Viel weniger durchgeknallt, als allgemein behauptet wird, das kannst du mir glauben.«

Der Mann ging weiter zu Benoît (dem jungen Mann mit dem Ringelpulli) und William (dem mit der senfgelben Hose) und drückte beiden einen schmatzenden Kuss auf die Lippen. Danach nahm er die beiden Margaritas entgegen, die Kamel ihm über die Theke reichte, und setzte sich neben Marianne.

»Okay, und worauf stoßen wir an?«, fragte er. Er gab ihr das Glas in die Hand, und ihre Finger streiften sich für einen Moment. »Auf die *echte* Literatur?«

Marianne war so überrascht, dass sie kein Wort herausbekam. Wie gebannt starrte sie ihn an, seine sehr blauen Augen, sein Lächeln, das einen leicht schiefen Schneidezahn freilegte, die Bewegung, mit der er sein Glas hob, um mit ihr anzustoßen, und die plötzlich einfror, als er auf den Song aufmerksam wurde, der gerade im Radio lief.

»Oh, hören Sie!«, rief er mit erhobenem Zeigefinger und leuchtenden Augen.

Gestikulierend bat er Kamel, den Ton hochzudrehen, und fing an auf seinem Hocker mitzuwippen. Er schaukelte unbefangen im Takt von links nach rechts und sang die ersten Worte wie ein Echo nach: *Felicità / è tenersi per mano / andare lontano / la felicità … Il tuo sguardo innocente / in mezzo alla gente / la felicità … È restare vicini / come bambini / la felicità … felicità …*

Marianne betrachtete seine beweglichen Lippen, seine lachenden Augen, seine gepflegten Fingernägel. Er kannte die Worte offensichtlich auswendig und warf sich in die Pose der koketten Diva, wenn die weibliche Stimme sang. Sobald der Mann an der Reihe war, markierte er den schmachtenden Latin Lover. Er wechselte mit kindlicher Begeisterung von einer Rolle zur anderen, und Marianne entspannte sich zusehends und lachte mit. Der Wein tat allmählich seine Wirkung.

Ihr neuer Bekannter brach vor dem Ende des Songs ab, um sein Margaritaglas zum Mund zu führen, und wandte sich wieder Marianne zu.

»Als sie das 82 beim Festival von Sanremo gesungen haben, waren Al Bano und Romina Power im echten Leben ein Paar … *Glück ist, sich an der Hand zu halten und weit zu gehen.* Besser kann man es nicht ausdrücken, oder?« Er prostete Marianne zu.

Ihre Blicke begegneten sich, flackerten leicht. Sie stießen fast geräuschlos mit ihren Gläsern an, und der junge Mann sagte:

»Ich heiße Virgile. Und Sie?«

Virgile Lifar redete schnell, und so konnte sich Marianne aus den vielen Einzelheiten, die er erzählte, sehr bald ein Bild von seiner Persönlichkeit basteln.

»Mein Onkel hat mich mit dem Virus angesteckt«, erklärte er. »Der Garten, die Jahreszeiten, die Ernte zum richtigen Zeitpunkt – das alles hat er mir beigebracht, als ich ein Junge war. Unübertroffen, als Mensch und Pflanzenkenner. Er hat preisgekrönte Rosen gezüchtet, nicht weit von Varengeville-sur-Mer, kennen Sie das?« Marianne schüttelte den Kopf. Virgile fegte ihre Unkenntnis mit der Hand weg. »Egal. Von ihm habe ich gelernt, wie man Unkraut jätet, umgräbt, anpflanzt und beschneidet, von ihm habe ich auch gelernt, in den Sternen zu lesen, dem Wind zu lauschen, die Wolken zu deuten. Er hat erreicht, dass ich Geschmack daran fand. Und so fängt es doch immer an, oder?«

Nach seiner Ausbildung hatte Virgile eine Zeit lang bei einer renommierten Gartenbaufirma als Landschaftsgärtner gearbeitet, aber in diesem Betrieb konnte er weder seine Vorstellungen verwirklichen noch mit eigenen Gestaltungsideen punkten, also machte er sich nach kurzer Zeit selbstständig. Und da er tausend Ideen in der Sekunde produzierte und hart arbeiten konnte, dauerte es nicht lange, bis sich der Erfolg einstellte. Mit dem Garten eines Freundes seines Onkels fing es an, sein Talent und seine Kreativität fanden Anklang, die Sache hatte sich herumgesprochen. Andere Projekte folgten, zunächst in der näheren Umgebung, dann immer weiter entfernt, und nach und nach hatte er sich als Landschaftsarchitekt einen Namen gemacht.

»Wenn ich einen Garten anlege, interessiere ich mich in erster Linie für die Menschen«, erklärte er Marianne. »Für ihre Art zu sprechen, dafür, wie sie ihre Wohnräume einrichten. Was sie gern essen, welche Düfte sie mögen, welche Farben sie bevorzugen.«

Virgile interessierte sich für Menschen, das war unübersehbar, und generell für alles Neue. Er konnte sich mit derselben Begeisterung über eine jüngst in Mexiko entdeckte Orchideenart wie über die zweite Staffel seiner Lieblingsserie oder das Ingwerhähnchen vom Vorabend auslassen. Marianne verlor beim Zuhören immer mehr den Bezug zu ihrer Umgebung. Virgile absorbierte alles – die Moleküle, die Lichtpartikel, ihren eigenen Herzschlag –, und während sie den säuerlich-herben Geschmack ihrer Margarita genoss, spürte sie, wie die Stimmen im Hintergrund verschwammen, die Wände auseinanderrückten, die Luft sich verflüssigte. Und eine Frage immer drängender in den Vordergrund trat: Warum nur, warum hatte sie diese unausrottbare vertrackte Schwäche für Komplikationen?

Als Virgile seinen zweiten Cocktail ausgetrunken hatte, erwähnte er den Vornamen Andy.

»Ein megatalentierter Fotograf.« Er schwenkte den Rest seiner Margarita im Glas. »Eine Art Fusion aus Nan Goldin, Darcy Pardilla und Antoine d'Agata.« Randgruppen, Nachtszenen, Huren, die vom Leben Vergessenen, solche Sachen. Trash und Poesie in einem. Ich bin mir sicher, dass er in ein paar Jahren berühmt sein wird.«

»Andy …« Virgile legte den Kopf in den Nacken und schlürfte den letzten Schluck. »Ein bemerkenswerter Typ … Bemerkenswert, aber total unerträglich.«

Er bestellte bei Olive noch zwei Margaritas.

»Und Sie? Sie sind Schriftstellerin, richtig?«

Marianne tat verlegen, *nein, nein, ganz und gar nicht*, griff fahrig nach ihrem Cocktail, trank einen Schluck, leckte das Salz ab, das an ihren Lippen klebte, und stellte das Glas wieder ab.

»Aber es stimmt schon, ich schreibe manchmal Sachen nur so für mich. Woher wissen Sie das?«

»Ich weiß gar nichts«, antwortete Virgile. »Außer dass Wiazowski nie mit Journalisten redet, sondern nur mit Freunden. Und mit Schriftstellern.«

»Ah.«

»Und Ihre *Sachen*, kann man die vielleicht irgendwo lesen?«

»Nein, nein, abgesehen von meinen Artikeln für die Presse habe ich nichts veröffentlicht. Und ich weiß nicht mal, ob ich damit weitermachen will ...«

»Das ist komisch«, fiel ihr Virgile ins Wort, »ich dachte immer, dass Gärtner genau *das* mit Schriftstellern gemeinsam haben.« Er kniff die Augen zusammen und sah sie durchdringend an. »Dass sie etwas pflanzen, es ruhen lassen, während es wächst, dann abschneiden, was überflüssig ist, damit es eine Form bekommt. Und so weiter. Stimmt das nicht?«

Marianne nickte ohne rechte Überzeugung.

»Doch, doch, glaub mir!«, versicherte er voller Überschwang. »Es dreht sich alles nur darum: Arbeit, Geduld und noch mehr Arbeit.«

Er beugte sich vor, legte seine Hand auf ihre und fixierte sie mit seinen sehr blauen Augen.

»Schreib, als hättest du nur diese eine Chance. Ich bin mir sicher: Wenn du dein ganzes Herzblut hineinlegst und all deine Kraft und wenn du dir genügend Zeit nimmst, dann wird es dir gelingen.«

Er ließ seine Hand auf ihrer liegen und drückte sie leicht.

»Überleg doch mal. Wenn Deppen wie Wiazowski es schaffen …«

In diesem Moment schlängelte sich Benoît Ringelpulli hinter ihnen vorbei und tippte Virgile auf die Schulter.

»Wir gehen ins *Tango*, Darling. Sollen wir auf dich warten, oder kommst du später nach?«

Benoît hatte hinreißende, vermutlich mit Mascara verlängerte Wimpern, und sein Süßgras-Patschuli-Parfüm stieg Marianne so in die Nase, dass sie niesen musste.

»Ich komme gleich mit«, antwortete Virgile. »Aber ich bleibe nicht lange. Ich hatte einen Wahnsinnstag und bin völlig fertig.«

Er sagte noch mehr, aber Marianne hörte nicht mehr zu. Sie sah nur noch Lippen, die Worte artikulierten, *ciao, allerseits, danke für den Abend, meine Süßen, es war superschön*, einen Mund, dem ganze Wolken von Kirschblüten entströmten, Aberhunderte von Blütenblättern, die wie Konfetti um die Anwesenden herumtanzten, und als Virgile hinter sich die Tür schloss, trudelten die zartrosa Blüten noch eine Weile müde weiter, bis sie entkräftet in die leeren Gläser sanken.

Marianne besaß nicht einmal seine Telefonnummer. Beim Abschied hatte er ihr lediglich ein Küsschen auf jede Wange gedrückt, *war schön, mit dir zu reden, hoffentlich sehen wir uns mal wieder*, und sie war wie angewurzelt sitzen geblieben und hatte die Schwarz-Weiß-Fotos an der Wand angegafft, Bilder von den Festungsanlagen in Essaouira, der Medina von Rabat, den Hügeln von Tanger. Bei den Fotos von Tanger verweilte sie länger, weil sie an William Burroughs denken musste, der dort aus seinen Koffern lebte; sie stellte sich vor, wie er nonstop über seinem Manuskript brütete, das eines Tages *Naked Lunch* heißen würde, Tausende loser Blätter, über den Fußboden verteilt, dazu der scharfe Geruch von Drogen und Schweiß und in den Zimmerecken Affenkot. Und dann die sternenlose Nacht, das gespenstische Gekreische der Möwen in der Ferne und überall zwielichtige Geschäftemacher.

Marianne bat um ein Glas kaltes Wasser und hielt es sich an die Stirn. Sie fühlte sich wie von innen aufgeheizt.

Kurz darauf servierte Olive dem gelockten Engel eine dampfende Tortilla, die herrlich nach gebackenen Kartoffeln und gebratenen Zwiebeln duftete. Der junge Mann legte sein Buch zur Seite, beugte sich weit vor, bis sein Gesicht über dem Teller hing, und stürzte sich wie ein Verhungernder auf sein Essen. Er reagierte nicht einmal mehr auf das Handy, das mehrfach brummte. Olive betrachtete ihn voller Entzücken mit gerötetem Gesicht und leuchtenden Augen.

Die Tür ging auf. »Ich hoffe, du hast mir ein Stück von deiner Tortilla aufgehoben, Chérie?« Virgiles Stimme.

Olive wedelte mit dem Zeigefinger, *du träumst wohl, mein Schatz, du hättest nur dableiben müssen*, und Virgile warf ihr grinsend eine Kusshand zu, *vielen Dank, Chérie, du bist wunderbar.* Er setzte sich neben Marianne und neigte sich seitlich zu ihr hinüber, bis sich ihre Schultern fast berührten.

»Ich konnte dich doch nicht so sitzenlassen, oder? Das Viertel, die dunkle Nacht und dazu noch dieses«, er deutete mit einer Kopfbewegung auf Kamel und Olive, »lichtscheue Gesindel ... Nein, ehrlich, das ging gar nicht.« Er widmete sich seiner Tortilla und verschlang ein großes Stück. Dann spießte er ein zweites mit der Gabel auf und hielt es Marianne hin. Sie spürte, wie ihr die heiße Kartoffel die Kehle verbrannte und direkt in den leeren Magen rutschte. Die Wände fingen an, sich in einem anmutigen Reigen um sie herum zu drehen.

Als sie später die Bar verließen, war die ganze Stadt im Tiefschlaf versunken. Als einzige Geräusche hörte man das Brummen der Autos in der Ferne, das Gelächter einer Gruppe von Studenten auf dem Heimweg von einer Party und die Schimpfkanonade eines einsamen Obdachlosen. Marianne und Virgile gingen schweigend durch die enge, nach Urin stinkende Gasse. Ihre leicht schwankenden Schritte hallten auf dem Straßenpflaster, und gelegentlich stießen ihre Schultern aneinander. Es war eine milde Nacht. Virgile ließ die Arme baumeln, und seine Hände streiften immer wieder Mariannes Handrücken. Beide zogen die Arme fast augenblicklich zurück.

Virgile winkte mehreren Taxis, aber keines hielt an. Er blieb halbherzig schimpfend am Straßenrand stehen und schnipste gegen den Boden seiner Zigarettenschachtel. Mit den Zähnen zog er eine heraus, zerbrach beim Versuch, sie anzuzünden, zwei Streichhölzer und pustete schließlich den Rauch gegen den Himmel.

»Sag mal, kennst du eine andere Stadt, in der es so schwer ist, ein Taxi zu kriegen?«

Marianne lächelte. Es war ihr sehr recht, dass sich die Taxisuche so kompliziert gestaltete. Dass weder ein Taxi noch sonst jemand vorbeikam, um dem Abend ein Ende zu setzen. Von ihr aus konnte diese Nacht so lange dauern, wie sie wollte, bis in alle Ewigkeit und weiter, wenn es nach ihr ging, musste der kommende Tag nie anbrechen, ja, sie wünschte es sich sogar, und deshalb deutete sie statt einer Antwort mit dem Zeigefinger auf die Zigarette.

»Kann ich mal?«

»Natürlich«, erwiderte Virgile, »ich hätte nicht gedacht, dass du rauchst. Rauchen ist so total *out*«, fügte er lachend hinzu.

Marianne zog einmal kurz, so kurz wie möglich, denn sie rauchte nicht, o nein, aber wenn sie schon seine Lippen nicht berühren konnte ...

Sie setzte sich ohne jede Furcht oder Anspannung zu Virgile ins Taxi. Was hatte sie denn auch zu fürchten? Virgile hatte sich gerade von Andy getrennt. Virgile liebte Blumen und italienische Schlager aus den achtziger Jahren. Virgile war nicht wie die anderen. Sie empfand einen Anflug von Scham, weil ihr so viele Klischees durch den Kopf schwirrten, aber wirklich nur einen Anflug, denn im Grunde wurde ein anderes Gefühl immer stärker, ein Gefühl von unverdientem Glück, von Rausch und Unbedingtheit: Man muss dazu bemerken, dass gerade in ihrem Inselkortex, auch Insula genannt, die stärkste Aktivität zu verzeichnen war, dem Ort im Gehirn also, in dem Gefühle entstehen und sterben – eine geheime, windumtoste Insel, die die Qualen und Freuden der menschlichen Seele beherbergt.

Sie schliefen wie zwei Schiffbrüchige unter einem Himmel voller Sterne. Zwei vollständig bekleidete Körper, jeder gestrandet auf einer Seite des großen Doppelbetts. Virgile wohnte im Quartier des Halles in einer kleinen Dreizimmerwohnung in der Rue Saint-Denis, deren Fenster auf die Fußgängerzone mit ihren Dönerbuden, Secondhandläden und kunterbunten schillernden Gestalten gingen. Sobald es dunkel wurde, flackerte die Neonleuchtschrift der Sexshops auch an den Wänden der Wohnung, mal hellrosa, mal mattviolett.

Als Marianne erwachte, schlief Virgile noch. Auf dem Rücken, friedlich, die Hände auf der Brust übereinandergelegt. Er schnarchte nicht. Sie beugte sich vorsichtig, mit angehaltenem Atem, über ihn und verspürte den Wunsch, seine Lider, seine Lippen, seine glatten Wangen zu berühren. Trotz des Alkohols und der Zigaretten vom Vorabend hatte seine Haut den angenehm frischen Duft seines Rasierwassers bewahrt, den Hauch von Bergamotte und Orangenblüten. Sie wunderte sich darüber, dass es ihr nicht im Mindesten unangenehm war, an einem fremden Ort aufzuwachen, neben einem schlafenden Mann, den sie erst seit wenigen Stunden kannte.

Sie tappte in die Küche. Der Raum war winzig, aber sehr ordentlich. Auf den Regalen standen Gewürzdosen aller Art, Weckgläser mit Reis, Nudeln und Linsen und eine beeindruckende Kollektion von Tees. Marianne öffnete mehrere Dosen und schnupperte an den verschiedenen Aromen, bis sie sich schließlich für Darjeeling Himalaya entschied. Während sie darauf wartete, dass ihr Tee abkühlte, blätterte sie in dem Skizzenbuch, das neben dem Kühlschrank lag. Sie sah Bleistiftskizzen und Aquarelle von Gärten, mehrere Fotografien – Luftaufnahmen von Heckenlandschaften, mediterrane Ansichten – und dazwischen eingestreut Dutzende von Zitaten. Eine wilde Mischung: Françoise Sagan, Emmanuel Carrère, Raymond Carver, Carson McCullers, Virginie Despentes. Daneben fanden sich minutiös beschriebene Filmszenen, Kommentare zu Kunstausstellungen und TV-Serien, kurz, alles, was Virgile als Inspirationsquelle dienen konnte.

Marianne klappte das Skizzenbuch zu und legte es, im vollen Bewusstsein seines Werts, an den Platz zurück, an dem sie es gefunden hatte.

Als Virgile in der Küchentür auftauchte, lehnte Marianne mit dem Rücken an der Spüle und nippte vorsichtig an ihrem immer noch heißen Tee. Sie hielt die Tasse in den Fingern wie ein aus dem Nest gefallenes Vogeljunges. Virgile sagte *guten Morgen, Marianne*, mit einer fast unmerklichen Pause zwischen den Worten, und Marianne blies schweigend und lächelnd auf ihren Tee. Er trug Boxershorts und ein blassrosa T-Shirt mit einer großen gebogenen Palme auf der Brust. Außerdem hatte er eine Sonnenbrille aufgesetzt.

»Willst du zum Strand?«, fragte Marianne amüsiert.

»Mach dich nur lustig«, antwortete er leicht gekränkt. »Ich bin morgens beim Aufstehen extrem lichtempfindlich.«

Marianne hob fragend die Augenbrauen, und Virgile ergänzte:

»Das ist kein Witz, weißt du, ich bin photophob. Aber nur am Morgen. Das heißt, ich *muss* die hier tragen, es führt kein Weg dran vorbei.« Er tippte auf die Brille.

Marianne konnte ein Glucksen nicht unterdrücken, und Virgile machte einen Schmollmund. »Ich weiß wirklich nicht, was daran so komisch ist.« Er nahm eine der Teedosen in die Hand, hielt sie sich ans Ohr und schüttelte die Blättchen sachte.

»Ich liebe dieses Geräusch, du auch?«

Virgile toastete Brot, presste Orangen aus, holte Butter und Marmelade aus dem Kühlschrank und legte alles auf ein hübsches japanisches Lacktablett.

»Setzt du dich nicht hin?«, fragte er mit einer Kopfbewegung zum Küchentisch.

»Doch, doch«, antwortete Marianne und zog scharrend einen Stuhl über die Fliesen zum Tisch.

Virgile beobachtete sie durch seine Sonnenbrille hindurch, als sie sich Butter aufs Brot strich. Er verweilte bei den zarten Sommersprossen, die vor allem die Wangen und den Nasenrücken sprenkelten, bei ihren johannisbeerroten Lippen und den feinen Haarsträhnen, die ihr ins Gesicht wehten.

Marianne hob den Blick. »Was ist?«, fragte sie, das Messer in der Luft.

»Nichts«, antwortete Virgile, der sich ertappt fühlte. Er griff nach einem Stück Brot, strich einen großen Löffel Marmelade darauf und biss hinein. »Mit einer Sonnenbrille sieht man immer extrem seriös aus, viel seriöser, als man in Wirklichkeit ist. Ist dir das noch nie aufgefallen?«

Er trank einen Schluck Tee und verbrannte sich prompt die Zunge. Andy kam ihm in den Sinn, Andy mit den porzellanweißen, glatten Zähnen. Andy, mit dem er noch vor einem Monat sein Leben geteilt hatte. Andy, der auf einmal so weit weggerückt war.

Marianne erschien mit über einer Stunde Verspätung zu ihrem Termin in der Redaktion. Unterwegs begegnete sie ihrer Freundin Lucie, der sie kurz zunickte, bevor sie eilig das Großraumbüro durchquerte. Sie klopfte zweimal kurz an die Tür des Chefredakteurs und trat ein, ohne auf ein Herein zu warten.

»Wurde auch langsam Zeit«, begrüßte sie ihr Chef, ohne den Blick vom Bildschirm zu heben. Er klickte unbeirrt weiter auf die Maus (*löschen, löschen, löschen, löschen*). »Ich mache das noch schnell fertig.« Klick, klick, klick. »Also, dann erzähl mal. Wie ist es gestern Abend mit Paul Wiazowski gelaufen?«

Gestern Abend. Paul Wiazowski. Richtig, um den ging es ja eigentlich. Und nicht um ... Marianne brauchte ein paar Sekunden, bis sie ihre Gedanken geordnet hatte und zu einer Erklärung ansetzen konnte, aber es gab im Grunde nicht viel zu berichten. Abgesehen von dem Treffpunkt – *genial, ehrlich, du musst da unbedingt mal hin.*

Ohne die Hand von der Maus zu nehmen, wandte sich der Chefredakteur vom Bildschirm ab und starrte seine Mitarbeiterin verblüfft an.

»Hallo, hallo, Erde an Marianne, kannst du mich hören? Ich weiß nicht, ob du auf dem Laufenden bist, aber wir gehen in zwei Tagen in Druck, und ich wüsste schon gern, ob du irgendetwas hast, was du mir als Ersatz für dieses beschissene Interview anbieten kannst.«

Der Chefredakteur strich sich nervös über seinen Dreitagebart und zog eine Zigarette aus dem Päckchen, das vor ihm auf dem Schreibtisch lag. Er zündete sie an und stieß geräuschvoll den Rauch aus.

»Doch, eben, ich habe jemanden«, erwiderte Marianne eifrig. »Für das Interview, meine ich. Ein brillanter Landschaftsarchitekt, ein kreativer, origineller Typ. Er äußert sich sehr klug über die Natur, die Zukunft unserer Landschaften, den ökologischen Fußabdruck des Menschen ...«

Sie unterbrach sich, weil ihr auf einmal einfiel, dass sie nicht einmal seinen Familiennamen kannte. Virgile hatte sich an der Haustür von ihr verabschiedet und ihr ein Stück Papier mit seiner Telefonnummer in die Hand gedrückt. Sie hatte es hastig in die Tasche gesteckt, nichts weiter gesagt und sich mit einem kurzen Winken in den Strom der Fußgänger eingereiht.

»Klingt nicht übel«, meinte der Chefredakteur. »Wie auch immer, wir haben im Grunde keine Wahl. Du musst nur einen passenden Aufhänger für unsere Leserinnen finden. Damit das bei unseren Miezen gut ankommt.«

Unsere Miezen. So ein Idiot.

»Gut, aber diesmal kann ich mich darauf verlassen?« Der Chefredakteur drückte seine Zigarette mit drei kurzen Stößen im Aschenbecher aus. »Er ist mit dem Interview einverstanden, dein Landschaftsgärtner?«

»Ja, ja«, log sie, und in diesem Moment vibrierte ihr Handy.

Eine SMS. Virgile. Heute Abend. Wenn du Zeit hast.

Marianne spürte, wie sie rot wurde. Sie stand auf, entschuldigte sich und verließ eilig das Büro, das nach kaltem Zigarettenrauch und altem Zeitungspapier roch.

»Ich halte dich auf dem Laufenden, Vincent«, versprach sie, schon im Gehen.

Als Virgile ihr am Abend die Wohnungstür öffnete, hatte er eine Schürze umgebunden und hielt ein Glas in der Hand. Er küsste sie auf die linke Wange, nur einmal – die Herzseite, dachte sie –, und ließ dabei die Eiswürfel im Glas klimpern.

»Wodka-Soda, ist das ein Angebot?«

Er half Marianne aus der Jacke und nahm ihr die Handtasche ab.

»Ich habe Gambas gekocht«, sagte er auf dem Weg in die Küche. »Und dazu gibt es frische Erbsen und Babykartoffeln.«

Er griff nach einer großen Pfeffermühle, hielt sie direkt über die Pfanne, drehte ein paarmal und klopfte die letzten

Körner ab. Er sah Marianne von der Seite an und zog eine Augenbraue hoch:

»Ich denke, wir werden es uns schmecken lassen.«

Statt einer Antwort überreichte sie ihm die Weinflasche, die sie mitgebracht hatte, und Virgile hob sie hoch, um das Etikett zu lesen: Vosne-Romanée, Jahrgang 2015. Er warf Marianne einen überraschten Blick zu.

»Ich meinte dich so verstanden zu haben, dass dir ein Burgunder lieber ist als ein Bordeaux«, sagte sie. »Und der Weinhändler hat mir zu diesem hier geraten, weil er angeblich ›zu allem passt‹.«

Virgile drückte ihr einen wohlgezielten Kuss auf die andere Wange und kramte einen Korkenzieher aus der Schublade.

»Zu allem, das stimmt. Du verwöhnst uns.«

Er reichte Marianne einen Wodka-Soda mit vielen Eiswürfeln, und nachdem sie angestoßen hatten, entstand eine Art wohlige Verlegenheit.

»Uns fehlt ein bisschen Musik, oder?«, fragte Virgile und ging ins Wohnzimmer zur Stereoanlage. Er ließ sich auf einem alten iPod die Musikauswahl anzeigen und schnipste mit den Fingern, als er das Richtige gefunden hatte. »Ah, gut, genau das habe ich gesucht. *Hung Up.* Madonna. Gefällt's dir?«

Er drehte die Lautstärke höher, und die Stimme von Madonna hallte durch den Raum. Virgile ruckelte zum Rhythmus mit dem Kopf, das ABBA-Sample schien sich um seine Handgelenke und Knöchel zu schlingen, und auf dem Rückweg zu Marianne in die Küche schwang er im Takt die Hüften und sang den Text laut mit: *I'm hung up on you / Waiting for your call / Baby, night and day / I'm fed up / I'm tired of waiting on you.* Er versuchte sie mitzuziehen, aber sie schüttelte abwehrend den Kopf und hob ihr Wodkaglas, *ich kann nicht, ich habe keine Hand frei.* Er ließ nicht locker. Nahm ihr sanft das Glas aus der Hand. Stellte es hinter sie. Zog sie ins Wohnzimmer. Zuerst noch ungelenk und wenig synchron, wurden ihre Tanzbewegungen unter dem Einfluss der Musik nach und nach immer harmonischer. Sie tanzten, ohne einander zu berühren, aber auch ohne je den Blick voneinander zu wenden, wie von einem gigantischen Magneten angezogen. Und bald hatte der Groove sie fest im Griff, sie schwebten buchstäblich durch den neonrosa- und neonlilafarben flackernden Raum, losgelöst von allem, während die Zeit stillstand oder nahezu still – *time goes by so slowly*, hieß es im Song. Sie ließen es zu, dass sich ihre Körper entspannten, ihre Finger ineinander verschränkten, *so slowly, so slowly*, und dann kam jener Augenblick, in dem sich jede Logik und jede Vernunft auf Erden auflöst: Virgile streckte die Hand nach Mariannes Gesicht aus, strich ihr übers Haar, über die Sommersprossen, die Wangenknochen, den Nasenrücken, die Halsgrube, dann erst die Lippen – beide überlief ein Schauer –, er neigte sich ihr zu, ein Stromschlag, Funken sprühten, er legte die Hand auf ihre Hüfte, während die andere hinter ihren Nacken glitt, und der Kuss, langsam, süß, sehr süß, dauerte Äonen. In der Küche waren die Gambas restlos verschmort.

Marianne bewohnte ein kleines Studioapartment in der obersten Etage eines vornehmen Gebäudes in der Rue Linné, gleich neben dem Jardin des Plantes. Sie hatte nicht viel Platz, denn im Grunde bestand die Wohnung nur aus zwei umgebauten Dienstbotenkammern, aber sie war schon in ihrem zweiten Studienjahr eingezogen, und es gefiel ihr hier. Sie mochte den antiquierten Charme des Quartier Latin, die Kinos, in denen alte Filme liefen, die große Moschee, in der sie manchmal einen Minztee trank, und vor allem die Ruhe, denn es gab keine direkten Nachbarn, und in der Wohnung unter ihr lebte eine ältere alleinstehende Dame.

Als sie nach zwei Nächten bei Virgile an jenem Tag nach Hause zurückkam, hatte sie das Gefühl, von einer langen Reise zurückzukehren: ein Anflug von Befremden über die Tatsache, dass am Ausgangsort alles unverändert ist, während man selbst sich so weit wegbewegt hat. Sie ließ den Blick durch den Raum wandern, stellte fest, dass alle Gegenstände sich noch an dem Ort befanden, an dem sie sie abgelegt hatte – das Buch an derselben Seite aufgeschlagen, die Tasse im Spülbecken, der Pullover über der Sofalehne, die Blätter am Ficus matt vom Staub.

Sie öffnete das Fenster und ließ den Blick über die Dächer von Paris hinweg in die Ferne schweifen, zu den Kumuluswolken am pastellblauen Himmel. Alles war wie immer, und doch sah alles anders aus. Um ihre innere Unruhe in den Griff zu bekommen, schaltete sie den Computer an und begann zu schreiben. Sie formulierte spontan ein paar Sätze über die Begegnung, die vibrierende Luft, das beseelende Herzklopfen, die vanilleduftende Haut. Doch als sie die Sätze noch einmal las, stellte sie fest, dass schlicht und einfach die Magie fehlte, die jedes Detail und jeden Augenblick ihres Zusammenseins durchdrungen hatte. Wie kam es zu einer solchen Diskrepanz zwischen dem, was sie erlebt hatte, und den Worten, mit denen sie es beschreiben wollte? Nach mehreren Versuchen markierte sie den Text, löschte ihn und behielt nur zwei Sätze, um sie nicht zu vergessen: *Den innersten Kern der Liebe darzustellen ist unmöglich. Schreib niemals einen Liebesroman!*

Virgile und Marianne hatten das angebrannte Essen nicht angerührt. Sie hatten sich schamhaft ausgezogen, voneinander abgewandt, jeder auf seiner Seite des Bettes, sie hatten die Kleider zu Boden fallen lassen und sich, als sie nackt waren, so schnell wie möglich ins Bett geflüchtet. Virgile hatte mit einer ausholenden Geste die Bettdecke wie ein Schutzdach über ihre Köpfe gezogen, und ihre brennenden Körper fanden sich auf der noch kühlen Matratze, Gesicht an Gesicht, Wange an Wange, Atem, der ineinanderfloss.

»Hast du schon mal eine Frau geküsst?«, fragte er.

»Nein«, antwortete Marianne, »und du?«

Virgile streichelte den Anhänger, den Marianne an einer Halskette trug, und drückte seine Lippen auf ihre, *ja, natürlich, ich habe schon viele Frauen geküsst. Aber noch keine hat mich so geküsst wie du.*

Virgile hatte Freundinnen gehabt, Anaïs, Marion und Sarah, und mit Francesca fast zwei Jahre zusammengelebt.

»Wir wollten sogar Kinder, wir hätten sie Chiara und Matteo genannt, aber dann hat sie sich in einen anderen verliebt. Das hat sie mir eines Tages nach dem Abendessen mitgeteilt, vor einem Teller voller schrecklich öliger Spaghetti alla carbonara. Sie ist vom Tisch aufgestanden, hat ihre Koffer gepackt, und weg war sie, einfach so – pffft.«

Virgile hatte auch danach mit Frauen geflirtet und sich gern von ihnen verführen lassen, aber er fühlte sich eben auch von Männern angezogen. Mit ihnen war es einerseits einfacher, andererseits komplizierter. Andere Regeln, andere Reize. Bei den Männern ging es weniger darum, bei jemandem zu landen, in den Beziehungen und in der Lustbefriedigung ging es direkter zu, aber man war, trotz gegenteiliger Behauptungen, immer dem kritischen Blick der Gesellschaft ausgesetzt. Wie alle, die sich irgendwann einmal von der Norm entfernten. Selbst Virgile, der sich so wenig aus der Meinung anderer zu machen schien und so wenig bestrebt war, Erwartungen zu erfüllen, bekam es angesichts einer unangebrachten Bemerkung oder einer feindseligen Geste manchmal mit der Angst zu tun.

Bei Marianne hatte Virgile Angst, nicht mehr zu wissen, wie es funktionierte. Vergessen zu haben, wie sie so gestrickt waren, die Mädels. Aber dann erinnerte er sich an etwas, das sein Onkel Jean-Paul einmal zu ihm gesagt hatte – *Vergiss nicht, dass in der Liebe der andere immer genauso viel Angst hat wie du* –, und alles ging erstaunlich leicht. Marianne und Virgile fanden in dieser Nacht, bei ihrem *ersten Mal*, sofort zueinander, ihre Haut schmiegte sich in die Berührungen des anderen: die Hand, die von der Schulter zur Brust glitt und weiter zur Hüfte hinunter, zwischen die Schenkel. Ihre Körper flossen aufeinander zu, verschmolzen miteinander, Zeit und Raum hörten auf zu existieren, Kompassnadeln schlugen aus, Körper stürzten in gelbe Weizenfelder, in wassergrüne Lichtungen, in tropische Ozeane voller blitzender Fische, Körper, luftig und schwer zugleich, durch deren im Takt pulsierende Organe Kraftströme flossen, bis eine außerordentliche, animalische Energie sie zur letzten Umarmung, zum letzten Erschauern hob. Ihre Körper hatten sich hoch aufgeschwungen, waren durch leuchtende Regionen gewirbelt und ganz langsam wieder zur Erde gesunken, und dann bedeckte Virgile Marianne mit zarten Küssen, während sie mit geschlossenen Augen auf dem Rücken lag und spürte, wie ihr die Tränen über die Schläfen rannen.

Am frühen Morgen setzten sie sich im Schneidersitz aufs Bett und führten das Interview. Marianne trug das rosarote T-Shirt mit der Palme, das ihr bis zur Mitte der Oberschenkel reichte. Virgile hatte sich das Bettlaken um die Taille gewickelt. Er holte zwei Tassen Tee aus der Küche, und sie fingen an. Fragen und Antworten wechselten in rascher Folge, sie hatten Spaß dabei, und Marianne konnte den fast fertigen Artikel gleich in den Laptop tippen. Am Ende las sie ihn durch, einmal, zweimal, klappte den Laptop zu, beugte sich vor, küsste Virgile und erklärte:

»Ganz herzlichen Dank, Monsieur Lifar, das war großartig. Ich muss es nur noch an den Chefredakteur schicken, dann ist die Sache geritzt.«

In den folgenden Wochen überließen sich Marianne und Virgile ganz und gar ihrer Verliebtheit. Sie waren allein auf der Welt. Nichts zählte außer der Gegenwart – ihrer Gegenwart. Sie waren bestrebt, sich möglichst nicht jeden Tag zu sehen. Um die Sehnsucht wachzuhalten, sie zu genießen wie ein Bonbon, das im Mund allzu schnell schmilzt. Häufig trafen sie sich abends bei Virgile in der Rue Saint-Denis, und er kochte ihnen etwas Gutes, am häufigsten Nudeln mit Schinken und Spargel oder mit Tomate und Basilikum oder mit Zucchini und Gorgonzola, aber auch alle möglichen Salate gelangen ihm mühelos. Am liebsten mochte Marianne den *Caesar Salad à la mode de Virgile*, garniert mit knusprig gebratenem Hühnerfleisch, Kirschtomaten und einer Handvoll gerösteten Croûtons. Seine Koriandervinaigrette schmeckte zum Niederknien. Nach dem Essen hörten sie Musik, und als echte Nostalgiker mochten sie beide am liebsten Sängerinnen wie Joan Baez, Nico oder Marianne Faithfull.

»Von ihr habe ich meinen Vornamen«, erzählte Marianne eines Abends. »Weil meine Mutter ein absoluter Fan von Marianne Faithfull ist.«

Sie tanzten aber auch auf Discohits, wiegten sich eng umschlungen zu Barbara und Jacques Brel, rockten ausgelassen zu Dalida, Rihanna und Beyoncé, und wenn sie nicht mehr konnten, gingen sie ins Badezimmer, putzten sich Arm in Arm die Zähne, spuckten im selben Moment ins Waschbecken und schnitten unter hemmungslosem Gekicher wie die Kinder vor dem Spiegel Grimassen.

Am Wochenende spazierten sie gern Hand in Hand durch Paris. Sie liefen kilometerweit, ohne müde zu werden, von einem Viertel ins nächste, ließen sich treiben, bewunderten Häuserfassaden, entdeckten versteckte Gassen und Passagen, manchmal ein nettes Bistro. Eines Tages setzten sie sich, weil sie hungrig waren, an einem Platz mitten in der Stadt auf eine Bank, um Sushi aus der Box zu essen. Zwischen den Spielgeräten tobten Kinder herum, kletterten auf Holztürme, sausten die Rutschbahn hinunter, stritten sich um Eimer und Schäufelchen. Dazwischen chillten ein paar Jugendliche, die Jungen mit Hoodies und Rucksack, die Mädchen in Skinny Jeans und mit Umhängetaschen. Auch bei den Teenagern ging es laut zu, sie wechselten geräuschvoll von einer Gruppe zur anderen, schnorrten Kaugummis und Zigaretten. Einer der Jungen führte das große Wort, er redete lauter als die anderen und war von hübschen Mädchen umringt. Eines der Mädchen driftete von ihrer Gruppe weg und setzte sich abseits auf eine Bank. Die Füße auf die Sitzfläche gestützt, hockte sie auf der Rückenlehne und tippte etwas in ihr Handy. Danach steckte sie das Gerät mit einem kurzen Blick zu ihrer Clique weg und setzte sich normal auf die Bank. Sie senkte den Kopf, starrte auf ihre Sneakers, knallrote, brandneue Converse, und fing an, mit der Schuhspitze den Kadaver eines toten Spatzen hin und her zu schieben, der vor ihren Füßen lag.

»Hast du gewusst, dass in Paris drei Viertel aller Spatzen verschwunden sind?«, fragte Virgile. »Und zwar innerhalb von knapp fünfzehn Jahren. Eine Katastrophe!« Er steckte sich ein Sushiröllchen in den Mund.

»Das heißt, unsere Kinder werden nie einen Spatzen zu Gesicht bekommen?«, fragte Marianne nachdenklich.

Virgile drehte sich zu ihr um und sah sie aus leicht zusammengekniffenen Augen an.

»Ich bin immer noch hungrig, du auch? Sollen wir uns ein Kebab holen?«

Marianne war von Kebab nicht besonders angetan, eigentlich überhaupt nicht, aber Virgile schien so erpicht darauf, dass sie nickte.

»Wenn wir als Studenten am Samstagabend aus der Disco kamen, hatten wir immer einen solchen Kohldampf, dass wir uns sofort einen Kebab gekauft haben. Wann war das noch mal? Vor zwanzig Jahren? Damals konnten wir uns gar nicht vorstellen, dass wir jemals alt sein würden. Und schon gar nicht, dass die Spatzen verschwinden könnten.«

Sie überquerten die Avenue, folgten ihr ein Stück und kamen zu einem Imbiss, der *Pizza Kebab Crêpes Panini Hamburger Chicken* verkaufte – *alles in Eins-a-Qualität*, beteuerte der Verkäufer, um Mariannes unausgesprochenes Misstrauen zu entkräften. Er nahm die Bestellung entgegen, *einen Kebab für Monsieur und ähm ja, dasselbe für Madame*, dann streifte er sich einen dünnen Latexhandschuh über und griff nach seinem langen Messer. Er trat an den gelbbraunen, vertikal rotierenden Fleischzylinder, schnitt ein paar Streifen ab und legte sie vorsichtig auf das Pitabrot. Dann wiederholte er die Operation, bis beide Sandwiches ausreichend dick belegt waren, und streute mit einer virtuosen Handbewegung, die eines Fernsehkochs würdig war, ein paar Tomatenwürfel darauf. Man hätte meinen können, dass er im Feinschmeckerrestaurant ein exquisites Mahl zubereitete.

Als er Marianne ihren Kebab reichte, beugte er sich über die Theke und flüsterte ein paar Worte auf Türkisch, die er ihr gleich anschließend übersetzte.

»Ich werde dir mein Geheimnis anvertrauen. Das einzig wahre Kebabrezept stammt von Suleiman dem Prächtigen.«

Und er hob zu einer eindrucksvollen Tirade über das Goldene Zeitalter des Osmanischen Reichs an, erörterte die Kriege gegen die Safawiden aus dem heutigen Iran und die Eroberung von Bagdad und Aserbaidschan, er offenbarte seine Schwäche für Haremsintrigen, sprach über die glühende Liebe des Sultans zu der ehemaligen Sklavin Roxelane, die zu seiner Favoritin aufstieg, schwärmte von den Brücken, Palästen und Moscheen von Andrinopel und Konstantinopel. Am Ende hörte er so abrupt auf, wie er begonnen hatte.

»Jetzt verrate ich dir das Geheimnis. Du musst das Fleisch eine ganze Nacht lang in Gewürzen und Milch marinieren. Und wenn es nach allen Regeln der Kunst gebraten ist, servierst du es mit frischen Tomaten. Sonst nichts.«

Das Fernsehgerät, das an der Wand hing, zeigte bei abgestelltem Ton Bilder aus einer nahöstlichen Stadt. Man sah eine Ansammlung von düster und drohend blickenden Männern im kampffähigen Alter, die aus voller Kehle zu schreien schienen. Sie waren von Kopf bis Fuß in Schwarz gehüllt – Bart, T-Shirt, Kopfbedeckung – und hatten Kalaschnikows umgehängt. Gerüstet für alle Kriege dieser Welt. Und gleichzeitig ging um sie herum das Alltagsleben seinen gewohnten Gang. Schrottreife Autos fuhren vorbei, fliegende Händler boten ihre Waren an, Käufer feilschten um einen Sack Reis oder Linsen, Vögel zogen Linien über den Himmel. Ein paar alte Leute würfelten, zwei junge Männer hielten sich an der Hand, ein Paar teilte sich eine saure Pflaume.

Auf dem Gehweg stehend, biss Virgile herzhaft in sein Fladenbrot und stieß einen zufriedenen Seufzer aus. Eine Wolke von Knoblauch und Jugendlichkeit umgab ihn. Er kaute mit Genuss und aß so voller Hingabe einen Bissen nach dem anderen, dass ihm das heiße Fett übers Kinn lief. Während er sich das Gesicht mit dem Handrücken abwischte, sagte er zu Marianne:

»Du hast von Anfang an gewusst, dass wir ein Kind haben würden?«

Seine Bemerkung hatte sie beide so aus der Fassung gebracht, dass sie ihren Weg schweigend, in Gedanken versunken fortsetzten. Marianne wollte nach Hause, aber Virgile bestand darauf, in der Bar von Olive und Kamel noch ein Glas zu trinken. Sie waren seit ihrer ersten Begegnung nicht mehr gemeinsam dort gewesen, und Virgile hatte Lust, seine Freunde zu treffen.

»Ich habe ihnen so viel von dir erzählt«, sagte er mit Nachdruck, um Marianne zu überzeugen. »Sie wollen dich unbedingt besser kennenlernen.«

Als sie die Bar betraten, bemerkte Marianne bei sich ein Gefühl, das sie nicht gehabt hatte, so lange sie mit Virgile allein gewesen war – das Gefühl, der Eindringling oder gar Außenseiter in einem festen Freundeskreis zu sein. Niemand ließ ihr gegenüber eine unpassende oder respektlose Bemerkung fallen, ganz im Gegenteil, alle behandelten sie betont liebenswürdig. Doch durch ihr Verhalten deuteten sie an, dass sie Marianne für eine kleine Episode in Virgiles Schwulendasein hielten, für ein exzentrisches Zwischenspiel.

»Na, mein Hübscher, was darf ich dir heute Abend kredenzen«, fragte Olive, »einen Detox-Special, wie üblich?« Olives berühmter Signature-Cocktail bestand aus Rum, Triple Sec, Limone, Ingwer und einem großen Eiswürfel.

Virgile nickte hocherfreut, *I love you, ma chérie*, und wandte sich an Kamel: »Eine Traumfrau, deine Olive, was?«

Kamel lächelte und schob ihnen zwei Schüsseln zu, eine mit Muscheln *à la marocaine* und eine mit klein gewürfeltem Kreuzkümmelkäse.

»Für dich auch einen Detox?«, fragte er Marianne. »Oder möchtest du lieber etwas anderes?«

»Ich nehme auch einen«, antwortete sie, und in diesem Moment betrat ein junger, sehr schöner und auffällig geschminkter Transvestit die Bar.

»Oh, my, wen haben wir denn da?«, rief Olive überschwänglich.

Virgile sprang auf, *ich glaub's ja nicht, Tom, das ist echt eine Ewigkeit her.* Er umarmte und drückte den jungen Mann voller Zuneigung und platzierte einen Kuss knapp neben die Lippen. Marianne wandte den Blick ab, aus Verlegenheit, aber auch aus Eifersucht. Hastig kippte sie den Cocktail hinunter, der inzwischen vor ihr stand.

Tom trug Netzstrümpfe und hohe Absätze, die seine muskulösen Waden betonten. Sein Gesicht war mit einer dicken Schicht Puder bedeckt, und auf dem Jochbein klebte ein Schönheitspflästerchen. Er ließ sich neben Virgile auf einen

Barhocker sinken, zog sich trotzig die Perücke vom Kopf und die falschen Brüste aus dem BH und verstaute alles in seiner Handtasche. Danach bestellte er einen Detox, entschied sich jedoch gleich darauf um:

»Nein, mach mir lieber eine Piña Colada. Ich bin total unterzuckert.«

»Was ist los?«, fragte Virgile. »Liebeskummer? Herzschmerz?«

Tom schüttelte zunächst den Kopf, dann neigte er ihn zu einem vagen Vielleicht.

»Es ist kompliziert, wie immer. Du kennst das ja.«

Virgile legte ihm den Arm um die Schulter und zog ihn zu sich heran.

»Komm mal her, du, ich werde dich jetzt abschminken. Damit man dein hübsches Frätzchen besser sieht.«

Tom holte einen Beutel mit Abschminkpads und Reinigungsmilch aus seiner Tasche, gab ihn Virgile und ließ den Kopf mit geschlossenen Augen in den Nacken sinken. Virgile strich mit den Pads über seine Lider, rieb die Wangen ab, das Kinn, die Stirn, den Hals. Bei den Lippen verweilte er länger. Es war offensichtlich nicht das erste Mal, dass er so etwas machte, und Tom schien den Vorgang sehr zu genießen. Während die Schminke von den Pads aufgesogen wurde, erzählten sie sich Insiderwitze und das Neueste aus ihrem Leben. Marianne verstand nicht alles. Im Grunde verstand sie gar nichts. Denn in Virgiles Blick lag dieses seltsame Funkeln, ein Ausdruck, den sie an ihm nicht kannte und den er bei ihr nie hatte, eine Art … Boudoirblick, der an rote Samtvorhänge, barocke Tischchen und Amphoren voller üppiger Blumengebinde aus Hortensien, Päonien und langstieligen Rosen denken ließ. Ein Ort, an dem Männer nackt und träge auf Chaiselongues lagerten, den Körper mit kostbarem Öl gesalbt, ein Ort, an dem Räucherstäbchen glommen, Sektkübel mit Champagner- und Wodkaflaschen weitergereicht wurden, Tabletts voller Kaviarhäppchen und Zitronenmacarons die Runde machten.

Tom hob den Kopf und strich sich über die glatte Haut. Er nippte an seiner Piña Colada und lächelte ein umwerfend charmantes Lächeln.

»Auf jeden Fall freue ich mich sehr, dich zu sehen«, sagte er, mit der Hand auf Virgiles Knie. »Mein Gott, war ich unglücklich.«

Dann legte er, wie ein Kind, das getröstet werden will, den Kopf an Virgiles Schulter.

Bevor sie Virgile begegnet war, hatte sich Marianne nicht besonders für Vögel interessiert. In ihrer Welt gab es Tauben, Spatzen und eventuell noch Krähen, und damit basta. Wenn sie jedoch neuerdings die Fenster ihrer Wohnung öffnete, sah sie Blaumeisen, kleine neugierige Amseln und Elstern mit einem hübschen Federkleid und einem langen Schwanz. Sie verpasste weder den Zeitpunkt, an dem die Bäume zu blühen begannen, noch den Tag, an dem die ersten Blütenblätter fielen. Auf einmal nahm sie ihre Umgebung aufmerksam wahr, sie achtete auf alles, was sich unmittelbar vor ihr befand. Warum hatte er ihr seit dem gestrigen Abend keine Nachricht geschickt? Würden sie sich heute sehen oder nicht? Sie wusste immer noch nicht Bescheid, dabei war es schon achtzehn Uhr. Von Anfang an hatte im Wesentlichen er die Spielregeln festgelegt, das musste sie sich eingestehen, und auf einmal war sie davon genervt. Auf einmal gab es zu viele Vögel auf der Welt. Zu viele Farben. Und wenn sie andere Menschen ansah, dann waren diese weder schön noch hässlich, nein, sie schienen einfach nicht zu existieren.

Da sie sich nicht konzentrieren konnte, holte Marianne, statt den Artikel zu beenden, an dem sie gerade arbeitete, aus ihrem Bücherregal den Erzählband *Kathedrale* von Raymond Carver, eines von Virgiles Lieblingsbüchern. Sie schlug den Band auf gut Glück auf und fing an zu lesen: »Ich hatte eine Arbeit, und Patti hatte keine. Ich arbeitete jede Nacht ein paar Stunden im Krankenhaus. Es war ein Nulljob.« Virgile hatte ihr den Autor nahegebracht – *absolute Perfektion*, wie er fand. *Mit drei Worten erzeugt dieser Typ eine Atmosphäre und zeichnet Figuren, und du verstehst im Handumdrehen alles, ihre Einsamkeit, ihre Neurosen, die Langeweile, die an ihnen zehrt. Du kannst seine Erzählungen tausendmal lesen und verstehst immer noch nicht, wie er es hinkriegt, dass sie so gut sind.*

Oft lasen sich Marianne und Virgile abends vor dem Einschlafen aus Büchern vor. Virgile artikulierte die Worte sorgfältig, als bewegte er kleine wertvolle Gegenstände im Mundraum. Sein Sprechtempo war beim Lesen langsamer als sonst, seine Stimme dunkler. Marianne hörte ihm sehr gern zu, ihr war, als gewährte er ihr Zugang zu seinen innersten Räumen, die er anderen nie zeigte. Die nur sie allein kannte.

Sie war kurz davor, ihm eine SMS zu schicken – *wie sieht es aus mit heute Abend?* –, aber sie bezwang sich und blätterte in ihrem Adressbuch. Sollte sie sich mit ihrer Freundin Lucie auf ein Glas verabreden? Dann hatte sie eine andere Idee.

»Alice?«, sagte sie in den Hörer. »Ich bin's. Können wir zusammen essen?«

»Wann? Heute Abend?«, fragte Alice. »Doch, das passt gut. Sam hat gerade Schnittlauch aus dem Garten geholt, und ich habe Bioeier gekauft. Wir können uns ein kunterbuntes Omelette machen.«

Alice und Samuel, Mariannes Eltern, wohnten im Viertel Butte-aux-Cailles in einem kleinen Haus mit einem handtuchgroßen Vorgarten. Sie hatten die wenigen Quadratmeter mit allerlei Essbarem bepflanzt, mit Tomaten, Erdbeeren und Kräutern, aber auch mit Nelken, Vergissmeinnicht, Levkojen und einer herrlichen roten Geranie. Vor allem Samuel werkelte hier, der Garten war seine Domäne. Und seitdem er im Ruhestand war, schnippelte, pflanzte und hackte er von früh bis spät.

Bei Mariannes Ankunft saß Alice mit übergeschlagenen Beinen auf der obersten der drei Stufen, die zum Haus führten, und rauchte eine Eukalyptuszigarette. Samuel war mit gebeugtem Rücken im Begriff, Tulpenzwiebeln zu setzen, die im nächsten Frühjahr blühen würden.

»Ah, da bist du ja«, sagte Alice und stand auf, um ihre Tochter zu umarmen. »Geht's gut? Du siehst toll aus.«

Marianne ging ins Haus und wurde sofort von dem vertrauten Geruch nach gefirnisstem Holz und Plätzchenteig umfangen, dem Geruch ihres Elternhauses, dem Geruch ihrer Kindheit, der unmittelbar bewirkte, dass sie sich wieder wie ein kleines Mädchen fühlte. Alice holte Teller und Besteck aus dem Schrank, und sie deckten zusammen den Tisch mit demselben wild zusammengewürfelten, robusten Geschirr wie vor dreißig Jahren. Darin zeigte sich Alice' Hippiestyle oder, besser gesagt, das, was davon übrig geblieben war, nach dem Motto »Bürgerlichkeit ist nicht mein Ding«.

»Wie läuft die Arbeit? Bist du zufrieden?«, fragte sie Marianne und wedelte die Frage mit der Hand gleich wieder weg.

»Nein, warte, sonst musst du deinem Vater alles noch mal erzählen.«

Sie stellte die Salatschüssel auf den Tisch und rief durch die Tür, die sie offen gelassen hatte:

»Sam, kommst du, das Essen ist fertig!«

Sie lächelte Marianne zu und reichte ihr als Apéro ein Schälchen mit Cashewnüssen und gerösteten Mandeln.

»Dein Vater ändert sich nie. Wenn er im Garten ist, kriegt man ihn dort nicht weg.«

Auch Alice änderte sich nicht. Immer noch dieselben langen schlanken Beine und derselbe Hippiechic, bestehend aus farbigen Strickkleidern, Vintagegürteln und Wildlederstiefeletten, immer noch das Haar zu einem lässigen Knoten hochgesteckt, aus dem auf allen Seiten kesse kleine Strähnen hervorlugten, immer noch dieselben Sommersprossen und lagunengrünen Augen, von farblich passendem Kajal umrahmt. Mutter und Tochter sahen sich erstaunlich ähnlich.

Samuel kam aus dem Garten und goss sich ein Glas Wasser ein, das er in einem Zug austrank. Er wusch sich die Hände mit Seife und trocknete sie sich über dem Spülbecken ab. Dann setzte er sich an den Tisch und goss den Frauen ein Glas Wein ein. Seines ließ er leer. Alice servierte das Omelette, als hätte sie zu einem fürstlichen Mahl geladen. Streng genommen hatte sie damit tatsächlich das Maximum ihrer kulinarischen Fähigkeiten erreicht, denn die meiste Zeit aßen sie und Sam Vollkornreis und Sojasteaks. Andererseits buk Alice die besten Plätzchen und Bananenkuchen der Welt, an denen sie ununterbrochen knabberte, ohne je ein Gramm zuzunehmen.

Samuel säbelte mit der gekippten Gabel ein Stück Omelette ab, und Alice wiederholte ihre Frage:

»Also, wie läuft es bei der Arbeit, bist du zufrieden?«

Marianne nickte. *Ja, alles gut, ich bin immer noch bei der Zeitschrift.* Sie trank einen Schluck Wein und fragte ihre Mutter:

»Sagt dir der Name Paul Wiazowski etwas?«

»Aber natürlich sagt er mir etwas, ich *liebe* diesen Schriftsteller.«

Marianne berichtete von ihrem Beinaheinterview mit Wiazowski, dem Star, der niemals Interviews gab, von ihrem erstaunlichen Treffpunkt, davon, wie sich der Autor nach drei Sätzen verzogen hatte, und dann ... Sie senkte den Blick und errötete leicht.

»Wie, hast du jemanden kennengelernt?«, fragte ihre Mutter, der das Singledasein ihrer Tochter schon lange Kopfschmerzen bereitete.

Sie wünschte sich so sehr, dass ihre Tochter sich mit einem Mann zusammentat und *etwas aus ihrem Leben machte.* Außerdem wäre sie liebend gern Großmutter geworden, dreiunddreißig war nicht eben jung, in diesem Alter nahm die Fruchtbarkeit rapide ab, das wusste man doch.

Marianne stocherte in ihrem Omelette.

»Ja, habe ich.«

»Ist er ungebunden? Er hat keine Frau oder Freundin?«, hakte Alice nach und beugte sich über die Tischplatte, als wollte sie Marianne zu vertraulichen Mitteilungen ermutigen.

»Nein, nein, er hat sich gerade getrennt.«

Alice seufzte vor Erleichterung auf und lächelte Samuel an.

»Er hat sich gerade von seinem Freund getrennt«, ergänzte Marianne und griff nach ihrem Weinglas.

Warum sie diesen Satz ausgesprochen, ihnen dieses Detail vorgesetzt hatte, wusste sie selbst nicht. Aber nun war ein paar Sekunden lang nur das Klicken der Gabeln zu hören, und niemand wagte ein Wort zu äußern. Weil ihr das Schweigen peinlich wurde, wandte sich Alice an ihren Mann und beschwerte sich mit leicht gereizter Stimme:

»Du sagst gar nichts, Sam?«

Sie starrte Sam an, als nähme sie den Mann, mit dem sie seit über fünfunddreißig Jahren zusammenlebte, zum ersten Mal richtig wahr. Dabei kannte sie ihn in- und auswendig. Seine Stimmungen, seine seelischen Regungen, seine Gefühle. Über die er *nie* ein Wort verlor.

Marianne verabschiedete sich kurz nach dem Essen von ihren Eltern. Zu ihrem Vater sagte sie »Gute Nacht, Sam«, ihre Mutter küsste sie auf die Wange, und schon auf dem Rückweg tat es ihr leid, dass sie überhaupt von Virgile angefangen hatte. Über ihn zu reden, hatte sie für kurze Zeit entlastet – er fehlte ihr so sehr, dass ihr schon das Aussprechen seines Namens unglaublich guttat –, aber sie wusste auch, dass sie ihre Eltern damit beunruhigte. Tatsächlich blieb Alice, nachdem Marianne gegangen war, am Tisch sitzen und drehte und wendete das Thema in alle Richtungen.

»Kann es sein, dass unser Mädchen für das Glück einfach nicht geschaffen ist?«, überlegte sie, während sie sich Maisbrotkrümel von den Fingerspitzen abklopfte. »Denn man muss sich doch allen Ernstes fragen: Was ist das wieder für eine Geschichte? Da könnte man auch gleich mit Volldampf gegen die Wand fahren, findest du nicht?«

Samuel, der den Tisch abgeräumt hatte, schlug vor, einen Salbeitee zu trinken, und wischte mit einem Küchenschwamm über den Tisch. Er legte ein Tab in den Geschirrspüler und schaltete das Ecoprogramm ein. Natürlich war er ganz ihrer

Meinung. Sie waren beide sehr tolerante Menschen, ihr Herz schlug links, sie verstanden sich als Altachtundsechziger, Ehe für alle und so weiter. Aber trotzdem. Meine Tochter – mit einer Schwuchtel?

Bevor er die Wohnung verließ, warf Virgile einen prüfenden Blick in den kleinen Spiegel neben der Eingangstür. Er hatte Ringe unter den Augen. Zu wenig Schlaf in den vergangenen Tagen, zu viele Exzesse. Tom war mehrere Abende in Folge unangekündigt hereingeschneit, mit seinem viel zu großen Abercrombie-Sweatshirt, seinem Premium-Weed und seinen Red-Bull-Dosen.

»Salut, Virge«, lautete seine Standardbegrüßung, zusammen mit einem herzhaften Kuss auf den Mund, »kommst du heute Abend mit ins Depot?«

Virgile lehnte regelmäßig ab – *aus dem Alter bin ich raus, mein Schatz* –, woraufhin Tom sich seufzend auf dem Sofa ausstreckte, die Blättchen herausholte und einen gut gefüllten Joint drehte, den er mit zum Himmel verdrehten Augen anzündete.

»Gottchen, bist du langweilig geworden.«

Virgile setzte sich dann wortlos neben Tom, schob eine Hand unter das weite Sweatshirt und streichelte eine Weile seinen straffen, muskulösen Oberkörper. Manchmal hatte er auch Lust, ihn übermütig abzuküssen, was Tom zum Lachen brachte, wodurch er sein vom zu vielen Rauchen graues Zahnfleisch entblößte. Wenn er ganz entspannt war, leerte Tom eine Dose Red Bull, legte seinen Lieblingssong auf, *Bad Romance* von Lady Gaga, und tanzte mit nacktem Oberkörper durchs Wohnzimmer. Er war nicht ganz so hübsch wie in seinem Transvestitenoutfit, aber Virgile fand seine ultrakurzen Haare, die Narbe an der Augenbraue und die mit Kajal umrandeten Augen trotzdem sehr sexy. Ein Gangster mit Bambiaugen. Sie hatten eine Menge Spaß miteinander. Virgile gefiel es, für ein paar Stunden in die Rolle eines leichtlebigen Tagediebs zu schlüpfen, selbst wenn sich sein Hirn danach klebrig und sein Körper wie durch den Wolf gedreht anfühlte, er sich selbst verabscheute und vor lauter Selbstekel keinen Gedanken an Marianne zuließ.

Beim Anblick seines zerknitterten Gesichts seufzte Virgile laut auf. Unwillkürlich strich er sich über Wangen und Kinn. Er sollte ins Bad gehen und sich rasieren, aber stattdessen knallte er die Tür hinter sich zu und rannte in großen Sprüngen die Treppe hinunter. Vor dem Haus begegnete er einem Paar, das gerade den Club 88 verließ. Die Frau trug zu einer hautengen Kunstlederhose ein Spitzentop, unter dem die Fettpölsterchen hervorquollen, und so hohe Absätze, dass sie beim Gehen schwankte. Unter ihrer Löwenmähne blitzten große vergoldete Ohrringe. Ihr Begleiter war ein Kerl vom Typ Fernfahrer, mit kurzen Armen, Stiernacken, Tränensäcken unter den Augen und einem Bierbauch. Um sein Handgelenk wand sich ein protziges, silbernes Panzerarmband. Die beiden gingen nebeneinanderher und hatten die kleinen Finger ineinandergehakt. Sie sahen glücklich aus.

Virgile setzte sich in eines der Cafés in der Rue Montorgueil und bestellte ein Croissant und einen Pfirsichsaft. Das Croissant kam direkt aus dem Backofen. Virgile zog die warmen Blätterteigschichten auseinander und ließ sie auf der Zunge zergehen, dann holte er sein Skizzenbuch hervor und zeichnete wahllos, was sich seinem Blick bot. Die alte Dame, die an einem der Tische ihren Kaffee trank, ihr Hündchen auf den Knien. Den Betrunkenen, der auf der anderen Straßenseite an der Hauswand lag und schlief. Den Lieferanten, der seine Ware auslud.

Dann zeichnete er eine Landschaft, bestehend aus Meer und glänzenden Felsen, rosafarbenen Muscheln und angeschwemmten Hölzern. Er fügte zwei, drei Möwen hinzu, die angeflogen kamen, um sich am Strand auszutoben. Die ersten Konturen eines Gesichts erschienen unter seinem Stift, zunächst ein Auge, dann eine Haarsträhne, hübsch geschwungene Lippen, ein paar Sommersprossen, und nach und nach wurde Mariannes Gesicht auf dem Blatt erkennbar. Eine Woche war vergangen, seit er sie zuletzt gesehen hatte. Natürlich, Tom war wieder in seinem Leben aufgetaucht, und sie hatten sich beide darüber gefreut und den Sex genossen, aber im Grunde war ihre Geschichte vorbei. Man führt ja auch nicht endlos dasselbe Stück auf. Außerdem hatte sich Tom über ihn lustig gemacht, als er ihm von Marianne erzählt hatte, *das geht vorüber, glaub mir, eines Tages kehrst du in den Schoß der Familie zurück, ein Schwanz ist doch was ganz anderes*, und Virgile hatte sich über ihn geärgert. Marianne ging ihm nicht aus dem Kopf. Jedes Mal wenn er etwas Interessantes erlebte, bekam er Lust, ihr davon zu erzählen. Er hätte ihr gern die Halskette geschenkt, die er im Schaufenster gesehen hatte, oder das Restaurant ausprobiert, das gerade eröffnet hatte, oder sich mit dem Eau de Toilette besprüht, das sie so mochte – kurz, alles erinnerte ihn an sie. An sie. Eine Frau. Die ihm einfach so den Kopf verdreht hatte. Stimmt etwas nicht mit mir, Herr Doktor?

Er stippte die letzten Krümel seines Croissants mit der angefeuchteten Fingerkuppe auf und leckte sie ab, dann setzte er seine Kopfhörer auf und legte die Hände über die Ohren, um den Klang zu verstärken: *À la folie, je serre ta nuit / contre ma nuit / je tente le tout pour la vie / le slow interdit.* In letzter Zeit hörte er den Song am laufenden Band, weil ihm die hohe sinnliche Frauenstimme gefiel, die mit Seufzern und diskretem Vibrato zu spielen verstand. Und wie sie das Wort *Fête* aussprach – mit einem leichten Klacken auf dem T. *Drôle de fête / drôle de défaite / impossible tête-à-tête.*

Virgile lief mit dem vollen Sound auf den Ohren durch das Quartier des Halles und überquerte die Seine auf der Höhe des Institut du Monde Arabe. Von dort aus ging er weiter in Richtung Rue Linné und blieb einen Moment vor Mariannes Haus stehen. Carl von Linné, sieh einer an! Der schwedische Botaniker, der im achtzehnten Jahrhundert die immer noch gültige Klassifizierung von Pflanzen und Tieren vorgenommen hatte. Virgile deutete dies zwangsläufig als ein Zeichen und nutzte das Auftauchen einer gebückten alten Dame in der Eingangstür, um sich ins Haus zu schlängeln. Auf einmal wusste er, was er wollte. Was hatte sein Freund, der berühmte Landschaftsarchitekt Pascal Cribier, einmal zu ihm gesagt? »Die wahren Gärtner sind impulsive Menschen, sie sind imstande, auf der Grundlage von Gefühlen, die sich über die Jahreszeiten angesammelt haben, blitzschnell Entscheidungen zu treffen.«

Pascal Cribier hatte er viele Jahre zuvor in dessen Garten in Varengeville-sur-Mer kennengelernt. Virgile war damals noch ein Teenager gewesen, und Pascal saß, wie so oft, in einem Baum. Es handelte sich um eine majestätische Ulme, deren Äste er mit seiner kleinen Handsäge bearbeitete, einem Fuchsschwanz, den er überall mit hinschleppte, *damit das Licht bis zu den unteren Ästen vordringen kann.* Pascal kletterte mit Begeisterung in Bäumen herum und beschnitt sie unentwegt, um ihnen exakt die Form zu geben, die ihm vorschwebte. Er spürte gern die Äste unter den Füßen, er mochte das leichte Schwindelgefühl, das ihn da oben überkam, es machte ihm Freude, sich von plötzlichen Windböen überraschen zu lassen und die Welt von weit oben zu betrachten.

Virgile hastete die sechs Stockwerke hinauf und drückte, oben angekommen, einmal kurz auf den Klingelknopf. Er hörte, wie hinter der Tür eine Tasse abgestellt und ein Stuhl verschoben wurde. Dann das Tappen nackter Füße auf dem Parkett. Als er sie näher kommen und das Parkett knarren hörte, überlief ihn ein wohliges Kribbeln.

Als Marianne vor ihm stand, ließ er ihr keine Zeit zu reagieren, sondern drückte ihr rasch einen Kuss auf die Lippen und trat ein. Er steuerte sofort das Wohnzimmer an, als suchte er etwas, und nahm Carvers Erzählband in die Hand, der auf dem Couchtisch lag. Er schwenkte das Buch durch die Luft.

»Ah, du liest das wieder? Der Typ ist echt genial, oder?«

Er blätterte zerstreut die Seiten um und legte das Buch auf den Tisch zurück. Dann stellte er sich, äußerlich ganz entspannt, ans Fenster.

»Du hast wirklich eine phantastische Aussicht – Dächer, Himmel, Vögel. Fehlt nur noch das Meer, was?«

Er blieb am Fenster stehen. Marianne hatte noch kein Wort gesagt. Sie betrachtete Virgile von hinten, seinen Rücken, der ihr plötzlich riesig vorkam, seine Selbstbeherrschung, seine unangebracht lässige Haltung. Als hätten sie sich gerade erst gesehen, als sei alles in bester Ordnung. Warum hatte er sich seit einer Woche nicht bei ihr gemeldet? Sie griff nach dem Erzählband, stellte ihn mit einer brüsken Geste ins Regal zurück und gab sich einen Ruck.

»Ich bin kürzlich abends bei dir vorbeigekommen, das Licht war an, und ich habe ihn gesehen.«

Virgile drehte sich um. »Wen?«

»Tom. Den aus der Bar. Ist er dein neuer Freund?« Sie hatte nicht gewollt, dass ihre Stimme so schrill klang.

Sie hatte sich geschworen, die Dinge nicht zu verkomplizieren und sich ebenso liberal zu geben wie er. Schließlich war für ihn das Zusammensein mit ihr, einer Frau, auch ein ziemlich großer Schritt. Doch sie war an ihre Grenzen gestoßen. Ihre ganz persönlichen Grenzen. Virgile regte sich sofort auf.

»Scheiße, Marianne, Tom hat nichts zu bedeuten. Er ist ein Ex, weiter nichts.«

»Na ja, ein Ex, mit dem du schläfst. Wenn's weiter nichts ist ...«

Virgile ließ sich schwer aufs Sofa fallen, zog eine Zigarette aus der Schachtel und klopfte sie mit dem Filterende gegen das Knie.

»Hör mal, mit jemandem schlafen ist wie ein genüssliches Abendessen.« Er zündete die Zigarette an. »Kein Grund, ein solches Theater zu machen, mein Gott.«

In diesem Moment erkannte Marianne, wie tief der Graben war, der sie in dieser Hinsicht trennte. Gewaltig. Aber ebenso klar erkannte sie in sich das unbezwingbare Verlangen, in Virgiles Armen zu liegen, ihn zu berühren, Mund an Mund, Körper an Körper und mehr. Ein ganzes Leben mit ihm verbringen, nur mit ihm. Als sie ihn da auf ihrem Sofa sitzen sah, wusste sie, dass es keinen anderen geben würde. Dass sie keinen anderen wollte als ihn. Sie könnten in Paris, in Lissabon, in Buenos Aires leben, es spielte keine Rolle, weil überall Sterne über ihnen leuchten würden. Welcher Wahn sich ihrer bemächtigt hatte, wusste sie selbst nicht, aber langsam und sicher wuchs dieser Wahn und breitete sich aus, streckte seine Wurzeln in alle Richtungen, bis in die tiefsten Schichten ihrer Haut und ihrer Träume.

Florence hatte es nicht kommen sehen und nichts dagegen tun können, und dennoch musste sie es ihrer besten Freundin Tatiana beichten: Yves-Claude ist aus dem Fenster gesprungen, er ist tot.

Sie setzte sich auf die Armlehne der Wohnzimmercouch, noch ganz benommen von den Ereignissen der letzten Stunden. In der Wohnung war alles still, nichts regte sich. Nur eine leichte Brise wehte durch das immer noch weit geöffnete Fenster, und von der Straße her drangen Huptöne, Motorengedröhn und das Geplapper von heimkehrenden Grundschülern nach oben. Florence starrte auf den riesigen Sportschuh, der mitten im Wohnzimmer lag, Größe 44 oder vielleicht auch 45, und konnte keine gedankliche Verbindung zwischen diesem Ding und den Füßen ihres Sohnes Nils herstellen. Ihr Blick fiel auf den Couchtisch. Auf ihm stand eine ganze Kollektion Nagellackfläschchen – Korallenrot, Himbeerrot, Fliederfarben, Rubinrot, Anisgrün, Pistazie, Minze, Grau in fünfzig Nuancen, verschiedene Blautöne und Glitzerlacke. Ihre Tochter Elena hatte sich in den Kopf gesetzt, Modedesignerin zu werden, und legte in letzter Zeit besonderen Wert auf stylische Fingernägel. Florence griff nach einem der Fläschchen und bemalte den Nagel ihrer großen Zehe in dezentem Ziegelsteinrot, dann steckte sie das Pinselchen zurück in die Flasche und stützte den Kopf in die Hände. Verdammter Mist, murmelte sie vor sich hin. Wie soll ich das Tatiana nur beibringen? Wie wird sie diesen Schock aufnehmen, wo sie doch an ihrem Hund mehr hängt als an ihren Liebhabern?

Florence hatte ihrer Freundin von sich aus angeboten, Yves-Claude zu hüten, während sich Tatiana in Quiberon eine Thalassotherapie gönnte. Tatiana brauchte sie so dringend! Die letzten Wochen waren besonders hart gewesen, in der Klinik hatte sich eine Schicht an die andere gereiht, es gab Zoff mit dem Stationsarzt, sie war von zwei Schachteln Zigaretten täglich auf null heruntergegangen, und zu allem Übel trieben sich im OP neue Assistenzärzte herum, die sie für eingebildet und erschreckend inkompetent hielt und mit denen sie bei der Arbeit überhaupt nicht zurechtkam. Aus diesem Grund hatte Florence auch insistiert: »Ich schwöre dir, es macht mir überhaupt nichts aus, und meine Kinder lieben deinen Hund!« Nach kurzem Zögern hatte Tatiana das Angebot angenommen und Yves-Claude, dessen Name sich aus den Vornamen ihrer beiden Lieblings-Exlover zusammensetzte, bei Florence gelassen.

Der Hund war hässlich wie die Nacht und machte einen stumpfsinnigen Eindruck. An den Lefzen hatte er eine große Geschwulst, ein dunkelbraunes labbriges Gewächs, das wie ein Einkaufsbeutel aussah und von links nach rechts baumelte, wenn er sich bewegte. Aber Yves-Claude störte nicht, denn er lag die meiste Zeit in einer Ecke, döste vor sich hin und bellte nie. Florence war vor dem tragischen Ereignis nichts Außergewöhnliches an seinem Verhalten aufgefallen, nur dass Yves-Claude, als sie das Wohnzimmerfenster weit geöffnet hatte, schwach zu bellen begann und immer unruhiger im Zimmer hin und her trottete. Dann war alles in Sekundenbruchteilen geschehen, und Florence hatte machtlos zusehen müssen, wie der Hund auf das Fenster zugelaufen und hinausgesprungen war, und als sie sich über das Geländer gebeugt hatte, war Yves-Claude nur noch eine reglose Masse gewesen, die drei Stockwerke tiefer auf dem Gehweg lag. Sie hatte entsetzt die Hand vor den Mund geschlagen und sinnloses Zeug gebrabbelt: »Aber Yves-Claude, was machst du denn da?« Und als hätte er sie gehört, hatte sich der Hund auf die Beine gewuchtet, ein paar wackelige Schritte versucht – Florence hatte allen Ernstes an ein Wunder geglaubt, *weiter so, du schaffst es, mein Guter, du bleibst am Leben* – und war zuletzt in den verdreckten Rinnstein getaumelt und zusammengebrochen. Diesmal endgültig.

Florence hatte sich wild fuchtelnd einen Weg durch die Schaulustigen gebahnt, die in Windeseile zusammengeströmt waren – *Lassen Sie mich durch! Entschuldigung, bitte!* –, sie hatte Yves-Claude den Puls gefühlt, als sei er einer ihrer Patienten, und nur noch sein Ableben feststellen können. »Mist, Yves-Claude, das ist doch nicht möglich«, hatte sie gestöhnt, und die neugierigen Passanten, die ihre Hilfe anboten, mit einem kurzen »Danke, alles in Ordnung, ich brauche nichts« beschieden. Sie hatte sich den Hundekadaver auf die Schulter geladen und war ächzend die drei Stockwerke hochgestiegen. Oben war sie instinktiv auf das Badezimmer zugewankt. Sie hatte Yves-Claudes Leichnam in der Badewanne deponiert und ihn mit einem fuchsiaroten Badetuch bedeckt. Reflexartig hatte sie einen Moment lang den Kopf geneigt, die Handflächen wie zum Gebet zusammengelegt und erst dann das Badezimmer verlassen und die Tür leise hinter sich zugezogen. Ist es möglich, dass ein Hund Selbstmord begeht?, fragte sie sich nun, und beim Anblick des immer noch weit aufgerissenen Wohnzimmerfensters stieg Übelkeit in ihr auf. Tiere besaßen ihres Wissens nicht die kognitiven Fähigkeiten, die für einen Entschluss zum vorsätzlichen Suizid erforderlich waren, aber sie recherchierte trotzdem eilig auf ihrem Laptop und stieß auf ein Video über die schottische Overtoun Bridge, die anscheinend weithin für unerklärliche Selbstmorde unter Hunden bekannt war.

Die Szenerie zeigte Schottland in all seiner Pracht – ein Herrenhaus aus grauem Stein, einen wild bewegten, dräuenden Wolkenhimmel, eine feuchte, in Grün, Gold und Rostrot leuchtende Heidelandschaft. Seit den sechziger Jahren, berichtete der Bürgermeister des Ortes, waren annähernd sechshundert Hunde ohne ersichtlichen Grund von der Overtoun Bridge gesprungen – und von denjenigen, die den Sturz überlebt hatten, waren die meisten noch einmal gesprungen. Das Video präsentierte Zeugenaussagen von Bewohnern, die nacheinander ihre Anekdoten zum Besten gaben, und am Ende stand das Interview mit einer Expertin für Verhaltensbiologie. Nach mehrjährigen Forschungen hatte sie die Hypothese vom Suizid entkräften können und bot nun eine neue Erklärung: »Die Hunde, die von der Brücke sprangen, hatten wohl nicht den Wunsch, aus dem Leben zu scheiden. Nach unseren Erkenntnissen sind sie gesprungen, weil sie vom Geruch der Nerzkolonie angelockt wurden, die unter der Brücke lebt.«

Florence schloss die Seite und klappte den Laptop zu. Hatte sie den Lieferwagen bemerkt, der an der roten Ampel hielt, als Yves-Claude gesprungen war? Es war ein simpler weißer Kastenwagen, dessen Lack nach vielen Kilometern verblasst war. Aber … er transportierte kistenweise Hundekekse, und zwar in Bioqualität.

Florence holte sich ein Wasserglas und schenkte sich einen ordentlichen Schluck Gin ein, den sie in einem Zug austrank. *Ich muss Tatiana anrufen. Sie muss es erfahren, jetzt sofort.* Als Mutmacher goss sie einen Fingerbreit Gin nach, schwenkte die Flüssigkeit im Glas, legte den Kopf in den Nacken und kippte sie hinunter. Dabei dachte sie daran, was ihr Mann und ihre Kinder für Augen machen würden, wenn sie den leblosen Yves-Claude im Badezimmer entdeckten. Wie hatte sie sich nur in eine so bescheuerte Situation manövrieren und ihrer besten Freundin das antun können! Und warum musste sie eigentlich *immer allen* helfen wollen?

Sie blätterte in ihrem Adressbuch, fand »Tatiana priv.« und murmelte leise: »Geh nicht ran, geh nicht ran ... Ich will nur deine Mailbox.«

Sie wollte den Fallout nicht unmittelbar abbekommen, nicht miterleben, wie das Unglück zuschlug und die Zeit durch einen einzigen Satz aus dem Mund eines anderen Menschen stehen blieb. Auch in ihrem Beruf hatte sie sich nie daran gewöhnen können, dass sie gelegentlich Angehörige eines Patienten über dessen Ableben informieren musste.

Nach mehrmaligem Klingeln hob Tatiana ab, spürbar tiefenentspannt nach einem entschlackenden Algenwickel.

»Hallo, Flo, ich wollte dich gerade anrufen! Dieses Thalasso tut mir wahnsinnig gut, du hattest recht. Man darf nur nicht dran denken, dass man seine Tage in Gesellschaft von Leuten im Bademantel verbringt, die an Kräutertees und Grapefruitsaft nippen«, lachte Tatiana.

Florence war überrumpelt. Der Satz, den sie sich zurechtgelegt hatte, war, kaum hatte sie Tatianas Stimme gehört, aus ihrem Kopf entschwunden.

»Dann bist du also zufrieden, ja? Dann tut es dir also gut?«, wiederholte sie apathisch.

»Ja! Ich sage dir, so entspannt war ich noch nie! Es ist, als hätten sie mich an einen Ketamintropf gehängt.« Tatiana hörte gar nicht mehr auf zu lachen.

Eine Weile herrschte Schweigen auf beiden Seiten, dann fragte Tatiana:

»Kann ich dich heute Abend zurückrufen, Flo? Ich komme sonst zu spät zu meiner Hydrojetmassage.«

»Nein, warte. Ich muss dir etwas sagen.«

Und nun reihten sich die Worte doch noch aneinander, starr wie Holzpflöcke: Yves-Claude, das Fenster, das fuchsiarote Badelaken.

Tatiana erstickte einen Aufschrei mit dem Ärmel ihres Bademantels, während um sie herum die Sandalen der Kurgäste klapperten, die sich diszipliniert zu ihrer nachmittäglichen Hydrotherapie begaben. Florence beschrieb ihr die Szene ausführlich: Wie Yves-Claude gekläfft hatte und unruhig im Wohnzimmer herumgelaufen war, der Sprung in die Leere, der zerschmetterte Körper auf dem Gehweg, die Schaulustigen. Sie kannte Tatiana gut genug, um zu wissen, dass sie eine minutiöse Schilderung erwartete. Doch dann – ob es nun am Schock lag oder an den zahlreichen Bädern mit ätherischen Ölen – bat Tatiana sie, nicht weiterzusprechen. »Hör auf, Florence, ich will das nicht wissen. Ich will nicht ständig diese Bilder vor Augen haben.« Sie murmelte etwas wie: »Ich hätte ihn lieber nicht da lassen sollen, ich hab's gewusst«, und erbrach den Grapefruitsaft auf ihre Badeschlappen. Sie legte auf.

Als Florence kurze Zeit später noch einmal anrief, redete Tatiana in einem beinahe normalen Tonfall mit ihr und sprach nur organisatorische Fragen und praktische Aspekte an, um dadurch den Moment hinauszuzögern, in dem der Schmerz mit aller Wucht zuschlagen würde.

»Das heißt, du bleibst in Quiberon?«, fragte Florence besorgt. »Bist du sicher, dass das für dich in Ordnung ist?«

»Ja, mach dir keine Gedanken, das wird schon. Ich habe nur eine Bitte.«

Tatiana würde ihre Thalassowoche zu Ende bringen, die sie immerhin im Voraus bezahlt hatte, und es blieb Florence überlassen, sich um Yves-Claudes Einäscherung zu kümmern.

»Das bringe ich auf gar keinen Fall übers Herz«, sagte Tatiana. »Du verstehst das sicher. Das verstehst du doch, oder?«

Nach dem Telefongespräch schloss Florence eilig das Wohnzimmerfenster. Es herrschte eine tropische Hitze, aber sei's drum, sie konnte dieses Fenster einfach nicht mehr offen stehen sehen. Sie irrte ziellos durch die Wohnung, unfähig zu denken oder zu handeln, und bisweilen glaubte sie sogar den Geruch des verwesenden Körpers wahrzunehmen. Ungehalten schlug sie sich mit der flachen Hand gegen die Stirn, ts, ts, ts, das ist alles nur in deinem Kopf, man kann noch nichts riechen, er ist gerade mal seit einer Stunde tot. Aber der Schock hatte ihr Zeitempfinden außer Kraft gesetzt, ihrem Gefühl nach war bereits eine Ewigkeit vergangen.

Sie löste ein Aspirin in einem Glas Wasser auf, hielt das Gesicht darüber und spürte, wie die aufsteigenden Luftbläschen auf der Haut prickelten. Tatiana würde nach dieser Sache nie wieder ein Wort mit ihr wechseln. Wie sollte sie das je wiedergutmachen und sie entschädigen? Sollte sie ihr einen anderen Hund schenken?

Sie sah nach, ob sie von Tatiana eine Nachricht, ein Zeichen, irgendetwas erhalten hatte. Nein, nichts. Ihr Schweigen machte Florence Angst, und sie nagte an der Unterlippe, bis Blut floss.

Baptiste konnte gut mit Worten umgehen, daran bestand kein Zweifel. Das war ihm im Angesicht des Todes schon häufig zugutegekommen. Schon als Medizinstudent hatte er den richtigen Abstand zu halten gewusst, nicht zu nah und nicht zu fern, sodass er sich selbst schützen und dem dunklen Schleier des Unglücks entschlüpfen konnte und gleichzeitig seinen Patienten nahe genug blieb, um sie niemals als bloße Objekte medizinischer Studien zu betrachten. Nahe genug, um seine Menschlichkeit nicht zu verlieren.

Doch als Florence nun die Stimme ihres Mannes am Telefon hörte, war es ihr schlichtweg unmöglich, ihm die Wahrheit zu sagen. Stattdessen fragte sie ihn, was er sich zum Abendessen wünsche.

»Mach dir keine Mühe, Flo, wir können doch einfach Sushi bestellen«, antwortete er.

Schon allein bei dem Gedanken an Sushi musste sie sich die Nase zuhalten. Grauenhaft. Noch mehr rohes Fleisch.

»Nein, nein, lieber Gemüse. Eine Gemüsepfanne zum Beispiel, wäre das in Ordnung?«

»Ja, prima Idee. Und ich bringe auf dem Rückweg aus dem Weinladen eine Flasche mit.«

Auch die Kinder würden bald nach Hause kommen. Nils war einundzwanzig und Elena zwanzig, aber Florence betrachtete sie immer noch als ihre Kleinen; sie wirkten noch so verletzlich und unfertig in ihren großen Erwachsenenkörpern. Bald allerdings würden sie ausziehen und in eine unbekannte Ferne aufbrechen, und Florence stellte sich oft ihre leeren Zimmer vor, kahl wie Mönchszellen – der Schreibtisch abgeräumt, der Stuhl ordentlich unter die Tischplatte geschoben, das Bettlaken immer glatt gezogen, nie zerknüllt. Für eine Weile würde sich ihr Geruch halten, bis auch er sich verflüchtigte. Keine Lachsalven mehr, keine schlechte Laune am Morgen, keine herumliegenden Schuhe im Wohnzimmer, kein Geplauder nach dem Abendessen. Und diese Stille, was für eine Horrorvorstellung! Florence bemühte sich, nicht allzu oft daran zu denken, aber sie bereitete sich innerlich darauf vor. Versuchte, gewappnet zu sein. Die Kontrolle zu behalten. Das hatte sie sich ohnehin zur Regel gemacht: Sie versuchte grundsätzlich zu verhindern, dass ihr die Dinge entglitten.

Um sich abzulenken, blätterte sie in einem Rezeptbuch von Yotam Ottolenghi, das sie kürzlich gekauft hatte. Auf den Abbildungen glänzte das Gemüse wie lackiert, kaum zu glauben, dass es in Wirklichkeit auch so aussah. Sie las eines der Rezepte und ging die Liste der Zutaten durch. Alles hatte sie nicht vorrätig, Pech, aber sie würde sich das Rezept schon irgendwie hinbiegen. Sie schälte Möhren, zerteilte den Blumenkohl in Röschen, übergoss alles mit Olivenöl und stellte den Herd an. Was hatte sie vergessen? Sie tippte sich mit den Zeigefinger gegen das Kinn. Ach, richtig. Und sie holte Rucola und frischen Koriander aus dem Kühlschrank.

Nils ließ seinen Rucksack an der Wohnungstür fallen, *hallo, Mama, wie war dein Tag*, und kam zu ihr, um ihr ein Begrüßungsküsschen zu geben. Sie legte ihm für einen kurzen Moment zärtlich die Hand an die Wange. Er roch nach Zigaretten. Seine Lippen waren rot und wohlgeformt, seine Wangenknochen markant, sein Nasenrücken leicht gebogen. Ein bisschen wie Xavier Dolan in *I Killed My Mother.* Sie betrachtete den Mund ihres Sohnes und stellte sich vor, wie er ein Mädchen küsste. Wo würde er in ein paar Jahren leben? Wäre er glücklich mit dem Weg, den er dann eingeschlagen hätte? Sie gab sich Mühe, ihre Kinder so gut wie möglich zu erziehen, damit sie sich frei entfalten konnten und sich in ihrer Haut wohlfühlten, damit sie die richtigen Entscheidungen trafen, Entscheidungen, die zu ihnen passten. Andererseits musste sie sich eingestehen, dass ihr die Vorstellung, sie könnten ihr Zuhause hinter sich lassen und fern von ihr ein selbstbestimmtes Leben führen, regelrecht Angst einjagte. Warum musste diese schöne Zeit ein Ende haben? Warum hatte sie nicht noch mehr Kinder bekommen, wenigstens ein drittes? Inzwischen bedauerte sie es.

Auch Elena kam aus der Schule, *hallo allerseits, ich bin's*, und ließ sich aufs Sofa fallen, schob den rechten Sneaker mit dem Absatz des linken und den linken mit dem Absatz des rechten von den Füßen, daddelte auf ihrem Smartphone, seufzte und ging zu ihrer Mutter in die Küche, um ein bisschen mit ihr zu schwatzen.

Da Yves-Claude die meiste Zeit in seiner Ecke lag, fiel seine Abwesenheit an jenem Abend keinem auf. Eltern und Kinder saßen zum Essen auf den hohen Hockern an der Küchentheke. Sie waren gut gelaunt, alle erzählten durcheinander, nur Florence brachte kein Wort heraus. Baptiste lobte ihre Gemüsepfanne, *ganz köstlich, sag mal, was für ein Kraut hast du denn in die Soße getan?*, und Nils fragte, ob er Wein bekommen könne. Sie lächelte ihren Mann vage an, schenkte ihrem Sohn ein Glas ein. Dann starrte sie auf ihren Teller, spießte ein Stück Blumenkohl auf und tunkte es in die Koriandersoße.

Schließlich hob sie den Kopf. »Tatianas Hund ist aus dem Fenster gesprungen. Ich habe den Leichnam in die Badewanne gelegt.«

»Was?«, keuchte Baptiste. »Was sagst du da?« Ohne ihre Antwort abzuwarten, drehte er sich zu dem Kissen um, auf dem Yves-Claude gewöhnlich döste. Aber da war kein Hund. Auf dem Kissen war nur noch ein leichter Abdruck zu sehen, wo er gelegen hatte.

Florence berichtete gewissenhaft, was sich zugetragen hatte: das Fenster, der Köter, der auf einmal bellte, sein verstörtes Hin- und Herlaufen, und dann ... das Unerklärliche. Die Sekunde vor der Sekunde danach. Was existiert hatte, existierte nicht mehr. Florence goss sich noch ein Glas Wein ein und begegnete Elenas traurigem Blick, in dem viel Mitgefühl für ihre Mutter lag, und auf einmal spürte sie, wie ihr die Tränen kamen.

Sie legte die Hand über die Augen. »Wie konnte ich Tatiana das nur antun«, stieß sie erstickt hervor.

Baptiste stand auf und legte die Arme um sie.

»Es ist nicht deine Schuld, Flo. In solchen Fällen kann man nichts tun, das weißt du selbst doch ganz genau.«

Florence blickte aus dem Fenster. Sie spürte, wie der Boden unter ihr nachgab. Die Tischplatte ins Wanken geriet. Der Blumenkohl an der Decke tanzte.

»Das wird schon«, flüsterte Baptiste, die Nase im Haar seiner Frau vergraben. »Das wird schon, Flo, mein Herz.«

Der RER ratterte in Richtung Saint-Quentin-en-Yvelines. Eine nach der anderen glitten die Stationen vorbei, Champ de Mars, Javel, Hôpital Georges Pompidou, dann Namen, die vielversprechend nach Parks und Grünanlagen klangen, Meudon Val Fleury, Chaville, Viroflay. Menschen drängten durch die Türen herein, ohne erst die anderen aussteigen zu lassen, und bahnten sich ächzend mit Hilfe ihrer Ellenbogen einen Weg, und mittendrin steckte Florence, die mit ihrem großen blauen Koffer eingequetscht zwischen den anderen Fahrgästen stand. Sie fuhr bis zur Endstation und nahm von dort aus den Bus. Anschließend musste sie noch ein paar Minuten laufen, bis sie ihr Ziel erreicht hatte, eine von Lagerhallen und Bürogebäuden gesäumte Straße im Gewerbegebiet von Guyancourt. Dort befand sich auch das Krematorium des Tierbestatters. Florence hatte vorher nicht einmal gewusst, dass es so etwas gab.

Sie wurde von einem Mann in Empfang genommen, der eine altmodische Eleganz ausstrahlte. Er trug einen gut sitzenden Dreiteiler, hatte Pomade im Haar und einen Körperbau wie Cary Grant. Er sprach mit übertriebener Liebenswürdigkeit, sein Lächeln wirkte wie angeknipst. Die kleine Ansprache, die er hielt, garnierte er alle paar Sekunden mit einem »Wissen Sie, Madame«. Er reichte Florence einen Stapel Dokumente, die sie unterzeichnen sollte, und fragte, wann man zur Feuerbestattung schreiten dürfe.

»Jetzt gleich«, antwortete sie.

Der Mann wirkte überrascht, woraufhin Florence ihre Bitte nachdrücklich wiederholte, *jetzt gleich, wenn möglich*, und auf den großen blauen Lederkoffer deutete, der neben ihr stand. Ein Koffer, den sie zweiundzwanzig Jahre zuvor für ihre Hochzeitsreise mit Baptiste gekauft und damals mit Sommerkleidern, hübschen Sandalen, Taschenbüchern und Sonnencreme gefüllt hatte. Ein Koffer, der nun den Kadaver von Yves-Claude enthielt, dem Hund ihrer besten Freundin.

Florence wartete in einem kleinen Salon mit lavendelfarbenen Wänden. Für die Kunden waren eine Schachtel Kleenex, ein Stapel Prospekte des Krematoriums und Lipton-

Teebeutel sowie ein Wasserkocher mit Sicherheitsfunktion bereitgestellt. An einer der Wände stand ein großes Regal, auf dem Bestattungsurnen in unterschiedlicher Ausführung präsentiert wurden – Amphoren aus Jade oder Alabaster, Pyramiden aus Granit, Behältnisse in Form von Katzen oder Hunden. Tatiana hatte ihr diesbezüglich keine präzisen Anweisungen gegeben, und so hatte Florence eine Alabasterurne der Standardgröße ausgesucht.

Als Cary Grant wieder auftauchte, um ihr die Asche des Hundes zu übergeben, ließ er es sich nicht nehmen, ein wenig Small Talk zu machen. »Wissen Sie, Madame, es ist momentan sehr ruhig«, setzte er an. Und ohne jede Ermunterung seitens Florence breitete er vor ihr die Geschichte seines Lebens aus und erzählte, wie er nach mehreren Jahren als Schauspieler und Bühnenbildner – zwei für Trauerfeiern ausgesprochen nützliche Ausbildungsgänge – diesen seinen jetzigen Beruf ergriffen habe.

Florence hielt die Urne mit spitzen Fingern und trat von einem Fuß auf den anderen. Sie hatte nur noch einen Wunsch: nichts wie weg hier. Der Bestatter, von seinem eigenen Redestrom mitgerissen, bekam nichts davon mit, und so unterbrach sie ihn zu guter Letzt mit dem Hinweis, sie käme noch zu spät zur Arbeit.

»O ja, natürlich, entschuldigen Sie, ich bin eine rechte Plaudertasche.«

Er reichte ihr seine feuchte, schlaffe Hand und wünschte ihr in hochtrabendem Ton einen superben Tag. Was für eine Lusche!

Auf der Straße warf Florence einen Blick auf ihre Armbanduhr. Ihr blieben noch drei ganze Stunden bis zu ihrem Schichtbeginn im Krankenhaus. Sie ließ den Koffer auf dem

Parkplatz des Tierbestatters stehen, bedachte ihn mit einem letzten traurigen Blick und machte sich auf den Rückweg.

Sie stieg an der Station Place de Clichy aus, spazierte eine Weile durch die Straßen, um den Kopf frei zu bekommen, und betrat eine Buchhandlung nahe der Place Pigalle. Hierher kam sie oft, sie liebte dieses Geschäft. Sie sah sich die Neuerscheinungen ausländischer Literatur an, blätterte in ein, zwei Büchern und stand versonnen vor den Regalen mit den Reiseführern. Kolumbien, Skandinavien, Patagonien, Laos, Island, Japan. Wie so oft überkam sie der Wunsch wegzufahren, weit weg. Doch Baptiste hasste Langstreckenflüge, ihm war die Vorstellung zuwider, stundenlang praktisch reglos in einem engen Sitz verharren zu müssen, und so begnügten sie sich mit nahe gelegenen Reisezielen. Florence zog einen Reiseführer über die nordfranzösische Opalküste aus dem Regal und sah ihn sich genauer an. Hier fand sie bestimmt ein paar nützliche Tipps für das geplante Wochenende mit den Kindern in Hardelot. Ferner kaufte sie zwei Bücher, die den Stapel auf ihrem Nachttisch weiter wachsen lassen würden – den letzten Roman von Louise Erdrich, die sie sehr schätzte, und einen zweiten, der das Thema aufzugreifen schien, das sie derzeit besonders beschäftigte: *Für den Rest des Lebens* von Zeruya Shalev.

Sie schlenderte hoch zur Place des Abbesses – die Urne mit Yves-Claude hatte sie diskret in der Plastiktüte der Buchhandlung verstaut – und setzte sich in ein Straßencafé, in dem sie sich gewöhnlich mit Tatiana verabredete. Sie bestellte einen Tomatensaft und würzte ihn mit einem Spritzer Tabasco.

Tatiana und sie waren sich im ersten Jahr ihres Medizinstudiums begegnet, gleich am allerersten Tag. Die hochgewachsene dunkelhaarige Frau mit den schimmernden schwarzen

Augen hatte ihren Blick schon von weitem auf sich gezogen. Sie war eine auffällige Erscheinung, und Florence wunderte sich, als diese Göttin im Hörsaal ausgerechnet neben ihr sitzen wollte.

»Kann ich? Ist da frei?«

Florence zog ihr Mäppchen und ihren Notizblock näher zu sich heran, *ja, sicher, setz dich*, und die Vorlesung begann. Tatiana beugte sich sofort über ihr Heft und schrieb hoch konzentriert mit. Ihr entging kein Wort des Professors, sie schrieb genauso schnell, wie der Mann redete. Florence hatte so etwas noch nie erlebt.

»Wie heißt du?«, fragte die Unbekannte nach der Vorlesung. »Ich bin Tatiana.«

Tatiana hatte schon als Kind Ärztin werden wollen. Ihr Großvater war Arzt, ihr Vater war Arzt, und Tatiana würde selbstverständlich die Familientradition fortführen.

»Ich habe schon immer davon geträumt, Menschen zu heilen, Leben zu retten. Ich kann mir gar nicht vorstellen, dass man etwas anderes will.«

Sie fragte Florence, worauf sie sich *danach* spezialisieren wolle. Aber Florence hatte über diese Frage noch gar nicht gründlich nachgedacht, und sie antwortete spontan: »Erst mal die Prüfungen bestehen.« Daraufhin lachte Tatiana unbändig, tief aus der Kehle heraus, sodass es durch den Hörsaal schallte, *Volltreffer! Lass uns erst mal die erste Klippe umschiffen!*, und danach unterhielten sie sich noch eine Weile auf dem Flur. Tatiana wollte *Herzchirurgin* werden.

»Weil die Chirurgie den Spitzenplatz in der Medizin belegt«, hatte sie gesagt. »Und die Königsdisziplin der Chirurgie ist die Kardiologie. Ist dir das noch nicht aufgefallen? In dem Fachbereich gibt es nur Männer. Der Clan der Götter.

Die Herzen reparieren und Leben retten. Das ist ihr täglich Brot.«

Tatiana hatte durch ihren Vater mehrere Herzchirurgen kennengelernt, die wussten, dass sie an der Spitze der Hierarchie standen und sich in der Tat nicht selten für Halbgötter hielten. Doch darauf kam es Tatiana – die intelligent genug war, bescheiden zu bleiben – nicht an, sie wollte einfach nur nach ganz, ganz oben.

Florence bewunderte die junge Frau, die bereits zum inneren Zirkel gehörte und für die Prüfungen anscheinend reine Formsache waren. Sie büffelten Seite an Seite in der Bibliothek Saint-Geneviève, und Tatiana schlug vor, ihre Vorlesungsnotizen gemeinsam zu nutzen. Sie nahm sich auch die – im ersten Studienjahr besonders kostbare – Zeit, Florence den einen oder anderen Begriff zu erklären. Jeden Tag bombardierte sie sie mit Fragen: Wie heißen die Kollateralen der Arteria carotis externa? Was ist die Funktion des Kiefergelenks? Welcher Nerv verläuft in der Glandula parotis? Und so weiter und so fort, bis die Antworten saßen und nicht mehr aus dem Gedächtnis rutschten. Sie lernten gemeinsam für die Auswahlprüfung und schnitten beide sehr gut ab, so gut, dass sie auf bewährte Weise zusammen weiterlernten. Um einen Gang hochzuschalten, bildeten sie eine kleine Lerngruppe, die »Taskforce«, wie sie sich irgendwann einmal nannten. Zu ihr gehörten Baptiste, François, Jean-Noël und Jean-Philippe. Nur Jungs. Durchweg Physik-, Chemie- und Anatomiecracks. Von nun an hörten sie sich von früh bis spät gegenseitig ab und büffelten nonstop, einschließlich der Abende und Wochenenden. Nur an jedem zweiten Samstagabend gönnten sie sich ein paar Stunden Entspannung. Dafür hatte Tatiana gesorgt, die darin den Schlüssel zum Erfolg sah.

Sie trafen sich dann am frühen Abend und tranken ein paar Gläser in den Bars des Quartier Latin, und der Erste, der fachsimpelte, und sei es nur beiläufig, musste eine Runde springen lassen. Nach den letzten Zwischenprüfungen des Jahres warteten sie gespannt auf die Ergebnisse, die einige Wochen später eintrafen: Alle sechs hatten die Prüfungen bestanden. Sie hatten die Herausforderung bewältigt, ihr Traum war in greifbare Nähe gerückt: Bald würden sie als Ärzte und Ärztinnen arbeiten.

Im darauffolgenden Jahr begannen Tatiana und Baptiste einen kleinen Flirt, wogegen Florence das Alleinsein in ihrer Dachkammer vorzog. Sie vertiefte sich mit Begeisterung in ihre Lehrbücher, weil sie wusste, dass sie viel – vielleicht mehr als die anderen – arbeiten musste, um ihr Ziel zu erreichen. Und sie liebte es, ihre Gedanken schweifen zu lassen, Schallplatten von Françoise Hardy und Marie Laforêt zu hören, russische oder amerikanische Romane zu verschlingen und sich weit davontragen zu lassen – in grenzenlose Räume, ins Anderswo, in verbotene Leidenschaften, in die ganz große Liebe, in marode Motels, auf Landstraßen, auf denen philosophierende Tramps umherzogen, kurz, zu all den Erfahrungen, die ihr die Bücher schenkten, auch wenn sie sie nicht selbst machen konnte. Mit ihren Büchern war sie niemals allein, sie umgaben sie wie eine verlässliche Familie.

Baptiste traf sich mit Tatiana und hatte Spaß mit ihr, aber richtig verliebt war er nie in sie. Dagegen fühlte er sich sehr bald von Florence angezogen, von ihrem scheuen Lächeln, ihrer etwas unkonventionellen künstlerischen Aura. Ein echtes Interesse an Literatur und Musik fand sich unter Medizinstudenten nur selten. Und Florence ließ andere daran teilhaben – wenn sie über ein Buch sprach, klang sie so überzeugt und so überzeugend, dass man am liebsten gleich in die nächste Buchhandlung gelaufen wäre. Man merkte, dass sie nie die Meinungen anderer nachplapperte. Sie machte sich ihre eigenen Gedanken, auf der Grundlage ihrer persönlichen Vorlieben und Kenntnisse. So kam es, dass Baptistes Herz im Lauf der Monate immer stärker für Florence schlug und er sie immer häufiger nach den Vorlesungen auf einen Kaffee einlud.

Natürlich dauerte es nicht lange, bis Tatiana den Braten roch, und als fähige Chirurgin fackelte sie nicht lange, sondern setzte das Skalpell an und trennte sich nach einem Kinoabend kurzerhand von Baptiste. Sie hatte die Entwicklung erstaunlich gut aufgenommen und sehr cool reagiert – wobei man nicht verschweigen sollte, dass sie zu diesem Zeitpunkt bereits ein Auge auf Xavier Tavernier, ihren Stationsarzt, geworfen hatte. Sie selbst drängte Baptiste, sich seiner neuen Flamme zu offenbaren, die ja womöglich die Liebe seines Lebens und zukünftige Mutter seiner Kinder war. Wer konnte das wissen?

Florence erinnerte sich noch gut an den entscheidenden Abend. Es goss in Strömen, und als Baptiste an ihre Tür klopfte, war er völlig durchnässt. Von seinem Gesicht tropfte Regenwasser, die Haarsträhnen hingen ihm am Kopf wie Algen, und sein Hemd klebte am Oberkörper. Sie bat ihn hinein. Er roch angenehm nach Regen und Seife. Er frottierte sich die Haare wie ein kleiner Junge, der vom Strand zurückkommt, und zog sein tropfnasses Hemd aus, das er sorgfältig über die Stuhllehne hängte. Sie hätte sich nie träumen lassen, dass er sich für ein so schüchternes Mädchen wie sie interessieren könnte. Und wie gut er aussah, hatte sie bis dahin auch noch nicht wahrgenommen. Seine langen, weißen Hände, seine schönen Lippen, sein unbehaarter Oberkörper und vor allem sein Blick: so sanft und so voller Zärtlichkeit, der Blick eines Menschen, der einem nichts zuleide tun würde. »Meinst du, du könntest mir ein T-Shirt leihen?«, fragte er, und Florence kramte schnell eines aus dem Schrank hervor. Sie musste an ihre Mutter denken (Gott hab sie selig), die sie in ihrem Abschiedsbrief aufgefordert hatte, einen Mann zu finden, der sie *wie ein Vater, eine Mutter und ein Geliebter zugleich lieben würde.* (Und nun sieh zu, wie du das hinbekommst!)

Florence und Baptiste stießen mit Tomatensaft an. Sie redeten über Tatiana und fanden, dass sie eine brillante Studentin und dazu ein ziemlich heißer Feger war. Dann beobachteten sie schweigend die Leute, die im Haus gegenüber tanzten. Im sechsten Stockwerk fand offenbar eine Riesenparty statt. Es herrschte eine Bombenstimmung, die Gäste lachten ausgelassen und warfen mit Gläsern. Sie rauchten Zigaretten und seltsame Kräutermischungen. Irgendwann hörte die Musik auf, und jemand trug einen Kuchen mit brennenden Kerzen herein, während die Gäste für das Geburtstagskind schief, aber inbrünstig *Happy Birthday* sangen. Während sich die beiden am Fenster die Szene ansahen, küsste Baptiste Florence hinters Ohr und auf die Fingerspitzen.

Auf der anderen Straßenseite blies ein junger Mann die Kerzen aus, alle applaudierten und riefen *hipp, hipp, hipp* und *bravo*, Champagner perlte in Kelche und in die Abendluft, die luftigen Bläschen entwichen durchs Fenster nach draußen und schwebten langsam über die Straße, bis zum Fenster gegenüber, wo sie auf Florence und Baptiste trafen. Sie perlten weiter, über ihre Haut, und auf einmal war es wie ein Rausch. »Das steigt einem in den Kopf, findest du nicht?«, sagte Baptiste mit glühenden Wangen und legte die flache Hand an Florence' Stirn, als wollte er ihre Temperatur messen.

Das alles war fünfundzwanzig Jahre her, aber für Florence war die Erinnerung noch taufrisch.

Florence verließ das Café und ging bis zum Jardin des Abbesses, einer kleinen versteckten Gartenanlage, in der früher einmal Heilpflanzen angebaut worden waren. Der Jahreszeit entsprechend kletterten wilder Wein und Geißblatt an allen Ecken und Enden empor, überall grünte und blühte es. Sie setzte sich auf eine der Bänke, nahm das Buch von Zeruya Shalev zur Hand und las ein paar zufällig ausgewählte Passagen. Sieh an, sie war demnach nicht die Einzige, die ins Schleudern geriet, wenn die Kinder flügge wurden. Wie beruhigend. Dina, die Heldin des Romans, hatte für sich eine Lösung gefunden: Sie hatte sich in den Kopf gesetzt, ein Kind zu adoptieren und ihm *den Rest des Lebens* zu widmen, selbst wenn sie damit ihre Partnerschaft und die Beziehung zu ihrer Tochter aufs Spiel setzte.

Florence hob den Kopf. Durch die Pflanzen im Garten ging ein leises Zittern. Lag es am auffrischenden Wind, oder machte die Natur ihrem Unmut Luft? Schwer zu sagen. Sie schloss die Augen und stellte sich vor, wie die Vegetation wuchs und wuchs, immer höher und schneller, wie sich Zweige und Wurzeln ausbreiteten, sich an den Bänken entlangrankten, die Gitter des kleinen Parks umschlangen und auf die Fassaden der Nachbargebäude übergriffen, bis sie schließlich alles überwuchert hatten. Sie blickte auf die Uhr. Es war Zeit für ihre Schicht im Hôpital Bichat.

Sie hatten beschlossen, übers Wochenende wegzufahren, aber noch kein genaues Ziel ins Auge gefasst. Virgile gluckste, als er Mariannes Koffer sah.

»Das alles? Für ein Wochenende?«

»Darf ich dich darauf hinweisen, dass es sich um ein Bordköfferchen handelt«, rechtfertigte sie sich, obwohl sie wusste, dass sie viel zu viele Klamotten und Bücher für zwei Tage eingepackt hatte. »Das sind Kosmetikartikel, die brauchen nun mal Platz«, fügte sie mit einem Hauch Selbstironie hinzu.

Sie fuhren zur Gare de Lyon und informierten sich über die Abfahrzeiten der Züge nach Marseille, Lausanne, Grenoble, Montpellier, aber da sie sich nicht entscheiden konnten, gingen sie zu einer Autovermietung. Die Dame hinter dem Schalter erklärte ihnen in höchstem Maße missgelaunt, es stünden keine Fahrzeuge mehr zur Verfügung – nur noch dieses eine Modell, präzisierte sie, und drehte den PC-Bildschirm in ihre Richtung. Ihr Zeigefinger deutete auf ein azurblaues Cabrio. Sie waren sofort einverstanden, *klar, wir nehmen das Cabrio*, und nachdem die Dame ihnen alle erdenklichen Versicherungen und Zusatzleistungen anzudrehen versucht hatte, gab sie ihnen einen Umschlag mit den Unterlagen und den Autoschlüsseln. Auf dem Parkplatz stieß Virgile einen anerkennenden Pfiff aus, *he, ho, alle Achtung*, umrundete den Wagen und streichelte die Karosserie. Dann setzte er sich auf den Beifahrersitz. Er beugte sich über die Gangschaltung, ließ mit routinierter Geste den Motor an und sagte zu Marianne:

»Dein Spielzeug, Darling. Ich habe keinen Führerschein.«

»Was? Aber du hast ihn der Dame doch gerade gezeigt, Virgile! War das etwa nicht dein Führerschein?«

Virgile schüttelte den Kopf, *das hast du geträumt*, und setzte seine Sonnenbrille auf.

»Und, wie sieht's aus? Steigst du ein?«, sagte er, den Blick stur geradeaus gerichtet. »Du weißt doch, dass man den Planeten verpestet, wenn man den Motor ohne Grund laufen lässt.«

Marianne fuhr schnell, ohne auf das Tempolimit zu achten, und so ließen sie bald die Umgehungsstraße, die Fabrikschornsteine und den Smog der Großstadt hinter sich und bretterten an Rapsfeldern und Äckern voller Rüben, Kartoffeln und weißen Zwiebeln vorbei. Die Landschaft raste vorüber, die Zähne schmerzten vor Kälte, es war einfach nur himmlisch. Virgile hatte den Ellenbogen auf die Beifahrertür gelegt und grinste über beide Ohren, und Marianne spielte mit dem Gaspedal und genoss die Fahrt im offenen Wagen wie einen Rausch.

»Geht's, Virgile? Nicht zu viel Luftzug?«

Virgile drehte den Kopf in ihre Richtung und hob wie ein zufriedener Kopilot den Daumen in die Höhe. Marianne drückte das Gaspedal noch ein Stück weiter durch, und nach und nach verschwammen die Linien, und alle Konturen lösten sich auf, bis sie am Ende erstarrten. Dann waren die Bäume verschwunden, es blieben nur noch das Asphaltband vor der Windschutzscheibe und das kraftvolle Röhren des Motors. Die Geschwindigkeit hatte ihnen Scheuklappen aufgesetzt und ihr Gesichtsfeld stark verkleinert, sodass sich ihre Sinneswahrnehmungen auf einen einzigen Punkt richteten.

Marianne spürte eine intensive Lebendigkeit. Allein am Steuer. Allein mit der Straße, dem Knattern des Windes, dem hochgewölbten Himmel. Und dazu Virgile an ihrer Seite, der mit nach hinten verwirbeltem Haar, grinsend wie ein Lausbub, mit den Fingern auf der Wagentür klimperte. Sie nahm den Fuß ein wenig vom Gaspedal und löste die Hände vom Lenkrad … Kann man auf die Sekunde genau den Moment erkennen, in dem man zu leben beginnt?

Fast wäre Marianne an der Ausfahrt vorbeigezischt. Sie zog den Wagen im letzten Moment nach rechts, ein wenig abrupt vielleicht, und Virgile schrie theatralisch auf und bekreuzigte sich hastig.

»He, sachte, ich möchte noch ein Weilchen weiterleben.«

Nach ein paar Kilometern hielten sie unweit von Cancale vor einer hübschen Pension am Strand, wo Austern in kleinen Holzkästchen zu einem festen Kilopreis serviert wurden. Die Besitzerin, die mit einem starken südamerikanischen Akzent sprach, begrüßte sie ausgesprochen herzlich und legte ihnen die leckeren Cuvées aus ihrem Weinkeller ans Herz. *Sie werden sich hier wie à la casa fühlen*, beteuerte sie immer wieder und führte die beiden auf eine Terrasse mit Traumausblick. Hier und da ragten Felsvorsprünge aus dem Wasser, über denen Möwen kreisten, und Wollkrabben wuselten über den nassen Sand. Marianne und Virgile setzten sich an einen Tisch, noch ganz in den herrlichen Anblick versunken, während die Besitzerin der Pension, eine Hand auf die Tischkante gestützt, energisch mit einem Lappen über die Platte fuhr.

»Was darf ich Ihnen bringen?«, fragte sie in fröhlichem Ton. »Der Sonnenuntergang wird heute besonders schön ausfallen. Sehen Sie, der Wind ist ganz rosa.« Sie machte eine Kopfbewegung zur Küste hin.

Durstig von der Fahrt, bestellten sie zuerst Mineralwasser. Anschließend brachte ihnen die Wirtin Austern mit Buchweizenbrot, gesalzene Butter und eine Flasche Menetou-

Salon. Die Sonne ging unerwartet schnell unter und tauchte hinter dem Horizont ins Meer.

»Verrückt, wie schnell sich die Erde dreht«, sagte Virgile, versteckt hinter seiner Sonnenbrille. »Zum Glück denkt man nicht so oft daran, was?«

Als die Sonne nicht mehr zu sehen war, überzog sich der Himmel mit farbigen Streifen, und die Wolken zogen gemächlich davon. Marianne rümpfte die Nase. Sie hatte eine verdorbene Auster erwischt. Unauffällig spuckte sie sie in ihre Serviette und spülte sich den Mund mit großen Schlucken Menetou-Salon aus. Virgile prustete los.

»Immer trifft es mich!«, beschwerte sich Marianne. Sie trank noch einen großen Schluck. »Immer wenn ich Austern esse, bin ich auf der Hut. Und das trübt das Vergnügen schon ein bisschen, finde ich.«

Virgile hatte gesehen, wie sie ihre Austern mit Zitronensaft beträufelte. Sie drückte das Viertel auffällig lange aus, um zu sehen, ob sich das Fleisch zusammenzog.

»Ah, du findest, dass es das Vergnügen trübt, wenn man auf der Hut ist?«, fragte Virgile und hob frech grinsend mit dem Zeigefinger die Brille hoch.

Marianne tat so, als habe sie nichts gehört, und nahm sich das letzte Stückchen Brot aus dem Korb.

»Auf jeden Fall ist es komisch, etwas Lebendiges zu verspeisen«, sagte sie. »Zum Glück denkt man nicht so oft daran, was?«

Es war dunkel geworden, und das Meer lag schwer und reglos und schwarz wie Treiböl vor ihnen. Die milde Luft roch nach feuchten Algen, und am Himmel leuchteten diffus ein paar Sterne. Musikfetzen drangen aus den Räumen des Restaurants, wahrscheinlich eine traditionelle südamerikanische Melodie.

»Das klingt schön, was man da hört«, sagte Marianne zu der Eigentümerin, als sie die Dessertkarte brachte.

»Ja, es heißt *El Tornado.* Folklore aus meiner Heimat Chile«, antwortete die Frau mit einem leicht wehmütigen Lächeln.

Die Restaurantbesitzerin stammte von der Insel Chiloé im Süden Chiles. Mitte der achtziger Jahre, erzählte sie, hatte sie einen Bretonen geheiratet, der auf der Durchreise war; er hatte davon geträumt, im Holzhandel sein Glück zu machen, und in Chiloé einen kleinen Holzbetrieb aufgebaut, der sich eine Zeit lang mühsam über Wasser hielt, bis er schließlich Bankrott ging. Nach mehreren arbeitsreichen Monaten war ihm nichts anderes übrig geblieben, als nach Frankreich zurückzukehren. Er hatte Cecilia gefragt, ob sie mitkommen wolle. Sie war jung und verliebt gewesen, und da sie im Grunde noch nicht recht wusste, was sie mit ihrer Zukunft anstellen sollte, hatte sie ziemlich schnell ja gesagt und Chiloé ohne Bedauern verlassen. In Frankreich angekommen, hatten Cecilia und ihr Bretone sein Elternhaus renoviert und in eine einladende Pension umgebaut. Fünfunddreißig Jahre später waren sie immer noch da.

Virgiles Telefon vibrierte, nicht zum ersten Mal. Er hatte es zunächst ignoriert und warf nun doch einen Blick darauf. Er wirkte verlegen. Oder durcheinander, schwer zu sagen. Marianne bekam heftiges Herzklopfen und sah ihn durchdringend an.

»Ist das Tom?«, fragte sie rundheraus, vom Alkohol ermutigt.

»Nein, das ist nicht Tom. Es ist Andy. Er schickt mir seine

letzten Fotos, eine Serie über Escortboys. Er möchte meine Meinung hören. Willst du sie sehen?« Er drehte das Display in ihre Richtung.

»Er will sich mit dir versöhnen, stimmt's?«, sagte Marianne.

»Nein, ganz und gar nicht«, stotterte Virgile, aus dem Konzept gebracht. »Darum geht es nicht.« Und er hörte nicht mehr auf zu reden, er redete und redete, und die Sätze klebten aneinander wie zu weich gekochte Nudeln. Schleimig. Eklig.

»Wenn du ehrlich bist, weißt du nicht, was du willst«, fuhr Marianne kalt dazwischen.

»Nicht so richtig, nein«, gab Virgile aufrichtig zu. »Tatsächlich weiß ich nicht so richtig, wo ich stehe. Aber eines weiß ich.« Er sah Marianne direkt in die Augen. »Ich weiß, dass du eine schöne Seele hast.«

Was sollte sie denn bitte damit anfangen – »eine schöne Seele«? Er wollte sie einlullen, weiter nichts. Er redete von ihrer Seele wie jemand, der mit schmeichlerischen Worten einen Trostpreis überreicht. Virgile rief die Wirtin.

»Haben Sie Armagnac?«

Cecilia nickte und kam kurz darauf mit ihrer besten Flasche zurück.

»Hier, kosten sie den. Das ist ein wahrer Nektar.«

»Wenn das so ist, nehmen wir die Flasche mit«, entschied Virgile, nahm Mariannes Hand und zog sie mit sich. »Komm, wir entkorken sie am Strand.«

Am nächsten Morgen schob sich die Sonne mühsam über den Horizont. Dunstschleier trübten das Licht. Das Zimmer von Marianne und Virgile, das im ersten Obergeschoss der

Pension lag, ging aufs Meer. Ein angenehm frischer Geruch durchzog den kleinen Raum mit seinem Holzparkett, den vom vielen Waschen angerauten Bettlaken, dem Tisch aus dunklem Holz, der Vase mit violetten Glockenblumen. Virgile lehnte am Fenster und blickte düster in die Ferne. Marianne bemerkte, dass er seine Sonnenbrille ausnahmsweise einmal nicht aufgesetzt hatte.

»Hast du einen Kater?«, fragte sie, um das Schweigen zu brechen.

»Hm«, bestätigte Virgile und rieb sich die Schädeldecke.

Am Abend hatte er, in einer Hand die Flasche Armagnac, die er am Hals packte, Marianne zum Strand mitgezogen, und sie waren mit nackten Füßen durch den kalten Sand gelaufen. Irgendwann hatten sie sich nebeneinandergesetzt, weil sie die bekanntesten Sterne ausfindig machen wollten. Sie hatten dem Brausen der Brandung gelauscht. Und als Virgile eine Zigarette rauchte, sahen sie das brennende Ende wie ein Glühwürmchen durch die Nacht kurven. Marianne liebte den Geruch seines Atems, wenn er rauchte – als hätte er frische Kaffeebohnen mit den Zähnen aufgeknackt. Er küsste sie auf ihr Grübchen am Hals und glitt hinter sie, um sie mit seinen Armen und Beinen zu umschlingen. Eine kleine Weile bewegte sie sich nicht, sondern blieb kerzengerade sitzen und sperrte sich gegen seine Umarmung, doch nicht lange, dann wich ihr Widerstand, und sie überließ sich der Wärme, die wie eine Welle von ihm ausging, ihre Glieder entspannten sich, ihr Rücken sank gegen Virgiles Oberkörper, und sie legte den Kopf an seine Schulter. Mit einem einzigen Ziel: mit ihm und seinem ganzen Wesen zu verschmelzen.

Danach hatten sie sich den Sand aus den Haaren geklaubt und Cecilias Armagnac in winzige Gläschen gegossen. Allein am leeren Strand, hatten sie schweigend die Honig- und Trockenpflaumenaromen auf der Zunge zergehen lassen, im Duft von frischem Holz und jungen Kiefern geschwelgt. Die schimmernde Flüssigkeit war durch ihre Kehlen geronnen und hatte sie in den Schlaf hinübergleiten lassen.

Sie verließen ihr Zimmer und gingen ins Erdgeschoss hinunter. Die Pensionswirtin saß vor dem Fenster und strickte an einem Paar Babyschühchen. Ohne die Nadeln sinken zu lassen, hob sie den Kopf und fragte, ob sie gut geschlafen hätten.

»O ja, wie ein Baby«, rief Virgile überschwänglich, und sie lachte.

»Ich werde Großmutter«, erklärte sie und hob augenzwinkernd die Stricknadeln mit den angefangenen Schühchen. »Deshalb stricke ich die hier, in Chiloé ist das Tradition.«

Virgile holte sein Skizzenbuch hervor und begann zu zeichnen – ein paar Bleistiftstriche, ein paar Tupfer Farbe. Die Zeichnung zeigte eine Wiese mit blasslila Schwertlilien, überwölbt von einem hohen blauen Himmel. Er löste das Blatt vorsichtig aus dem Skizzenbuch und reichte es Cecilia.

»Für das Baby«, sagte er. »Die Japaner glauben, dass Schwertlilien vor bösen Geistern schützen ... Sie sind in solchen Dingen überhaupt sehr bewandert«, fügte er mit einem eigentümlichen Lachen hinzu.

Sie dankten Cecilia für ihre Gastfreundschaft und ihre gute Laune, und Virgile scherzte noch ein Weilchen mit ihr. Marianne fiel auf, dass er den Blick nicht von den Babyschühchen losreißen konnte. Er betrachtete sie mit einer etwas einfältigen Zärtlichkeit, als läge der Säugling selbst vor ihm, aber in seinem Blick war auch eine gewisse Trauer erkennbar. Hinter seinen Albereien und der etwas gekünstelten Fröhlichkeit war er, wie sie zu spüren glaubte, zutiefst gerührt.

Sein Vater hatte sich für ihn eine Karriere als Spitzenmanager oder Chirurg erträumt. Virgile war ein begabter, lebhafter und hübscher Junge gewesen, in dem der Vater seinen perfekten Doppelgänger zu erkennen glaubte. Doch die Dinge entwickelten sich nicht ganz wie vorgesehen. In seinem letzten Schuljahr eröffnete Virgile seinem Vater bei einem Mittagessen in einem Bistro neben dem Ministerium, wie er sich seine Zukunft vorstellte: Erde unter den Fingernägeln, der Ozongeruch von Blitz und Donner, das Geräusch abbröckelnder Baumrinde. Zunächst verstand sein Vater nicht, was er damit meinte, und glaubte, er spräche in Metaphern. Daraufhin war Virgile konkreter geworden: Landschaftsarchitekt wollte er werden, der Beruf begeisterte ihn, er würde den öffentlichen Raum oder Privatgärten gestalten. Doch obwohl er all seine Überzeugungskraft aufbot, sprang sein Vater nicht auf die Idee an. Landschaftsarchitekt? Ist das dein Ernst?

Monsieur Lifar starrte sein Rinderkotelett an, auf dem die Knoblauchbutter zerfloss. Spießte eine Kartoffel auf und versuchte eine Antwort zu finden. Warum nicht gleich Gärtner? Bist du völlig von Sinnen, mein Sohn? Aber er brachte kein Wort heraus. Es war, als hätte sich sein Gehirn abgekoppelt. Kannitverstan. Er fragte sich, wer seinem Sohn den Blödsinn beigebracht hatte, den er ihm mit einem solchen Enthusiasmus auftischte, und während er ein Stück von seinem Kotelett absäbelte, während Blut auf den Teller floss und die Kartoffeln durchtränkte, fiel ihm die Antwort ein. Natürlich. Jean-Paul, dieser Trottel. Der steckte dahinter. Wer sonst als sein ungehobelter Bruder, zu dem sie Virgile in den Ferien und gelegentlich an den Wochenenden geschickt hatten? Jean-Paul besaß einen prächtigen Gemüsegarten, ein Treibhaus voll der herrlichsten Rosen, und er hatte in der Tat Virgile eine ganze Menge beigebracht. Er hatte ihm gezeigt, was er mit eigenen Händen und aus eigener Kraft alles bewerkstelligen konnte, er hatte ihm beigebracht, wie man umgräbt, pflanzt und erntet, und Virgile stellte sich sehr geschickt an, keine Frage. Aber das hieß noch lange nicht, dass man dem armen Jungen Flausen in den Kopf setzen musste. Gärtnern als Beruf! Also wirklich.

Virgiles Vater bezahlte die Rechnung, ging ins Ministerium zurück und laborierte den restlichen Nachmittag an seinem Rindskotelett herum, das ihm schwer im Magen lag. Er hoffte, die Phase würde vorübergehen und der Junge auf den rechten Pfad zurückkehren. Sie unterhielten sich noch mehrfach über das Thema, *denk doch mal nach, Virgile, es geht um deine Zukunft, um deine Karriere*, aber Virgile gab nicht nach. *Meine Karriere, genau darum geht es. Ich bin mir sicher, dass das mein Weg ist, Papa.* Mit der Zeit verlor der Vater das Interesse am Werdegang seines Sohnes. Wenn er ihn bis dahin in Wortgefechte über Wirtschaftsfragen, Geopolitik, Geschichte und andere große Themen verwickelt hatte, damit er bei wichtigen Diners in gepflegter Gesellschaft eine gute Figur machte, richtete er das Wort neuerdings nur noch in der Befehlsform an ihn: Räum ab, lass deine Sachen nicht herumliegen, mach endlich das Badezimmer frei und dergleichen. Virgile war für ihn nicht mehr der Mühe wert.

Später hatte er begriffen, dass Virgile nicht nur kleine Freundinnen sammelte, sondern auch kleine Freunde. Und das ihm, der doch nur diesen einen Sohn hatte! (Die beiden weniger aufgeweckten Töchter zählten nicht.) Warum musste ihm so etwas zustoßen? Was hatte er als Vater falsch gemacht? Seine Welt geriet ins Wanken, und er träumte nachts davon, wie er nackt durch die Flure des Ministeriums irrte, auf der Suche nach dem Ausgang, den er nicht fand, während seine Kollegen mit dem Finger auf ihn zeigten und ihn gellend wie Hyänen auslachten. In dieser Zeit war ihm bewusst geworden, dass er keine echten Freunde besaß. Dass seine Frau und er nur noch miteinander kommunizierten, um den Alltag zu organisieren. Er lag ganze Abende lang allein auf dem Sofa und las Judith Butler, Teresa de Lauretis und Michel Foucault – was immer er in die Finger bekam, um irgendwie zu *verstehen* und eine Antwort oder wenigstens etwas mehr Klarheit zu erhalten. Doch am Ende hatte er seufzend und restlos entmutigt mit den Schultern gezuckt. *Ich begreife das nicht.* Aus lauter Frust hatte er wieder mit dem Rauchen angefangen, nach siebzehn Jahren Abstinenz.

Wenn Virgile in den Ferien am Bahnhof Dieppe ausstieg und seinen Onkel auf dem Bahnsteig stehen und ihm unauffällig zuwinken sah, wurde ihm das Herz weit, und er sog die Luft tief in die Lungen. Mit schnellen Schritten ging er auf ihn zu.

»Hallo, mein Großer, hattest du eine gute Reise?«, fragte Jean-Paul jedes Mal, während er ihm eine noch warme, in Alu gewickelte gebutterte Crêpe in die Hand drückte.

Er packte seinen Neffen an den Schultern und schüttelte ihn liebevoll. Im Gegenzug nahm Virgile ihn in die Arme und drückte ihn fest. Jean-Paul lachte *he, vorsichtig, du brichst mir ja die Knochen*, und dann sagte er unweigerlich immer denselben Satz: »Du meine Güte, du bist vielleicht ins Kraut geschossen!«

Virgile ging zu dem klapprigen Auto mit den buckligen Polstern und ließ sich auf den Beifahrersitz fallen, denn auf der Rückbank und vor allem im Kofferraum herrschte ein unglaubliches Durcheinander, da lag ein wirrer Haufen aus Gartengeräten, Spaten, Harken, Gießkannen, Jäthacken, alten Sandalen, Angelruten und vom Sand ausgebleichten Eimern. Dann holperte das Auto in Richtung Varengeville – die Stoßdämpfer hatten schon längst das Zeitliche gesegnet –, und Virgile drückte die Nase ans Fenster, um nur bloß nichts zu verpassen. Er war jedes Mal wieder überwältigt von dem ungewohnt hellen Licht der Küstengegend und berauschte sich an dem Geruch nach Staub, Gischt und Freiheit, der in der Fahrerkabine hing.

Virgile liebte es, mit Jean-Paul im Garten zu arbeiten. Er jätete mit Begeisterung Unkraut, schob randvoll beladene Schubkarren über die Wege, lockerte die Erde, wenn sie zu hart war. Es gefiel ihm, wenn er bei der Arbeit seinen Körper spürte, wenn er eine Aufgabe mit Muskelkraft bewältigte, wenn ihm der Schweiß über die Haut rann. Und wenn er am nächsten Morgen einen solchen Muskelkater hatte, dass er kaum aus dem Bett kam, ging es ihm erst richtig gut. Ihm war leicht ums Herz, der Körper fühlte sich lebendig an. Nachdem sein Vater immer nur seinen Intellekt und seine rhetorischen Fähigkeiten geschätzt hatte, war die körperliche Arbeit für ihn eine ganz neuartige Glückserfahrung. Am liebsten jedoch war ihm der Schweißgeruch, den die körperliche Anstrengung produzierte, dieser etwas säuerliche Geruch nach Eisen und Holzspänen.

In der Nachbarschaft gab es ein sehr pfiffiges und freches Mädchen seines Alters namens Camille, mit der er viel Zeit verbrachte. Sie schnitt sich die Fingernägel mit dem Taschenmesser, hatte Schorf an den Knien und kurzes zerzaustes Haar wie ein Junge. Gemeinsam kletterten sie auf Apfelbäume, auf denen sie stundenlang sitzen blieben. Sie bauten sich abseits des Dorfes Hütten und verzogen sich dorthin, um sich gegenseitig Geschichten zu erzählen, eine versponnener als die andere, und erst wenn ihre Phantasie langsam verebbte, gingen sie am Fuß der Klippen baden. Die eiskalten Wellen klatschten gegen ihre Körper, sie plantschten in der Brandung und bespritzten sich übermütig, sie zogen sich an den Fußknöcheln und warfen sich gegenseitig um, sie tauchten unter, bis ihnen die Luft ausging, bis die Kälte zu wehtat. Wenn sie aus dem Wasser taumelten, hatten sie blaue Lippen, und ihre Haut brannte.

Auf dem Rückweg forderte Camille ihren Freund stets zu ein, zwei verrückten Wettkämpfen heraus. Zum Schneckenspiel beispielsweise. Sie suchte sorgfältig eine Schnecke aus, legte sie sich vorsichtig auf die Zunge, schloss den Mund und fing an, mit den Fingern zu zählen – Daumen, Zeigefinger, eins, zwei, drei, vier, fünf –, und wenn sie einen neuen Rekord aufgestellt hatte, schlug sie sich mit der geballten Faust gegen die Brust und spuckte die Schnecke in hohem Bogen aus. Virgile hatte versucht, mit ihr mitzuhalten, aber er war kläglich gescheitert.

»Das ist wie beim Armdrücken«, verkündete Camille und zeigte stolz ihren Bizeps, der dem eines Jungen in nichts nachstand. »Du wirst mich nie besiegen.«

»Und du wirst mich beim Wettrennen nie besiegen«, konterte Virgile und stürmte los, Camille dicht auf seinen Fersen.

Sie rannten bis zu Jean-Pauls Haus, als ginge es um Leben und Tod, und kamen vollkommen außer Atem dort an. Keuchend und vornübergebeugt standen sie da, mit den Händen in den schmerzenden Flanken.

»Da seid ihr ja, ihr Krabben«, wurden sie von Jean-Paul begrüßt. »Hattet ihr Spaß beim Baden?«

Die Kinder nickten eifrig, *ja, es war toll,* und setzten sich an den Tisch. Jean-Paul brachte ihnen heiße Milch mit einem Rippchen Schokolade, das sie in der Tasse schmelzen lassen konnten. Virgile versenkte sein Stückchen in der Tasse, wartete ein paar Sekunden, bis es aufgeweicht war, und lutschte es dann ab. Die Aromen der Schokolade hatte sich durch die Wärme vervielfacht.

Sobald Virgile im Zug in die Gegenrichtung saß, der ihn zu seinen Eltern zurückbrachte, zeichnete er in seinem Skizzenheft Seite um Seite voll. Er zeichnete Jean-Paul beim Umgraben, seinen grau melierten Bürstenschnitt, seine angespannte Muskulatur mit den Sehnen, die am Unterarm entlangliefen, er zeichnete die kleine Camille mit ihren X-Beinen und ihrem »Mordsbizeps« und dann die ockerfarbenen, von feuchtem Gras überwachsenen Klippen, die Apfelbäume im Obstgarten nach dem Regen, die Erde, die sich wie ein Schwamm mit Wasser vollgesogen hatte, den von Knospen übersäten Rosenstock. Ab und zu hielt Virgile inne und blickte aus dem Fenster. Er aß ein Stück von dem Gurkensandwich, das ihm Jean-Paul mitgegeben hatte, oder biss in einen Apfel aus dem Garten. Dann machte er sich wieder an seine Zeichnungen. Es ging ihm gut, und er hätte sich gewünscht, dass die Reise nie endete.

Denn wenn der Zug in den Bahnhof Saint-Lazare einrollte, spürte er sofort, wie sich sein Magen verknotete und er kurzatmig wurde. Er bekam keine Luft mehr. Lustlos stieg er aus dem Zug, den Rucksack über der Schulter, und machte sich widerstrebend auf den Heimweg. Zum Abendessen mit seinen Eltern und den beiden Schwestern. Zu den Monologen seines Vaters, dem Schweigen der restlichen Familie. In die große gutbürgerliche Wohnung mit den Zierleisten an der Decke, den langen Fluren und identisch geschnittenen Zimmern, den Spiegeln und Gemälden an den Wänden, dem Ort, der ihm die Luft abschnürte. Mit diesen schrecklichen schweren Vorhängen vor den Fenstern, die kein Licht einließen. Auf einmal war er von viel zu vielen Menschen umgeben, von einer hektisch dahineilenden Menschenmenge, verschlossenen Gesichtern, Isolation und zu viel Beton, zu viel Traurigkeit, zu viel Grau überall. Deshalb blieb er nach der Rückreise immer erst am Rand des Bahnsteigs stehen und erbrach seinen gesamten Reiseproviant.

Ein paar Tage nach ihrem Wochenende in Cancale besuchte Virgile Marianne in ihrer Wohnung. Er habe ihr etwas zu sagen. Ja, also ... Er habe lange nachgedacht, hätte sich gewünscht, dass die Dinge anders lägen, aber er verspüre dieselbe Beklemmung wie damals als Junge auf dem Bahnsteig der Gare Saint-Lazare. Das sei alles nicht ihre Schuld. Auf keinen Fall dürfe sie das glauben.

»Es ist eher so, dass ich noch Sachen zu regeln habe«, sagte er in entschuldigendem Tonfall.

Er zeichnete mit den Armen vier Wände um sich herum: »Das alles, diese Enge, das ist nichts für mich.«

Bei diesen Worten fuhr Marianne auf.

»Moment mal, Virgile. Sagst du mir gerade, dass ich das für dich repräsentiere? Eingesperrt sein, keine Luft mehr bekommen, ein Kleinbürgerleben?«

Virgile zog ein betrübtes Gesicht und streckte die Hand nach ihr aus, um ihr Gesicht zu streicheln.

Marianne explodierte. »Aber verdammt noch mal, Virgile, wenn wir zusammen sind, ist es doch überhaupt nicht so! Du sagst doch selbst: frei von allem und allein auf der Welt, wie glühende Meteoriten!« So hatte er sie beide tatsächlich einmal beschrieben, als einen Feuerstreifen, der eine gleißend helle Spur über den dunklen Himmel zog und auf seinem Weg alles mit Licht übergoss. *Ohne dich schauen die Leute wie sieben Tage Regenwetter, alles ist leer und sinnlos.*

»Das hast du nicht zufällig zu mir gesagt?«

Virgile senkte den Blick und antwortete nichts, und angesichts dieser krassen Leugnung der Realität stürzte sich Marianne auf ihn und schlug wie rasend auf seine Arme und seinen Oberkörper ein. Das Gesicht sparte sie aus. Aber trotzdem ... Dass sie einmal so reagieren würde, geradezu hysterisch, hätte sie sich nie träumen lassen, und erst als sich ihre Wut entladen hatte, konnte sie kalt nachlegen:

»Wenn es darum geht, dass du lieber wieder Typen vögeln willst, hättest du dir einen anderen Grund ausdenken können.«

Virgile sagte kein Wort, er stellte sich stumm ans Fenster, starrte eine Weile in die Ferne, auf den Himmel, die Dächer, die Vögel. Dann verließ er die Wohnung in der Rue Linné, ohne sich noch einmal umzudrehen.

Mehrere Tage lang putzte Marianne ihre Wohnung bis in die letzten Winkel, inklusive aller Schränke und des Kühlschranks. Sie ordnete die Bücher in ihrem Bücherregal, zuerst alphabetisch, dann nach Verlagen, sie tauschte die Glühlampe im Badezimmer aus, die seit Wochen flackerte, sie warf abgelaufene Lebensmittel weg, die noch in der Küche herumlagen, sie füllte einen Plastiksack mit Kleidungsstücken, die sie nicht mehr trug, sie beantwortete überfällige E-Mails. Alles, damit nur ja kein Gedanke an Virgile aufkam. Denn schon bei der Vorstellung, dass sie seine Haut nicht mehr spüren und am Morgen seinen Geruch nicht mehr einatmen würde, stieg in ihr eine Welle von Gefühlen auf, die sie zu überwältigen drohte, und sie wollte sich nur noch auf die Erde fallen lassen, *alles* fallen lassen – was sollte sie denn künftig mit sich anfangen, was wünschen, wovon träumen? Ohne ihn hatte alles keinen Sinn mehr.

Nein. Sie musste sich wieder in den Griff bekommen, ihre Projekte weiterführen, sich neue ausdenken, sie musste den Roman fertigschreiben, den sie angefangen hatte und der nicht vorankam. Es gab tausenderlei Dinge zu tun, ohne Virgile. Du darfst vor allem deine Zeit nicht damit verschwenden, an ihn zu denken und zu grübeln, ermahnte sie sich gebetsmühlenartig.

Marianne zwang sich, Haltung zu bewahren. Sie zwang sich, in Form zu bleiben, Sport zu machen, sich ausgewogen zu ernähren. Das war ihr Deal mit sich selbst. Eine Zeit lang klappte das auch, doch dann genügte ein Detail, das sie an Virgile erinnerte, und alles brach zusammen. Sie fing an zu weinen und konnte nicht mehr damit aufhören, sie lag auf dem Küchenboden, und die Tränen liefen und liefen. *Virgile*, flüsterte sie in die Stille, *Virgile, bist du da? Bei mir*?

Sie holte sich Wein, weil sie Hunger hatte, und Fertiggerichte, weil sie durstig war, sie verlor den Sinn für die Realität, vergaß zu schlafen. Morgens erwärmte sie sich zum Frühstück Ravioli, die sie aus der Dose löffelte, obwohl der

Fleischgeruch sie anwiderte und sie das Gefühl hatte, einen Kadaver zu essen.

Was sie sich in solchen Momenten wünschte, war eine schwere Krankheit oder einen Unfall, damit jemand Virgile die schlimme Nachricht überbringen würde und er völlig aufgelöst zu ihr eilte, in heller Sorge und verrückt vor Liebe und Reue. Sie wanderte kopflos durch die Wohnung, hatte kein Ziel, das sie ansteuern konnte, und keine Hoffnung, die sie hielt, und dachte zuweilen, dass sie sich in der geschlossenen Psychiatrie, umgeben von Wahnsinnigen und Pflegern mit kräftigen Armen, noch am wohlsten fühlen würde. Die würden sich wenigstens um sie kümmern, sie würden ihr in kleinen transparenten Messbechern Beruhigungsmittel verabreichen und sie nie, nie alleinlassen.

Es dauerte zwei Monate, bis ihre Gedanken nicht mehr ununterbrochen um Virgile kreisten. Bis es ihr allmählich besserging. Bis sie zum ersten Mal wieder ausging, sich mit Freunden traf, Sätze schrieb, die Hand und Fuß hatten. Ihr letzter Artikel hatte ihrem Chefredakteur so gut gefallen, dass er sogar selbst zum Hörer griff, um sie zu beglückwünschen. Er machte ihr in zuckersüßem Ton Komplimente und bat sie am Ende des Telefonats zu einer Unterredung.

»Du weißt, dass Elisabeth bald in Ruhestand geht«, eröffnete er das Gespräch zwei Tage später, während er sich einen Kaffee eingoss. Er blies auf die Tasse und schlürfte geräuschvoll den ersten Schluck. »Ich hatte an Lucie als Nachfolgerin gedacht, aber sie bekommt bald ihre Zwillinge, und es könnte kompliziert werden. Deshalb dachte ich, nun ja, an dich.«

Marianne besah ihn sich genau. Glubschaugen, die Haut dunkel vom Urlaub auf Djerba und seiner jahrelangen Raucherei, wulstige Lippen. Lippen, die ihr gerade verklickert hatten: *Du bist in Zukunft für das Feuilleton verantwortlich, Schätzchen.* Sie konnte nicht recht einschätzen, ob das eine gute oder eine schlechte Nachricht war, aber wenigstens war wieder etwas los in ihrem Leben. Eine Art Fortschritt. Fazit: Virgile sollte sich zum Teufel scheren, wo immer er steckte. Na ja, nicht ganz so wörtlich.

»Elisabeth ist wirklich super«, fuhr der Chefredakteur fort. »Es wird nicht leicht werden, ihre Nachfolge anzutreten. Aber um ehrlich zu sein, habe ich an dich gedachte, weil …« Blablabla, so ging es noch eine Weile weiter, weil er sich so gern reden hörte, und Marianne klinkte sich bald aus.

Durchs Fenster sah sie, wie sich ein noch grünes Blatt von einer Platane löste. *Ein verantwortungsvoller Posten, freien Mitarbeitern Aufträge erteilen, Überstunden gehören zum Alltag.* Das grüne Blatt trudelte durch die Luft und blieb auf dem Gehweg liegen. Marianne erkannte darin ein Zeichen, verstand die Botschaft: Du musst dich lösen, so lange du noch am Leben bist.

»Botschaft angekommen, danke«, murmelte Marianne, in sich hineinlächelnd.

»Was?«, fragte der Chefredakteur stirnrunzelnd.

»Das Feuilleton«, sagte Marianne. »Wenn Elisabeth geht, übernehme ich es. Und du wirst sehen, es wird abgehen wie eine Rakete«, fügte sie hinzu und war selbst über ihre Wortwahl erstaunt.

Auf dem Heimweg blieb sie vor einem Straßencafé in der Nähe des Jussieu-Campus stehen. Sie würde ihre Eltern zum Abendessen einladen und ihnen die Neuigkeit mitteilen. Alice und Sam hatten sich immer so große Sorgen wegen ihrer

Zukunft gemacht und wären glücklich, dass ihre Tochter endlich eine *richtige*, solide und ordentlich bezahlte Arbeitsstelle ergattert hatte. Viel Freizeit hätte sie künftig zwar nicht, aber dafür auch keine Zeit mehr, an Virgile zu denken.

Sie setzte sich zum ersten Mal seit langem allein in ein Straßencafé und bestellte wie in ihrer Studentenzeit eine Erdbeermilch. Über zehn Jahre war das schon her. Sie dachte an die Männer, die sie seither kennengelernt hatte, lauter belanglose Geschichten. Nicht ein einziges Mal hatte sie sich verliebt – und war deswegen sogar beim Psychologen gewesen. Vielleicht war *sie* ja das Problem.

Am Nachbartisch trank ein junger Mann eine Coca-Cola und blätterte dabei in einer Partitur. Marianne war aufgefallen, dass er nicht sehr konzentriert wirkte und oft den Kopf hob, um zu ihr herüberzusehen. Er sah gut aus mit seinen dichten Locken und dunkelbraunen Augen.

Als er Mariannes Blick auffing, wirkte er ein wenig verunsichert, aber er ließ sich nicht entmutigen und sprach sie an.

»Kommen Sie oft hierher?«

»Nicht sehr oft, nein«, erwiderte Marianne. »Sind Sie Musiker?«

Er gab Klavierunterricht und komponierte außerdem. Vor kurzem, erzählte er, habe er die Filmmusik zu einem französischen Low-Budget-Film beigesteuert, der für das Sundance Festival ausgewählt worden war und im Reflet Médicis und im Panthéon-Kino lief.

»Er hat gute Kritiken bekommen, und letzte Woche war sogar Catherine Deneuve da und hat ihn sich angesehen. Anscheinend fand sie ihn super«, ergänzte er nicht ohne Stolz. »Aber gut, fürs Kino arbeiten ist verzwickt. Ich weiß nicht, ob ich das noch mal mache.«

Sie unterhielten sich eine Weile, der junge Mann war intelligent und brannte für seinen Beruf, er war neugierig und kultiviert, und doch hatte Marianne ziemlich bald keine Lust mehr, mit ihm zu reden. Sie wusste nicht recht, was sie sagen sollte. Das Gespräch strengte sie an.

»Ich muss los«, sagte der junge Mann zu guter Letzt und verstaute seine Noten im Rucksack. »Ich komme fast jeden Tag hierher. Hoffentlich sehen wir uns bei Gelegenheit wieder.« Er lächelte charmant.

»Ja, vielleicht auf bald«, antwortete Marianne zerstreut.

Da sie wusste, dass ihre Vorratsschränke leer waren, legte Marianne im Supermarkt an der Ecke einen Zwischenstopp ein. Vor der Tür saß ein kleines Mädchen in seinem Buggy und schrie sich mit rotem Kopf die Seele aus dem Leib. Seine kurzen Beine strampelten in alle Richtungen, es bäumte sich auf, zerrte an seinen zu engen Gurten und streckte dem Kindermädchen die Arme entgegen, *ich will raus, ich will raus*, während die Nanny seelenruhig weiter ihre SMS tippte und der Kleinen nebenbei beruhigend den Kopf tätschelte. Marianne stellte sich vor, wie die Kleine jeden Morgen erlebte, dass ihre Mama zur Arbeit ging, und sich an ihre Stiefel klammerte, weil sie mitgenommen werden wollte. Wie sie wegen ihrer gleichgültigen und vielleicht sogar gemeinen Nanny, die sie noch monatelang würde ertragen müssen, abends still in ihr Kopfkissen weinte. Sie hatte Lust, sie aus dem Buggy zu heben und mit ihr davonzulaufen, zurück zu ihrer Mutter, aber stattdessen beugte sie sich vor und flüsterte ihr ein paar tröstliche Worte ins Ohr, die das Mädchen sofort besänftigten. Im Supermarkt war gerade Stoßzeit. Vor den Kassen standen lange Schlangen, und die Scanner piepten ununterbrochen. Marianne holte zwei Packungen grünes Gemüse und mehrere Thaigerichte aus dem Tiefkühlregal, aus dem ihr der Geruch nach Kälte und feuchter Pappe entgegenschlug, und schloss die Tür schnell wieder. Dann legte sie einen Viererpack Joghurt, eine Dose Thunfisch, drei Nudelpackungen und dunkle Schokolade mit siebzig Prozent Kakaoanteil in ihren Wagen, und als sie an der Kasse stand, sah sie, dass das kleine Mädchen draußen erneut laut weinte und das Kindermädchen immer noch anderweitig beschäftigt war. Da gab sie sich das Versprechen, niemals ein Kind zu wollen – es war einfach zu beängstigend.

Gedankenverloren ging sie die ansteigende Straße entlang. Ja, sie würde von nun an auf Wünsche verzichten, die sich nicht erfüllen ließen, und in Zukunft alles richtig machen. Das taugte als Strategie so gut wie jede andere. Mit Tüten beladen, trat sie durch die Haustür und traf auf die Pförtnerin, die mit dem Staubsauger im Treppenhaus hantierte. Marianne grüßte, *guten Tag, Beatriz, wie geht's Ihnen*, und begann mit dem Aufstieg. Nach einer kurzen Verschnaufpause im vierten Stockwerk, bei der sie die Tüten abstellte und die schmerzhaft gekrümmten Finger lockerte, stieg sie bis in die letzte Etage weiter. Und weil sie ein albernes Detail völlig vergessen hatte – den zweiten Wohnungsschlüssel – und in den vergangenen Wochen nicht ein einziges Mal daran gedacht hatte, ihn zurückzufordern, sah sie jetzt, als sie nach sechs Stockwerken schwer atmend die Wohnungstür aufschloss, Virgile vor sich, der mit geschlossenen Augen im Schneidersitz auf dem Sofa thronte, die offenen Hände auf den Knien wie ein Yogi.

Die Einkaufstüten polterten zu Boden, und sie blieb wie erstarrt auf der Schwelle stehen.

»Darf man erfahren, was zum Teufel du hier treibst, Virgile Lifar?«

Virgile stand breit lächelnd auf und ging auf Marianne zu, um ihr beim Tragen der Einkaufstüten zu helfen.

»Schon gut, danke, ich komme allein zurecht«, blaffte sie ihn an und flüchtete in die Kochnische.

Mit zittrigen Händen stapelte sie die tiefgefrorenen Törtchen im Eisfach und räumte den Rest in die Vorratsschränke. Dann stellte sie sich vor Virgile und blickte ihm grimmig ins Gesicht.

»Was genau suchst du hier, Virgile?«

Sie hatte wochenlang Qualen gelitten, sie hatte sich vor Kummer verzehrt, bis sie Schwarz und Weiß nicht mehr unterscheiden konnte, und kaum bekam sie wieder einigermaßen Boden unter den Füßen, da tauchte er aus heiterem Himmel auf, als wäre nichts geschehen, und erwartete vermutlich, dass sie ihm den roten Teppich ausrollte und ihn mit Rosenblättern überschüttete. Und was sonst noch alles.

Virgile schien bestürzt von ihrer Reaktion, er runzelte die Stirn und rang nach Worten, aber da er zu seiner Verteidigung nicht viel vorzubringen hatte, senkte er den Blick und fuhr sich mit der Hand in den Nacken. Sorgenvolles Seufzen.

»Hör mal, Marianne. Ich weiß, es klingt verrückt, und ich weiß auch, dass ich es war, der gegangen ist, aber ich glaube, dass wir uns wieder treffen sollten.« Er machte eine kurze Pause. »Ich denke die ganze Zeit an dich. Nonstop. Pausenlos.«

Virgile fing an, ruhelos durch das kleine Studio zu tigern, immer im Kreis herum, wie ein Goldfisch im Glas. Er wirkte zusehends nervöser, und mit einem Mal wurde er laut.

»Scheiße noch mal, es ist schließlich nicht so leicht, die Software zu wechseln! Ich begegne dir, wir verlieben uns, und dann? Sollte ich sofort alles aufgeben? Die Typen, die Feten, alles?«

Er wischte sich mit dem Handrücken ein paar Speicheltröpfchen vom Mundwinkel und fuhr fort:

»Immerhin war ich«, er tippte sich dreimal mit dem Zeigefinger gegen die Brust, »seit ungefähr ... einer Million Jahre nicht mehr mit einer Frau zusammen! Und schon gar nicht mit einer Frau wie dir. Das ist doch wohl ein guter Grund, oder?«

Marianne sagte nichts. Sie ging an den Kühlschrank und holte zwei Desperados heraus, von denen sie eines Virgile reichte. Sie rissen ihre Dosen im selben Moment auf. Es tat so gut, ihn zu sehen. *My god.* Dermaßen bescheuert, dieser Typ. Und einsame Klasse.

»Es kommt häufig vor, dass geschiedene Paare noch mal heiraten, weißt du«, sagte Virgile, der sich wieder auf das Sofa gesetzt hatte.

Marianne hätte ihn am liebsten mitsamt seiner Bierdose zermalmt.

»Was verzapfst du denn da für einen Mist, Virgile. Erstens mal waren wir noch nicht verheiratet, und außerdem kommt es sicher nicht *häufig* vor, dass Paare wieder heiraten. Willst du mir eine Botschaft unterjubeln?«

Virgile lächelte. Schüttelte die fast leere Dose.

»*Vielleicht* würde ich gern ein Stück Weg mit dir gehen«, sagte er. »Ich dachte, wir könnten auch Kinder haben.«

»Ach ja? Das hast du gedacht?«

»Ja, so kleine Wichtel, hübsch wie du, die das Haus mit

ihrem fröhlichen Geschrei erfüllen. Das wäre doch zauberhaft, oder?«

»Virgile ...«

Sie trank ihr Bier aus und stand auf, um noch eines zu holen. Warum musste sie bloß auf einen totalen Spinner hereinfallen?

Es war die letzte Nacht, die sie in ihrer Wohnung in der Rue Linné verbrachte. Virgile hatte ihr Platz in seinen Schränken frei geräumt, er hatte ihr eine Schreibecke am Fenster eingerichtet und das Bad mit Hautcremes, Schminkzeug und Pflegeshampoo für lange Haare bestückt. Außerdem hatte er für Marianne und sich geschmackvolle Morgenmäntel und neue Bettwäsche aus cremeweißem Leinen gekauft.

Marianne gefielen weder das Quartier des Halles, in dem sie nun wohnte, noch die Ratten, die am helllichten Tag in dunkle Ecken huschten, noch das Geschrei, das nachts durch die Straßen hallte, aber egal. Virgile hatte sie zu seiner Königin erkoren, und sie war glücklich, da zu sein, wo er war.

Virgile schwebte auf einer kleinen weißen Wolke. Er hatte sich für das Prinzip der Mehrfachidentität entschieden, einer abhängig von der jeweiligen Beziehung fluktuierenden Identität, männlich oder weiblich oder wie auch immer, und stand zu seiner Komplexität. Er leugnete weder seine Vergangenheit noch die Tatsache, dass er sich von Männern angezogen fühlte, aber er gestand sich auch das Recht zu, rettungslos verliebt in Marianne zu sein. Die beiden passten auch wirklich wunderbar zusammen – dieselben Vorlieben, dieselben Wünsche, dieselben Passionen –, und sie verstand ihn wie sonst keiner. Er konnte ihr jedes beliebige Gartenprojekt und jede Zeichnung zeigen, und sie urteilte mit

Intelligenz und Augenmaß, setzte ihre Sichtweise dagegen, die ihm neue Horizonte eröffnete und ihn neue ästhetische Pfade erkunden ließ. Natürlich spielte er, sobald sie ihm einmal nicht in Bausch und Bogen zustimmte, den Schlechtgelaunten und regte sich auf, *aber Marianne, du bist auf der völlig falschen Fährte, darum geht es doch überhaupt nicht*, aber am Ende überarbeitete er den Entwurf dann doch noch einmal im Licht ihrer Kritik, und manchmal warf er alles weg und fing wieder von vorne an. Das Resultat überraschte ihn jedes Mal wieder aufs Neue.

Marianne ihrerseits hatte Elisabeths Nachfolge bei der Zeitung angetreten und war nun für das Feuilleton zuständig. Ihre Tage reihten sich in einem höllischen Tempo aneinander – Sitzungen mit dem Redaktionsleiter, Telefonate mit den festen Freien, Abstimmung der Themen, Hunderte von Mails. Dazu die Eröffnung eines Kulturzentrums hier, einer Ausstellung dort, ein Interview mit einem angesagten Dramatiker oder einem Goncourt-verdächtigen Autor, ganz zu schweigen von der wöchentlichen Kolumne, die sie für einen Radiosender übernommen hatte. Kurz, sie hatte keine freie Minute mehr.

Dennoch versuchte sie sich etwas Zeit freizuschaufeln, sehr früh am Morgen, noch vor dem Weckerklingeln. Sie liebte diese einzigartigen Minuten, die sie für sich allein hatte, bevor die Nacht wich. Die Stille in der Wohnung, der Atem des schlafenden Virgile, die frisch gereinigte Rue Saint-Denis, die Vögel, die man jetzt noch draußen hören konnte. Sie setzte sich mit einem Buch in die Küche und ließ sich davontragen. Sie las so langsam wie möglich, kostete jede Zeile, jede Silbe aus, und die schönsten Sätze – diejenigen, die in wenigen Worten eine ganze Welt von Empfindungen und Farben, eine ganz eigene Textur, eine dichte Atmosphäre entfalteten – versuchte sie im Gedächtnis zu behalten, indem sie sie mehrfach wiederholte, bis sie vertraut klangen.

Sie saß zufrieden in dem stillen Raum und sah zu, wie die Minuten auf der Wanduhr weiterrückten. Bald würde Virgiles Wecker klingeln und die Zeit ihre Schlagzahl erhöhen, der Tag käme endgültig in Schwung. Sie las noch ein paar Seiten. Und sann darüber nach, dass es mit Virgile allmählich ernst wurde. Ihre Beziehung wurde immer stabiler – wie die Korallen in der Südsee, die langsam, aber stetig wuchsen, indem sie Millimeter um Millimeter ihr Kalkskelett ausbauten.

»Bist du fertig, Marianne? Können wir?«, fragte Virgile, der mit der Jacke über dem Arm in der Wohnungstür stand. »Du brauchst jetzt schon eine Stunde für deine Vorbereitungen, ich dreh durch.«

Marianne erschien in der Badezimmertür. Sie trug ein kurzes rotes Kleid, das ihre langen schlanken Beine, die sie von ihrer Mutter hatte, vorteilhaft zur Geltung brachte. Dazu trug sie goldene Ohrringe, und das Haar war zu einem lockeren Knoten hochgesteckt. Virgile konnte sich bei ihrem Anblick ein erfreutes Lächeln nicht verkneifen. Ja, okay, das war die Warterei wert.

»Überleg doch mal, Marianne, so ein Zwerglein, genauso hübsch wie du?«, sagte er, als sie die Treppe hinuntergingen.

»Hör auf damit, Virgile …«

»Ein Kind wäre für mich ein so unverhofftes Geschenk. Zu sehen, wie es wächst und lacht und über Winzigkeiten staunt, und zu hören, wie es die ersten Worte spricht …«

Marianne blieb stehen, lehnte sich mit dem Rücken gegen die Wand des Treppenhauses und zog ihren rechten Schuh aus. Auf einem Bein balancierend schüttelte sie ihn, bis ein Steinchen herausfiel.

»Meine Tage sind der pure Wahnsinn, Virgile«, sagte sie, während sie den Schuh über den Fuß streifte. »Ich wüsste wirklich nicht, wo ich da noch ein Kind unterbringen sollte. Wir haben schon tausendmal darüber geredet, es ist für mich einfach nicht der richtige Zeitpunkt.«

»Nicht der richtige Zeitpunkt? Aber Marianne, du wirst nächsten Monat vierunddreißig! Es ist die Chance unseres Lebens!« Er schlüpfte in die Jacke und schwieg einen Moment nachdenklich. »Du musst nur die nette adrette Elisabette wieder ans Ruder lassen. Schließlich ist sie ziemlich früh in Ruhestand gegangen, sie ist doch noch gut in Form, oder?«

Marianne lachte, *ja, du Schlingel*, und Virgile zog sie an sich und küsste sie gierig. Dann lockerte er seine Umarmung, nahm ihr Gesicht zwischen die Hände und lehnte seine Stirn gegen ihre.

»Die Chance unseres Lebens, sage ich dir«, wiederholte er feierlich.

Sie gingen mit schnellen Schritten zur Metro. Virgile rauchte eine halbe Zigarette und drückte den Rest auf der Ecke einer Mülltonne aus.

»Ich muss wirklich damit aufhören. Ich will nicht, dass meine Kids diesen Mist einatmen.« Er versenkte das kaum angebrochene Päckchen in den Tiefen der Tonne.

Er hakte sich bei Marianne unter, küsste sie auf den Hals, und sie gingen die Treppen zur Metro hinunter.

»Übrigens, Virgile, hast du meine Pillen geklaut?«, fragte Marianne, als sie auf dem Bahnsteig warteten. »Weil ich den Streifen ins Badezimmer gelegt hatte und er auf mysteriöse Weise verschwunden ist.«

»Deine Pillen?«, fragte Virgile erstaunt zurück. »Nein, damit habe ich nichts zu tun.« Er schüttelte den Kopf. »Mein Name ist Hase, ich weiß von nichts.«

Sie gingen langsam bis zum Ende des Bahnsteigs. Sechs Minuten Wartezeit bis zum ersten Zug, zehn Minuten bis zum zweiten. Die Hände in den Taschen vergraben, balancierte Virgile auf den Absätzen vor und zurück und pfiff zwischen den Zähnen. Marianne starrte auf die Schienen, ohne an etwas Bestimmtes zu denken. Eine große dunkelbraune Ratte huschte über das Gleisbett, und Marianne wandte den Blick ab. Immer mehr Menschen strömten herbei, die Menge der Wartenden wurde dichter, sie fühlte sich bedrängt, und eine leichte Übelkeit überfiel sie. Wie würde es sich anfühlen, wenn sie tatsächlich eines Tages schwanger würde?

Als sie die Bar betraten, mixte Olive gerade einen Sex on the Beach für den quirligen Florian, einen Stammgast, der dem Schauspieler Melvil Poupaud zum Verwechseln ähnlich sah.

»Ja, was haben wir denn da für ein entzückendes Geschöpf!«, rief Olive, als sie Marianne erblickte. »Oh, là, là, du siehst ja heute wirklich bom-bas-tisch aus.«

Marianne nahm das Kompliment lächelnd entgegen und warf ihr eine Kusshand zu.

»Ist Kamel nicht da?«, fragte Virgile.

»Doch, doch, er holt mir nur gerade Kippen«, antwortete Olive. »Du glaubst doch nicht etwa, dass ich meinen Märchenprinzen einfach so entkommen lasse, oder?«

Marianne zog sich einen Hocker heran, und Virgile tat es ihr gleich.

»Was darf ich euch bringen? Einen Sex on the Beach wie für Florian?«, fragte Olive. »Oder möchtest du lieber das hier probieren?« Sie drehte den Verschluss von einem Fläschchen Renutryl mit Karamellgeschmack auf.

»Kein Bedarf, danke«, wehrte Virgile ab. »Gib mir lieber einen Gin Tonic. Was ist das für eine neue Marotte?«

»Das ist keine Marotte, mein Herz. Das ist mein neuer Fitnessdrink.« Olive goss Gin in die Gläser. »Seit mir mein Apotheker davon erzählt hat, bin ich total süchtig danach. Ich ernähre mich praktisch nur noch davon.«

Virgile nahm das Fläschchen in die Hand und betrachtete das Etikett.

»Hyperproteingetränk für ältere Menschen mit Mangelerscheinungen«, las er laut vor. »Als Nahrungsergänzungsmittel zu verwenden.« Er blickte Olive an. »Hast du das gewusst?«

»Du Spaßbremse«, nörgelte Olive mit hochgezogenen Schultern. »Mir schmeckt es nun mal. Und anscheinend wollen sie zu Weihnachten eine Gänseleberedition herausbringen, mit echten Fleischstückchen drin.«

An der Theke saß eine grell geschminkte und aufgetakelte Frau, die gut und gerne siebzig war, und bestellte ebenfalls einen Gin Tonic. Sie trug ein dunkelblaues Samtkostüm und hohe Sneakers mit Leopardenmuster. Die hängenden und altersbedingt schlaffen Augenlider schimmerten perlmuttgrün, die Lippen waren zinnoberrot bemalt, und auf den Wangen lag eine dicke Schicht Rouge. Ein kräftiger Moschusduft ging von ihr aus. Marianne hatte sie hier noch nie gesehen.

»Ihr kennt euch noch nicht, oder?«, fragte Olive. »Darf ich dir unser aller Maskottchen vorstellen, die Mutter der Träumer, Tunten und Transen dieser Welt: die unvergleichliche Maggy d'Anvers.«

Marianne nickte der Frau bereitwillig zu, und Maggy d'Anvers reagierte mit einem schüchternen Lächeln. Sie nahm einen Schluck von ihrem Gin Tonic und verzog das Gesicht.

»Schmeckt er dir nicht, Maggy? Magst du etwas anderes?«

»Nein, nein, er schmeckt sehr gut. Es ist nur …« Die Frau legte die Hände um das Glas und räusperte sich. »Mir ist neulich Gaston über den Weg gelaufen, und das hat mich komplett aus der Bahn geworfen. Ich habe mich doch wirklich in diesen Kerl verliebt. In meinem Alter, verdammt! Ich wusste nicht, dass man sich immer noch so zum Narren machen kann.«

»Aber klar doch«, sagte Olive. »Für so was gibt es keine Altersgrenze.«

»Seit zwanzig Jahren war ich nicht mehr mit einem Mann zusammen, das kommt noch dazu. Und er ist überhaupt nicht mein Typ!«

Sie rang sich ein kleines Lachen ab, aber dann drängte sich der schreckliche Gedanke an ein Sterben in Einsamkeit wieder in den Vordergrund, ohne einen Menschen, der ihre Hand hielt, und ihr stiegen Tränen in die Augen. Olive beugte sich über die Theke und umarmte sie voller Zuneigung. Maggys Haar roch anheimelnd nach Tabak, Moschus und Vanille, und Olive wurde ein wenig flau zumute. Sie ließ Maggy los, streichelte ihr kurz die Wange, *das wird schon, Liebes*, und drehte sich rasch zur Anlage um. Sie stellte die Lautstärke höher, sodass die heißen Rhythmen einer kubanischen Salsa durch den Raum dröhnten.

»Auf geht's, Maggy, tanzen!«, lockte Olive und begann sich in den Hüften zu wiegen. »Wir lassen uns nicht unterkriegen. Vergiss nicht, dass Traurigsein hier drinnen verboten ist!«

Maggy betupfte sich die Lider mit einem alten Kleenex, wodurch das schimmernde Grün des Lidschattens und die schwarze Wimperntusche ineinanderflossen, und schloss sich Olive an. Marianne trank schweigend ihr Glas aus, den Blick auf die Wand mit den Fotos von Tanger geheftet. Sie wagte keine Bewegung, so aufgewühlt war sie durch den Kummer der Frau.

Virgile neigte sich sachte zu ihr herüber und blies ihr ohne Vorwarnung auf den Nacken. Sie zuckte zusammen.

»Zeit, nach Hause zu gehen, oder?«, grinste er, zufrieden mit seinem kleinen Streich. »Ich weiß nicht, wie es dir geht, aber ich kann mich kaum noch auf den Beinen halten.«

Es war schon spät am Abend, und in der Rue Saint-Denis hatte sich jede Menge Müll angesammelt. Die Ratten hatten die Mülltonnen geplündert, und der Gehweg war von Burgerverpackungen, leeren Pappbechern, Frittentüten und anderen Fast-Food-Resten übersät. Dazwischen kurvten Inlineskater, schliefen Penner, trödelten Passanten. Ein paar gelangweilte Prostituierte und Anwohner lungerten mehr oder weniger lärmend vor den Hauseingängen herum. Als Marianne und Virgile vor ihrem Haus ankamen, war ein Typ gerade dabei, gegen die Tür zu pinkeln. Virgile tippte ihn auf die Schulter.

»Können Sie das vielleicht woanders machen?«

Der Typ wandte den Kopf, die Hände noch mit seinem Pimmel beschäftigt, und nuschelte betrunken:

»Hä, was willstu, Arschloch?«

»Ich sagte, dass es nicht gerade nett ist, hier zu pissen«, wiederholte Virgile ungerührt.

Der Mann klopfte die letzten Tropfen ab und zog den Hosenschlitz zu. Dann drehte er sich um: »Hast du 'n Problem damit, Wichser?«, und holte zu einem Faustschlag aus, der ins Leere ging. Darauf folgte eine konfuse Tirade obszöner Beleidigungen, woraufhin er zusammenklappte und auf den Boden fiel. Selber Wichser.

Virgile ergriff Mariannes Hand, sie stiegen über den Liegenden hinweg und schlossen hastig die Haustür hinter sich.

»Diese Gegend ist für Kinder die Hölle«, sagte Virgile auf dem Weg nach oben. »Es wimmelt von Menschen und gibt kaum eine Grünfläche. Wir sollten umziehen. Würde dir das gefallen? Ein Umzug?«

»Sag mal, wenn du dir was in den Kopf setzt, dann lässt du nicht mehr locker, stimmt's?«

Er schloss die Wohnungstür hinter sich, küsste Marianne auf den Hals und knabberte an ihrem Ohr.

»Allmählich solltest du mich doch kennen, oder?«

Virgile putzte sich in aller Eile die Zähne und zog sich gleich darauf aus. Die Kleider warf er auf das Fußende des Bettes. Er fuhr sich mit der Hand in den Nacken und kniff sich in den Nasenrücken.

»Ich fühle mich nicht so toll«, sagte er. »Das liegt garantiert an den Cocktails bei Olive.«

Marianne erinnerte ihn daran, dass er den Abend über kaum etwas getrunken hatte. Sie massierte ihm sanft die Schultern und deckte ihn, als er sich ausgestreckt hatte, mit der Bettdecke zu. Er schlief fast augenblicklich ein.

Marianne blieb noch eine Weile am Fenster stehen. Sie beobachtete ein Grüppchen Jugendlicher, die einen Joint kreisen ließen, und einen Obdachlosen, der an ihnen vorüberschlurfte.

»Nichtsnutze, allesamt. Lauter Drückeberger!«, grölte

er. Die jungen Leute bewarfen ihn verächtlich grinsend mit Münzen.

Sie hatte nicht die geringste Lust, sich abzuschminken, die Zähne zu putzen, die Kleider abzulegen. Diese ewige Alltagsroutine! Wie oft man das alles wiederholen musste! Besser gar nicht darüber nachdenken.

Das Neonschild des Sexshops nebenan illuminierte die Wohnung mit seinem fuchsiaroten Flackern. Die Wände leuchteten purpurfarben. Die Vorhänge leuchteten purpurfarben. Und die Farbe musste auch auf Mariannes Gedanken übergeschwappt sein, denn sie hörte sich *Virgile hat wohl doch recht* flüstern. Es war *nie* der richtige Zeitpunkt für ein Kind, und man hatte *immer* einen guten Grund, es auf später zu verschieben.

Sie betrachtete ihren wunderschönen fuchsiaroten Virgile und legte sich neben ihn. Als sie ihn zart auf die Wange küsste, streckte er schläfrig den Arm nach ihr aus, murmelte irgendetwas und sank gleich wieder in Morpheus' Arme zurück. Marianne schob ihre kalten Füße zwischen Virgiles warme, und bevor sie noch hätte bis zehn zählen können, war auch sie eingeschlafen – mit einem leisen Lächeln auf den Lippen.

Kaum drei Wochen später standen Marianne und Virgile im Hausflur und luden Kartons in einen Umzugswagen. Den Wohnungstipp hatten sie von Virgiles Exlover Andy, dem Fotografen. Ein guter Tipp, wie es schien. Marianne hatte zunächst Bedenken gehabt, aber nach der Besichtigung konnte sie nur noch zustimmen. Die Wohnung lag ganz oben auf dem Montmartre-Hügel, war hell und sehr schick und bot eine überwältigende Aussicht. Man hatte praktisch den gesamten Norden von Paris unter sich. Der Himmel wölbte sich schier bis ins Unendliche, und kein Hindernis verstellte den Blick, der ungehindert bis zum Horizont schweifen konnte. Zwischen den Zinkdächern, die sich in Nuancen von Blau- und Schiefergrau verschachtelt wie Legosteine ineinanderfügten, erhoben sich rote Schornsteine auf alten Backsteingemäuern, schiefe Fernsehantennen und gewaltige Wohntürme, die die Grenze nach Saint-Ouen, Saint-Denis und Aubervilliers markierten. Weiter hinten zeichneten sich die Anhöhen der Île-de-France ab, und man erahnte die Felder, auf denen Raps, Erbsen, Rote Beten und Blattsalat angebaut wurden.

Einträchtig packten Marianne und Virgile ihre Kartons aus, räumten ihre Pullis in die Schränke, hängten Kleider und Mäntel auf, verstauten Teller, Gläser und Besteck. Jedem Ding wurde sein Platz zugewiesen, und am Ende stellten sie beide ihre Bücher bunt durcheinandergemischt auf die Regale, ohne sie zu trennen.

Als der letzte Karton ausgepackt war, küsste Virgile Marianne mit besonderer Zärtlichkeit. Ihre erste gemeinsame Wohnung! Mit einem noch ungenutzten Zimmer. Zur Feier des Tages bereitete Virgile seine Spezialität zu, Caesar Salad à la Virgile. Er würzte ihn mit etwas Koriander und ein paar Spritzern Worcestersoße, und Marianne glaubte, noch nie im Leben etwas so Leckeres gegessen zu haben. Sie aßen im Stehen, gefesselt von der Aussicht, und als sie fertig waren, köpften sie eine Flasche Champagner. Virgile füllte zwei große Kelche, sie stießen an und gossen sie nacheinander auf den Küchenboden – damit ihnen das Glück auch weiter hold war.

Ihr neues Viertel gefiel ihnen auf Anhieb. Durch den Umzug von Les Halles nach Montmartre hatten sie das Gefühl, freier atmen zu können. Die Luft erschien ihnen frischer hier oben. Sie hatten sich sofort mit den Händlern in der Nachbarschaft angefreundet, gingen regelmäßig ins Café, über dem sie wohnten, erkundeten die Straßen der Umgebung, die kleinen Parks und Restaurants, und im Nu war ihnen alles sehr vertraut geworden. Am Wochenende flanierten sie durch das Viertel und aßen im Freien. Besonders gern spazierten sie hinauf zur Sacré-Cœur, mischten sich unter die Rucksacktouristen in ihren Bermudashorts und schlängelten sich zwischen den Selfiesticks hindurch. Sie liebten das Sprachengemisch, das man da oben hörte – ein wenig fühlte man sich dann auch wie ein Urlauber. Später gingen sie auf verschlungenen Wegen über den Square Louise-Michel hinunter bis zum Museum Halle Saint Pierre und tranken irgendwo in einer der ruhigen Straßen hinter Barbès entspannt ein Glas. Manchmal, wenn es zeitlich passte, sahen sie sich im Louxor auf unbequemen Sesseln einen Film an und ließen sich in andere Welten davontragen. Sie liebten beide traurige Filme und gefühlvolle Melodramen, bei denen man hemmungslos weinen konnte, und verließen immer als Letzte nach dem Abspann den Saal, schniefend und mit geröteten Augen.

Alice konnte es nicht fassen. Ihre Tochter war umgezogen, hatte zusammen mit Virgile eine Wohnung in einem neuen Viertel gemietet, und sie war darüber nicht einmal informiert worden! Dabei hatten sie seit dem Umzug mehrmals miteinander telefoniert. Aber Marianne hatte das Thema nicht einmal erwähnt, sie hatte nicht die kleinste Anspielung gemacht.

»Was willst du«, sagte Samuel achselzuckend, »deine Tochter ist eben genauso bekloppt wie du.«

»Sei still, Sam, das stimmt doch gar nicht«, widersprach Alice genervt und schickte Marianne umgehend eine Nachricht, in der sie ihre Tochter mit Virgile für einen der nächsten Abende zum Essen einlud. Zum Kennenlernen. Sich beschnuppern. Bekanntschaft schließen. Sie brütete lange über der richtigen Formulierung, weil sie es um jeden Preis vermeiden wollte, zu förmlich zu klingen.

»Mach dir doch nicht so einen Kopf«, murrte Sam, »als ob das irgendwas ändert. Sie sollen kommen und fertig.«

Trotzdem stellte Alice zu dem bedeutsamen Anlass die kleinen auf die großen Teller. Sie erkundigte sich nach Virgiles kulinarischen Vorlieben und ging zum guten Metzger in der Nähe, bei dem man immer Schlange stehen musste und der sich am Wochenende vor Bestellungen kaum retten konnte. Sie kaufte Lammkoteletts, die sie in der Pfanne oder, bei schönem Wetter, auf dem Grill braten konnte, und Gänserillette als Vorspeise. Es kam ihr komisch vor, eine Metzgerei zu betreten. Seit Jahren kaufte sie kein Fleisch mehr, genau genommen tat sie es nicht mehr, seit Marianne von zu Hause ausgezogen war. Der Blutgeruch verursachte ihr Übelkeit, und Sam musste auf sein Cholesterin achten. Er fand außerdem, es sei eine Zumutung für die Erde, tonnenweise Fleisch in sich hineinzustopfen. So waren sie praktisch zu Vegetariern geworden.

Alice hatte sich für ein dunkelgrünes Strickkleid und hellbeige Wildlederstiefel entschieden. Dazu trug sie einen schmalen, geflochtenen Haarreif und als Ohrschmuck zwei kleine türkisblaue Federn. Die Augen hatte sie mit ihrem üblichen grünen Kajal umrandet und einen transparenten Lippenbalsam aufgelegt.

Kurz vor acht Uhr öffnete Marianne Hand in Hand mit Virgile das Gartentörchen.

»Oje, ich bin in Verzug«, klagte Alice, als sie die beiden sah. »Ich wollte die Koteletts auf den Grill legen, aber Sam meinte, dass er kaputt ist. So ein Pech.«

»Mach dir nichts draus«, wiegelte Marianne ab. »Wir haben es nicht eilig. Und außerdem können wir dir auch zur Hand gehen.«

»Na, das wäre ja noch schöner«, wehrte Alice mit einem etwas verkrampften Lächeln ab und küsste ihre Tochter auf beide Wangen.

Ihre unbeholfenen, nervösen Gesten verrieten ihre Anspannung vor dem großen Anlass, und als sie sich Virgile zuwandte, hatte sie unvermutet Tränen in den Augen. Sie zögerte kurz, doch dann streckte sie ihm schließlich die Hand hin.

»Ich freue mich sehr, Sie kennenzulernen, Virgile.«

Als Reaktion beugte er sich zu ihr hinunter und legte ihr leicht die Hand auf die Schulter, *ich darf Ihnen doch ein Küsschen geben?* Er erkannte ihr Parfüm, das nach frischen Feigen und grünen Blättern duftete, und war gerührt von den Haarsträhnchen, die sich aus ihrer Hochsteckfrisur gelöst hatten.

»Ich freue mich auch sehr.«

In der Zwischenzeit hatte sich Samuel von seinen Tomatenpflanzen losgerissen, stand in der Tür und wischte sich die Erdkrumen von den Händen.

»Guten Tag«, sagte er schlicht. »Ich bin Samuel, Mariannes Vater.«

Alice briet die Koteletts in etwas Butter an, salzte und pfefferte sie. Sie schnitt einen Butternutkürbis in große Würfel und warf diese in eine vorgeheizte Pfanne, in der das Öl knisterte. Dann drehte sie die Hitze herunter und streute eine Handvoll Pinienkerne darauf. Nun konnte sie das Gemüse sachte köcheln lassen und in der Zwischenzeit einen Aperitif anbieten.

»Martini? Weißwein? Oder ein Glas Sekt?«, fragte sie, die Hand am Kühlschrankgriff. »Was darf ich Ihnen geben, Virgile?«

»Ich nehme dasselbe wie Sie«, antwortete er und half ihr mit den Gläsern. »Ich finde Ihren Garten übrigens sehr gelungen.«

»Oh, das haben wir Sam zu verdanken, er werkelt da von früh bis spät. Deshalb haben wir auch alles, was man so braucht: Basilikum, Schnittlauch, Rosmarin ... Und Blumen natürlich, ich mag viele bunte Blumen. Vor allem die Nelken, schauen Sie, wie schön sie sind. Und gegen Blattläuse gibt es anscheinend nichts Besseres.«

»Ihre Geranien sind aber auch wunderbar.«

»Ja, das stimmt, sie sind sehr hübsch. Nur die Tomaten ... Ich weiß nicht, warum, aber Sam hat sie dieses Jahr nicht richtig in Form gebracht.«

Während des Essens erzählte Marianne von ihrer neuen Arbeit. Im Gegensatz zu früher sprach sie diesmal gerne über das, was sie gerade beschäftigte und wo sie beruflich stand.

»Ich habe nicht mehr viel Zeit für mich, aber was ich mache, ist extrem interessant. Ich lerne eine Menge Künstler, Schriftsteller und Filmleute kennen. Und in der Redaktion muss ich ein ganzes Team koordinieren, das macht mir großen Spaß.«

Sie hatte das Bedürfnis, ihre Eltern zu beruhigen, sie wollte ihnen das Bild einer Tochter zeichnen, die ihr Leben im Griff hatte – eine solide Arbeitsstelle, einen Freund, das volle Programm.

Alice hörte strahlend zu, *Das ist ja großartig, oder, Sam?*, doch Sam blieb sich treu und sagte kein Wort. Marianne hätte sich so gewünscht, dass er wenigstens einmal ein wenig aus sich herausgehen, etwas von sich zeigen würde, vielleicht eine Spur Stolz oder Zärtlichkeit, einen Anflug von Zufriedenheit. Nein, nichts. Er igelte sich ein und gab nichts preis. An diesem Abend kam noch dazu, dass er Virgile genau ins Visier nahm. Er beobachtete mit Argusaugen, wie Virgile sein Glas hielt, wie er die Beine übereinanderschlug, wie er die Hand auf das Knie seiner Tochter legte, wie er sein Interesse am Leben anderer Leute – sprich, an seinem und dem seiner Frau – kundtat, und mit welcher Lässigkeit er nach der Flasche griff und Wein nachschenkte, wenn ein Glas leer war. *Ja, danke, Virgile, sehr gern*, hörte er Alice sagen, die dem Gast ihr Glas hinhielt, während sie ihrem Mann stumm einen ärgerlichen Seitenblick zuwarf – *das wäre dein Job gewesen!*

Sam hatte ab und zu Virgiles Blick aufgefangen und jedes Mal wie auf frischer Tat ertappt die Nase in die Serviette gesteckt. Besonders unangenehm berührte es ihn offenbar, wenn Virgile ihm zulächelte. Er schien zu glauben, dass Virgile alle Männer als potenzielle Liebhaber betrachtete.

Auf den Tellerrändern hatten sich die Kotelettknochen angesammelt, vor allem bei Marianne und Virgile, denn Alice und Sam hatten von ihrem Fleisch lediglich einen Anstandshappen gekostet. Sie würden sich später schadlos halten. Sam stand auf, um den Käse zu holen. Auch in dieser Hinsicht hatte Alice sich bei Marianne erkundigt und Sorten besorgt, die Virgile besonders mochte, Saint-Nectaire, Pfefferbrie und cremigen Ziegenkäse mit Ascherinde.

»Phantastisch!«, staunte Virgile, als er die Auswahl auf dem Tisch sah. »Wir werden heute Abend nach Kräften verwöhnt!«

»Nehmen Sie sich ruhig schon«, forderte Alice ihn auf, »ich gehe kurz nach draußen, eine Zigarette rauchen.«

Virgile stand auf. »Ich komme mit.«

»Nanu, hattest du nicht aufgehört?«, fragte Marianne erstaunt.

Virgile legte den Zeigefinger vor die Lippen, *psst, nichts verraten*, und folgte Alice auf leisen Sohlen in den Garten.

»Ich rauche nicht mehr«, erklärte er, während er eine Zigarette aus Alice' Schachtel zog. »Aber heute Abend mache ich eine Ausnahme.«

Alice lächelte versonnen. Der Wein war ihr schon ein wenig zu Kopf gestiegen.

»Könnten wir uns denn nicht duzen?«, fragte sie, das brennende Feuerzeug in der Hand.

Sie reichte es an Virgile weiter und steckte fröstelnd ihre freie Hand unter die Achsel.

»Du bist also Landschaftsarchitekt?«, fragte sie und blies den Rauch zur Seite.

Ich bin vor allem der Vater deiner Enkel, hätte er am liebsten geantwortet, aber er biss sich noch rechtzeitig auf die Zunge.

»Ja, genau, Landschaftsarchitekt. Momentan plane ich den Garten eines berühmten Sängers, der in den Hügeln von Monaco ein Stück Land gekauft hat. Es ist ein großes Projekt, sehr zeitraubend. Mit einem großen Budget.«

»Ah, sehr gut.«

»Ja«, bestätigte Virgile, »sehr gut.«

Sie schwiegen eine Weile und lauschten dem Knistern der Zigaretten und dem eigenen Atem, wenn sie den Rauch ausstießen.

»Und wie habt ihr euch kennengelernt, du und Marianne?«

»So«, sagte er und schnipste mit den Fingern. »Bei Freunden von mir, die eine sehr coole Bar besitzen.«

Alice hätte gern noch viele Fragen gestellt, sie hätte gern mehr über die beiden und ihre nicht gerade alltägliche Beziehung erfahren. Aber ihre Tochter auf persönliche Themen anzusprechen, war alles andere als leicht. Deshalb hatte sie gehofft, Virgile im lockeren Gespräch ein paar zusätzliche Informationen entlocken und ein paar Teile des Puzzles zusammensetzen zu können. Doch jeder Satz, den sie im Geiste formulierte, klang ihr zu indiskret oder zu übergriffig. Deshalb schlang sie die Arme um sich und fröstelte demonstrativ.

»Nicht gerade warm heute Abend.«

Sie drückten ihre Zigarettenstummel in einem alten Joghurtbecher aus und gingen ins Haus zurück. Zum Dessert hatte Alice Mandelmilcheis und ihren berühmten Bananenkuchen vorbereitet.

»Vorher legen wir aber noch Musik auf, ja?«, fragte sie und fing an, in ihrer Schallplattensammlung zu kramen.

Marianne hockte sich neben sie vor die Box, schob die Platten einzeln mit dem Zeigefinger beiseite und verharrte bei einem Album von Nico & The Velvet Underground. Sie zog die Platte aus der Hülle.

»Leg die auf, Virgile ist ein Fan von ihnen.«

»O ja, die mag ich auch sehr«, sagte Alice und legte die LP vorsichtig auf den Plattenteller.

Es knisterte und knackte ein paar Sekunden, dann hörte man die unverwechselbare hypnotisierende Stimme von Nico, die die ersten Strophen von *Femme fatale* anstimmte. Virgile kannte die Worte auswendig und summte sie mit. Dabei sah er Marianne an, als sei sie damit gemeint:

Here she comes
You better watch your step
She's going to break your heart in two
It's true.

Die Eiscreme war zu hart gefroren, und es gelang Samuel nicht, Kugeln daraus zu formen. Er beobachtete die anderen im Raum, die so ausgelassen und ungezwungen feierten, die sich von der Musik und der Atmosphäre des Abends mitreißen ließen, während er sich sehr allein fühlte. Er kaute verstohlen an einem Stückchen Bananenkuchen. Alice und Virgile hatten angefangen, über Musik zu reden, und schienen sich gut zu amüsieren. *Mir entgleitet alles*, dachte Sam, *ich bin alt geworden, abgehängt von der Welt. Mir zerbröckelt alles unter den Fingern.*

Das Kuchenstück in seinem Mund war in kleine trockene Krümel zerfallen. Der Kuchen war viel zu lange im Ofen geblieben.

»Das ist doch gut gelaufen, findest du nicht?«, fragte Alice, als sie die letzten Schüsselchen vom Tisch räumte.

Marianne und Virgile waren soeben gegangen. Vorher hatten sie beide Eltern herzlich umarmt und ihnen für den wunderschönen Abend gedankt. Alice hatte immer noch ein Lächeln auf den Lippen. Samuel stand über die Spüle gebeugt und schrubbte die große Pfanne, in der eine dicke Fettschicht klebte. Er bespritzte sich mit dem bräunlich verfärbten Spülwasser und verfluchte den Wasserhahn und dieses Drecksding von einem Schwamm.

Er hatte sich Virgile als manierierten und affektierten jungen Mann vorgestellt, sogar als ein wenig feminin. Er hatte eine durchgeknallte Type erwartet, einen Selbstdarsteller, der ständig große Reden schwang und sich in den Hüften wiegte, sobald man die Musik aufdrehte. So benahmen sich doch Tunten, das wusste man, oder? Aber nichts davon hatte sich bewahrheitet, und als Alice die Schallplatte von Nico auflegte, hatte Virgile nur leise die Worte mitgesungen – *she's going to break your heart in two, it's true.* Er hatte seine Wange in Mariannes Hand geschmiegt, ganz versunken, und sich dann wieder von ihr gelöst. Marianne hatte allein mitten im Wohnzimmer getanzt, während Virgile ihr verliebt zugesehen hatte. Er war zu Alice gegangen, *was legen wir jetzt auf?*, und die beiden hatten ein Dutzend Schallplatten auf dem Boden ausgebreitet. Janis Joplin, David Bowie, Freddie Mercury, Joni Mitchell, Joan Baez. Und Patti Smith.

»Hast du ihr Buch gelesen?«, hatte Virgile von Alice wissen wollen.

»Natürlich habe ich es gelesen!« Sie hatte die Schallplatte aus der Hülle gleiten lassen. »Ich habe alles von ihr gelesen, *Just Kids, M Train, Traumsammlerin.* Und nicht nur einmal.«

»Dann bist du also ein genauso großer Fan wie ich?«, hatte Virgile lebhaft gefragt, und sie hatten sich angeregt über ihre Lektüre unterhalten und begeistert über ihre Lieblingspassagen ausgetauscht. Sam war allein am Tisch sitzen geblieben. Seine Orientierungspunkte waren verschwunden, seine Prognosen widerlegt. Er wusste nicht mehr, was er gegen Virgile vorbringen sollte. Und zu allem Unglück war der Bursche auch noch sympathisch. Er bot kaum Angriffspunkte. Selbst hinsichtlich des Gartens und der Tomaten, die mickrig ausgefallen waren, weil Sam sie im Schatten gepflanzt hatte, bewies er Taktgefühl. Er vermied es, Ratschläge zu geben und den Profi herauszukehren. Er hatte verstanden, dass Samuel sich dem Garten Tag für Tag mit Herzblut widmete und dass es ihn maßlos traf, wenn auch nur ein Pflänzchen schmollte. Er hatte beschlossen, das Thema ganz auszusparen, weil er verstanden hatte, dass der Garten für Samuel Privatsache war, und zwar ohne Wenn und Aber.

»Da du mir nicht antwortest, versichere ich dir: Es ist sehr gut gelaufen«, sagte Alice, als Samuel sein Polohemd mit einer Ecke des Küchentuchs betupfte. »Wie es aussieht, ist er sehr verliebt in sie und sie in ihn. Sie sind ein schönes Paar. Sie werden glücklich miteinander sein.«

»Hmm«, murmelte Sam. »So was kann man nicht voraussagen.«

»Und womöglich werden wir bald Großeltern«, fuhr Alice fort, ohne auf Sams Einwurf zu achten. Sie gluckste zufrieden in sich hinein. »Großeltern, wir, kannst du dir das vorstellen? Wie sollen wir dich denn dann nennen? Opi? Großvater? Oder Gropa?« Sie kicherte vergnügt. »Wie grässlich, Gropa!«

Sie ging ins Wohnzimmer, schaltete die Lampen aus und zog die Vorhänge zu.

»Auf jeden Fall gefällt er mir sehr gut, der junge Mann. Außerdem haben wir denselben Musikgeschmack, das ist auch wichtig.«

Bei ihren letzten Worten fuhr Sam herum.

»Was redest du denn da«, stammelte er, auf einmal blass geworden. »Sein Musikgeschmack ist mir vollkommen schnurz. Um *den* geht es doch nicht.«

Und statt wie gewohnt den abendlichen Kräutertee aufzubrühen, holte er aus einem abschließbaren Schränkchen unter dem Fernseher eine Flasche Chartreuse – *Herrgott,*

Alice, manchmal bist du wirklich bekloppt! –, die er sonst nur für gute Freunde öffnete. Er setzte sich wieder an den Tisch, trank sein Glas in einem Zug aus und schenkte sich umgehend ein zweites ein. Alice war kurz davor, den Spieß umzudrehen, *ich bin vielleicht bekloppt, aber ich kommuniziere wenigstens, ich bin am Leben*, als Sam plötzlich aufgab und endlich den nie gezeigten Emotionen, der Anspannung der letzten Stunden, seinen tiefsten Ängsten freien Lauf ließ. Er legte den Kopf zwischen die gekreuzten Arme und weinte bittere Tränen.

»Aber, Sam«, flüsterte Alice erschrocken. »Was hast du denn, Sam, mein Lieber?«

Er antwortete nicht, sondern blieb, die Stirn auf der klebrigen Tischplatte, zusammengesunken sitzen und stieß, schluchzend wie ein Kind, immer nur dieselben Worte hervor: »Meine Kleine, meine Kleine, mein kleines Mädchen …«

Virgile stand am offenen Fenster und ließ den Blick so weit wie möglich in die Ferne schweifen, weit hinaus über die Zinkdächer, den Stadtrand, die Anhöhen der Île-de-France. Seine Rückenschmerzen waren in letzter Zeit so heftig, dass ihm schlecht davon wurde, und dann dachte er an seinen Onkel Jean-Paul. *Schau weit nach vorn*, hatte der ihm immer geraten, wenn sie im Auto saßen und Virgile ein flaues Gefühl im Magen bekam. *Schau so weit wie möglich nach vorne, bis zum Horizont.* Sein Onkel hatte ihm dazu ein Stückchen Zucker mit Pfefferminzöl gegeben, das er lutschen musste, bis die Übelkeit verging.

Virgile hatte seinen Schmerzen zunächst keinerlei Beachtung geschenkt, er hatte sie für banale Rückenschmerzen gehalten, wie sie jeder mal hat, aber in den letzten Wochen waren sie so unerträglich geworden, dass er kaum noch auf einem Stuhl sitzen konnte. Er vermutete einen Hexenschuss, Ischias oder Ischialgie – wobei er die Unterschiede nicht genau kannte – und hatte als Erstes einen Physiotherapeuten und danach einen Chiropraktiker aufgesucht. Als das alles nichts brachte, hatte er sich einen MRT-Termin geben lassen, der für den kommenden Monat anberaumt war. In der Zwischenzeit hatte ihm Alice den Namen eines Akupunkteurs genannt, der angeblich Wunder wirkte. Virgile war kein großer Anhänger der Alternativmedizin, aber einen Versuch war es wert.

Er griff nach der Tablettenschachtel, drückte eine Tablette aus dem Streifen und spülte seine zweite Paracetamol/Codein des Tages mit einer halben Dose eiskalter Cola hinunter. Ihm würde ein bisschen schwummrig werden, aber egal, Hauptsache, der Schmerz ließ nach.

Das alles hatte natürlich mit seinem laufenden Projekt zu tun, davon war er fest überzeugt. Ein klassischer Fall: psychosomatische Beschwerden wegen einer Baustelle, bei der es nicht voranging und keiner ein Ende absehen konnte. Seitdem der berühmte Sänger ihn kontaktiert hatte, um ihn für seinen *Garten Eden* zu engagieren – diesen Begriff hatte er tatsächlich benutzt –, ging Virgile durch die Hölle. Er war den Vorgaben des Sängers buchstabengetreu gefolgt und hatte ihm den Entwurf eines mediterranen Gartens gezeichnet: Hunderte Hektar Fläche mit Olivenbäumen und Oleander, Zypressenalleen, Feigen- und Zitronenbäumchen, hier und da ein paar Mastixsträucher, Lavendel, Schmucklilien, Mittelmeerkiefern. Ein prachtvoller, üppiger Garten, hoch über dem blau schillernden Mittelmeer. Doch kaum war die Planung beendet und die konkrete Gestaltung sollte beginnen, da hatte sich der Sänger plötzlich gefragt, ob er nicht doch lieber etwas Schlichteres, Anorganischeres ins Auge fassen sollte, etwas im japanischen Stil – *was meinen Sie, Virgile?*

Virgile kannte sich mit Diven aus. Er hatte es häufig mit Kunden zu tun, die aufgrund ihrer Kontakte und ihrer Bankkonten glaubten, sich alles erlauben zu dürfen, aber dieser neue Kunde war schlauer und darüber hinaus manipulativer. Er hatte zu Virgile eine fast schon freundschaftliche Beziehung geknüpft, indem er geschickt mit dessen Gefühlen jonglierte. Er hatte ihn zum Essen eingeladen, ihn seinen Künstlerfreunden vorgestellt, ihn in die Welt der Schönen und Reichen eingeführt und damit bei Virgile den Eindruck erzeugt, das Leben sei neuerdings aufregender, prickelnder, außergewöhnlicher. Er hatte es so geschickt angestellt, dass die Falle unmerklich zugeschnappt war. Virgile ging auf alle Wünsche des Sängers ein, entwarf einen Plan nach dem anderen, fing ständig wieder von vorne an, schlug neue Gestaltungsoptionen vor, und sein Auftraggeber schien keinerlei Probleme damit zu haben, dass die gegensätzlichsten Ideen ausgearbeitet wurden, ja, er schien sogar zu meinen, genau dazu sei Virgile da. Eines Tages hatte er ihm scheinbar im Scherz hingeworfen: »Bei Ihren Preisen ist doch sicher eine klitzekleine Skizze zusätzlich drin.«

Im Grunde machte er seit Wochen Virgiles Arbeit zunichte, während er gleichzeitig beteuerte, er schätze ihn ungemein, bewundere sein Talent und würde gern beim Abendessen die weitere Entwicklung besprechen. Ein absurder Zustand. Virgile wusste, dass der Garten niemals fristgerecht fertig werden würde, dass er seinetwegen neue Projekte ablehnen musste und der Auftrag sich finanziell kaum noch lohnte.

Immer häufiger überkam ihm der Gedanke, dass es Wahnsinn gewesen war, sich auf diese Geschichte einzulassen. Lieber aufgeben als noch mehr Federn lassen! Nachts träumte er von dem fertigen Garten, doch kaum hatte er Zeit gehabt, ihn ein wenig zu bewundern, da tobte ein gewaltiger Sturm über ihn hinweg, der alles verwüstete, Pflanzen und Bäume umriss und die Arbeit von abertausend Stunden zerstörte. Er träumte von ausgehöhlten Baumstämmen, umgestürzten Zypressen, verkohlten Obstbäumen, und all die herrlichen Blumenrabatten waren von taubeneigroßen Hagelkörnern zermalmt. Im Traum kniete er zwischen Wurzeln und toten Bäumen weinend auf der aufgeweichten Erde, verfolgt von dem schallenden Gelächter des Sängers: *Was soll's, mein Freund, das wächst wieder nach. Das ist im Kostenvoranschlag enthalten!* In diesem Moment zerplatzte der Albtraum abrupt, wie eine Seifenblase, in die man mit dem Zeigefinger sticht, und Virgile wachte schweißgebadet, mit einem rhythmischen Rauschen im Ohr, auf dem feuchtkalten Laken auf.

Unter dem Einfluss der Medikamente hatte der Schmerz ein wenig nachgelassen. Virgile schloss das Fenster. In der Ferne ballten sich dunkle Quellwolken, und der Himmel verdüsterte sich. Ein Gewitter braute sich zusammen. Virgile sah auf seine Uhr. Er war erst in zwei Stunden mit Marianne verabredet und konnte ohne weiteres zu Fuß zum Treffpunkt gehen. Es würde ihm guttun. Der Physiotherapeut hatte ihm geraten, sich viel zu bewegen – mindestens eine Stunde täglich laufen, hatte er gesagt.

Er zog sich um – Bretagne-Shirt mit schmalen Streifen, indigoblaue Jacke, helle Hose –, und verrieb einen Spritzer Eau de Toilette auf den Handgelenken und hinter den

Ohren. Dann holte er die Geschenke, die er für Marianne besorgt hatte, ein Paar goldene Ohrringe mit Türkisen aus einem kleinen Laden an der Place des Abbesses, und einen riesigen Blumenstrauß aus Dahlien und Lisianthus. Sie wollten zuerst bei Olive und Kamel etwas trinken und später in einem eleganten Bistro im 11. Arrondissement, das man ihm empfohlen hatte, zu Abend essen. Sie würden Mariannes vierunddreißigsten Geburtstag stilvoll feiern, so wie es sich gehörte.

Virgile konnte es kaum erwarten, Marianne zu sehen. Er freute sich unbändig auf den Abend mit ihr, er wollte sehen, wie ihr Gesicht aufleuchtete, wenn er ihr seine Geschenke überreichte. Wie sie die Ohrringe anlegte, den ersten, dann den zweiten, und dabei den Kopf ein wenig schief hielt, mit halb geöffneten Lippen und leicht abwesendem Blick, wie sie die Nase in den Blumenstrauß steckte und in Entzücken geriet, *oh, Virgile, sie sind so wunderschön*, ihr gerührtes Lächeln, ihre strahlend weißen Zähne, ihre zarten Sommersprossen. Und dann der Geschmack ihrer verliebten Küsse.

Virgile schlug die Tür hinter sich zu und schob die Fußmatte mit dem Schuh gerade. Als er mit dem üppigen Strauß in den Armen die Treppe hinunterlief, merkte er auf einmal, wie seine Knie nachgaben und sich die Stufen unter seinen Schritten wellten. Doch er blieb nicht stehen, seine Beine bewegten sich wie im Traum immer weiter, als hätten sie ein Eigenleben, schneller und immer schneller. Fünfte, vierte, dritte Etage, die Treppenstufen schoben sich ineinander, immer gleiche Wohnungstüren, immer gleiche Fußmatten, nur die vergoldeten Ziffern an der Wand zeigten die jeweilige Etage an, und in der zweiten berührten seine Füße schon kaum noch den Treppenbelag, einen alten granatroten Teppich, dessen Mittelstreifen von unzähligen Schritten abgewetzt war. Dann ein schwarzer Schleier und ein Körper, der ins Leere fiel.

Sein Kopf schlug mit einem dumpfen Geräusch auf. Schmerz empfand er nicht. Er nahm seine Umgebung nur verschwommen wahr. Es war angenehm ruhig, der Boden roch nach Putzmitteln. Er hatte Lust, für immer so liegen zu bleiben, auf diesem abgetretenen Teppich. Warten, bis Marianne zu ihm kam. Die Augen schließen und warten, sonst nichts. Bestimmt hatte er es mit dem Codein ein wenig übertrieben.

Vor dem Haus ging das Leben seinen gewohnten Gang. Eilende Fußgänger, aufgedrehte Kinder auf Tretrollern, der Lebensmittelhändler, der Kisten aus seinem Lieferwagen in den Laden trug, der Metzger, der seine blutigen Tiere zerhackte, der Buchhändler, der vor dem Schaufenster eine Zigarette rauchte, die Brille mit den runden Gläsern in die Stirn geschoben. Neben dem Bankautomaten saß die Bettlerin mit dreckstarrenden Füßen, die Fingernägel grell orangerot lackiert, im linken Arm einen kleinen Welpen und im rechten einen Säugling, denen sie gleichzeitig die Brust gab, einfach so, eins rechts, eins links.

Virgile stolperte ein paar Meter vorwärts und begriff sehr schnell, dass es so nicht ging. Sein Blumenstrauß wog eine Tonne. In seinem Kopf drehte sich alles, und übel wurde ihm auch schon wieder. Er blieb stehen, um sich auf dem Sattel eines parkenden Fahrrads abzustützen. Vielleicht sollte er doch die Sanitäter rufen – wie war die Nummer noch mal, 15 oder 18? Als er sich vorstellte, wie man ihn auf einer Trage durch Krankenhausflure trug, über sich blendend helle

Neonröhren, bekam er es mit der Angst zu tun. Die Sängerin Nico, du erinnerst dich? Was ihr auf Ibiza passiert ist? Ein Sturz mit dem Fahrrad, Gehirnerschütterung, und dann … Ein paar Stunden Ungewissheit, in denen keiner wusste, wie es ausgehen würde, und am Ende des Weges ein so dummer, unnötiger Tod. Gehirnblutung. Das war ihre Geschichte. Virgile spürte seinen angestrengten Puls im ganzen Körper, tief in der Brust, in den Fingerspitzen, unter den Lidern, und als die Bettlerin ihn um einen Euro bat, nahm er undeutlich wahr, wie der Himmel schrumpfte, die Vögel verstummten und sich in seinem Kopf ein Film abspulte.

Eines schönen Nachmittags sitzt Nico im Schneidersitz an einem abgelegenen Inselstrand. Ibiza, 14.34 Uhr zeigt ihre elektronische Casio-Armbanduhr. Die Sonne brennt ihr auf den Kopf, aber sie pfeift drauf, denn sie schreibt gerade ihr allerschönstes Gedicht. Von Zeit zu Zeit blickt sie auf und trinkt einen Schluck von dem Wodka-Grenadine-Sling, den sie selbst gemixt hat. Dann greift sie schnell wieder zum Stift, damit ihr das Gedicht nur nicht entwischt. Aber es ist im Prinzip fertig, sie muss es nur noch vom Baum der Gedanken pflücken. Als sie endlich das Schlusskomma setzt – ja, das Gedicht endet mit einem Komma, einer Atempause, einer Aufforderung zum Weiterdenken –, zieht sie ein gelb-orangefarbenes Poloshirt und weiße Minishorts über ihren hübschen Bikini und schwingt sich aufs Fahrrad. Sie tritt in die Pedale und strampelt die Küste entlang, denn sie will schnell zu John Cooper Clarke, ihrem aktuellen Liebhaber. Sie brennt darauf, ihm das Gedicht zu zeigen; er soll es sofort lesen und ihr sagen, was er davon hält. Am höchsten Punkt der Küstenstraße muss sie trotzdem kurz anhalten und Atem schöpfen. Sie blickt bewundernd auf das unbewegte, warme

Mittelmeer und pflückt eine Hibiskusblüte vom Strauch, die sie in der Küche in eine Vase stellen will. Nico hat große, verschleierte, ein wenig traurige Augen. Ihr überlanger Pony erzittert bei jedem Lidschlag. Eine Zeit lang schiebt sie ihr Fahrrad, die linke Hand auf der Lenkstange, die rechte auf dem Sattel. Der Weg schlängelt sich durch Agavenbüsche, Mandelbäume, Granatapfelbäume und große Aleppokiefern. Sie liebt das Geräusch ihrer Sandalen auf dem Weg, das leichte Knirschen der Sohle auf den Kieselsteinen, den sanften Staub, der sich zwischen die Zehen schiebt, sie liebt die Blätter der alten Dattelpalmen, die im Wind trocken rascheln, und die tiefroten Bougainvilleasträucher, die sich an den weiß gekalkten Fassaden der Häuser emporranken. Sie liebt diesen Ort mehr als jeden anderen auf der Welt. Jeden Tag begleitet sie bei Anbruch der Nacht die Kinder aus dem Dorf, die große Laternen angezündet haben und zum Strand hinunterpilgern, um dort frischen Fisch zu braten und ihre Volkslieder zu singen. Am liebsten würde sie ganz hier wohnen. Das ganze Jahr über bei ihnen sein. Sie kennt alle Exzesse, Drogen, Alkohol, Ruhm, und für sie ist diese Insel die beste Entziehungskur von allen.

Ein Stück entfernt hüpft eine Bachstelze in ihre Richtung und stößt ihren Schnabel zwei-, dreimal in etwas, das sie wohl für eine Wasserpfütze hält. Sie hebt den Kopf und blickt die Frau mit dem Fahrrad fragend an – *das ist kein Wasser*, flüstert Nico, *das ist nur ein Schatten.* Die Bachstelze fixiert sie einen Augenblick überrascht, dann schlägt sie dreimal mit den Flügeln und fliegt davon. Nico ist von der Begegnung mit dem kleinen Vogel so gerührt, dass sie hastig auf ihr Fahrrad steigt – die Sandalen rutschen erst ein paarmal ab, bevor sie Schwung bekommt – und wie eine Verrückte über den steinigen Weg radelt, um die Bachstelze nur nicht aus den Augen zu verlieren. Da ist mein Leben, denkt sie, ich darf es nicht loslassen. Für das Fahrrad ist der Weg jedoch nicht geeignet, die Reifen brechen in alle Richtungen aus, ihr Gesäß wird vom Sattel hochgeschleudert, die Füße rutschen von den Pedalen, sie hat Mühe, den Lenker festzuhalten. Und dann stürzt sie. Sie rappelt sich mit fürchterlich zerschrammten Ellenbogen und Knien auf und sieht sich erschrocken nach der Bachstelze um. Sie möchte weinen, aber dazu ist sie zu benommen. Sie ist mit dem Kopf gegen einen großen Stein geprallt.

Erst Stunden später wird sie im nächstgelegenen Krankenhaus zwischen frisch gewaschenen, rosaroten Laken liegen, die langen glatten Haare wie Quallenfäden auf dem Kopfkissen ausgebreitet. Das Gesicht ist glatt und unverletzt, aber das Gehirn schwimmt im Blut.

Als der Arzt den Tod feststellt, wird eine Bachstelze auf den Fenstersims fliegen und mit ihren Krallenfüßchen ein paarmal leise klickend über den Metallbelag hüpfen. Sie wird mit ihrem Schnabel einmal gegen das Fenster picken, als schicke sie Nico ein letztes Lebewohl.

Jedes Mal wenn Virgile eine CD von Nico hörte, fühlte er sich an das New Yorker Nachtleben der sechziger und siebziger Jahre erinnert, an eine Zeit, in der man in den Bars arme Poeten und aufstrebende Musiker antreffen konnte. Bei ihrer Musik musste er immer an ihren Fahrradunfall auf Ibiza denken, an die mediterranen Pflanzen entlang der Küste und die kleinen weißen Dörfer, die alten schweigsamen Fischer und die Kinder, die die ganze Nacht für Nico gebetet hatten und um sie trauerten. Und vor allem an den Zeitraum, der zwischen ihrem Sturz und ihrem letzten Atemzug vergangen war, einen Zeitraum, in dem sie *noch lebte* und gleichzeitig *schon tot* war, wie ein Huhn ohne Kopf, das trotzdem noch weiterläuft.

Virgile winkte ein Taxi heran, das auch tatsächlich anhielt. Er legte seinen Blumenstrauß auf die Rückbank und ließ sich daneben auf die Polster sinken.

»Zur nächsten Notaufnahme, bitte.«

Am Steuer saß eine ziemlich spießig aussehende Frau mit einer perfekt geföhnten blonden Bobfrisur, einer weißen Seidenbluse und Perlsteckern in den Ohren. Im Rückspiegel fing er ihren Blick auf.

»Bichat, ist das die nächste?«

Die Frau nickte mit einem seltsamen Lächeln um die Lippen, fuhr mit quietschenden Reifen los und raste über die Ampel, die gerade auf Rot gesprungen war. Während Virgile versuchte wieder zu Kräften zu kommen, hielt die Taxifahrerin das Lenkrad fest umklammert und kurvte zwischen den Autos hindurch, wobei sie das Bremspedal praktisch ignorierte. Virgile zog die Jacke aus und breitete sie über seine Knie. Er fröstelte, die Luft im Wagen war stark heruntergekühlt. Sicher nur ein vorübergehendes Unwohlsein, nichts Gravierendes. Kein Anlass zur Sorge. Er würde sich in der Notaufnahme melden, sie würden sich vergewissern, dass mit ihm alles in Ordnung war, und er würde sich mit Marianne treffen. Ihren Geburtstag feiern. Ihr sagen, wie glücklich sie sein konnten, dass sie sich gefunden hatten.

Keine zehn Minuten später hielt das Taxi vor dem Hôpital Bichat. Virgile bezahlte, und die Frau reichte ihm im Gegenzug ihre Visitenkarte.

»Ich habe letzte Woche angefangen«, sagte sie. »Wenn Sie mich brauchen sollten, rufen Sie bitte einfach an.«

Virgile bedankte sich und steckte die Karte mit der Aufschrift »Sally Parker, selbstständige Taxiunternehmerin« in die Jackentasche. Er musterte die Frau, die weder nach Sally noch nach Parker aussah, und wünschte ihr alles Gute für die Zukunft. Wieder reagierte sie mit ihrem eigentümlichen Lächeln.

Virgile schlug die Autotür zu und schleppte sich mit schweren Beinen auf den Eingang der Notfallambulanz zu.

»Entschuldigen Sie!«, rief ihm Sally Parker durch das weit geöffnete Beifahrerfenster hinterher. »Sie haben Ihre Blumen vergessen!«

Virgile schlug sich gegen die Stirn und machte kehrt, um den großen Strauß zu holen. Er dankte der Taxifahrerin mit einer schwachen Handbewegung.

Als Florence das Wort an Augustin Kermarec, den diensthabenden Assistenzarzt, richtete, trug sie immer noch die Tüte der Buchhandlung mit sich herum, in der sie die Asche von Yves-Claude verstaut hatte. Sie hatte sich nicht entschließen können, die Urne im Foyer zu lassen, sondern wollte sie lieber gleich in Tatianas Büro bringen. Sie versuchte sich die Verwirrung, die in ihrem Kopf herrschte, nicht anmerken zu lassen. Dass sie ihren weißen Kittel in aller Eile übergestreift hatte, war allerdings unübersehbar.

»Augustin«, sagte sie atemlos, während sie den Kittel noch einmal in der richtigen Reihenfolge zuknöpfte, »kannst du bitte mal schauen, ob die Resultate für den Patienten im Wartezimmer schon da sind? Er sieht gar nicht gut aus.«

Florence hatte Virgile und seinen gewaltigen Dahlienstrauß, seine sehr blauen Augen und den lässigen bretonischen Chic gleich beim Schichtbeginn bemerkt. Als sie an seinem Platz im Wartebereich vorbeigegangen war, hatte er sich aufgerichtet und sie kurzerhand angesprochen: »Entschuldigen Sie bitte, ich warte auf Untersuchungsergebnisse. Könnten Sie nachfragen, ob man mich vergessen hat?« Sie hatte ihm beruhigend die Hand auf die Schulter gelegt, *ich frage gleich nach, warten Sie bitte hier*, und er hatte ein kurzatmiges *vielen Dank* hervorgestoßen und die Nase in seinen Dahlien versenkt.

Augustin Kermarec konnte die Ergebnisse für den Patienten Lifar, Virgile, mühelos beschaffen und kommentierte, als er sie an Florence weiterreichte:

»Offenbar kein Verdacht auf eine Hirnblutung. Aber angesichts der Laborwerte, vor allem der Lymphozyten und des Hämoglobins und wegen der signifikant vergrößerten Lymphknoten halte ich es für sinnvoll, bei dem Patienten noch zusätzliche Untersuchungen durchzuführen.«

Er sprach von Punktion und Computertomographie und fragte Florence um Rat, die nach einem Blick auf die Befunde bestätigte, es sei in der Tat besser, den Patienten stationär aufzunehmen. Augustin Kermarec setzte sein Strebergesicht auf und schien äußerst zufrieden mit sich. Florence verabscheute Nachwuchsärzte, für die ein Patient eine Ansammlung von Werten und Ziffern und nicht ein leidender Mensch war. Sie wussten immer Distanz zu wahren und beteten sich bei der Arbeit wie ein Mantra immer denselben Satz vor: *Wer sich keine harte Schale zulegt, hält das nicht durch.*

Augustin polierte mit dem Ärmel des Arztkittels seine Brillengläser und lächelte Florence an. Ob sie ein schönes Wochenende gehabt habe? Wie sahen ihre Ferienpläne aus? Sie antwortete mechanisch und so vage wie möglich, weil sie genau wusste, dass ihn ihre Antwort nicht interessierte.

»Und in der Tüte haben Sie Ihre Einkäufe, ja?«

»Nein, das ist mein Hund«, antwortete sie und zog die Bügel auseinander, damit er hineinsehen konnte. Sie hob den Blick, starrte den jungen Arzt angriffslustig an und korrigierte: »Besser gesagt, die Asche von meinem Hund.«

Augustin Kermarec hatte es die Sprache verschlagen. Verlegen schob er die Brille auf die Nase.

»Das Schlimmste ist, dass es sich nicht mal um meinen Hund handelt«, fügte Florence hinzu. »Er gehört meiner besten Freundin Tatiana, der Herzchirurgin. Du weißt, wer Tatiana ist?«

Sie griff in ihre Kitteltasche, holte ein Tütchen Marshmallow-Bärchen heraus, mit der sie Stressmomente besser überstand, und steckte sich zwei in den Mund. Verdammt noch mal, in was bin ich da nur hineingeraten. Sie hielt die Tüte Augustin Kermarec hin, der abwinkte und liebenswürdig säuselte: »Vielen Dank, Doktor Marchand, ich möchte Ihnen auf gar keinen Fall Ihre Bärchen rauben.«

Mit den Jahren hatte Florence gelernt, das Leid anderer Menschen nicht in vollem Umfang zu schultern. Sie nahm sich dabei ein Beispiel an Baptiste, der, wenn es darauf ankam, im rechten Augenblick Schutzmaßnahmen gegen den Fallout des Unglücks ergriff. Ferner hatte sie gelernt, mehr an sich selbst zu denken, ihr eigenes Leben über das der Patienten zu stellen und nicht mehr in Trübsal zu verfallen, wenn die Medizin nicht heilen oder lindern konnte. Trotzdem kam es immer noch vor, dass sie sich hineinziehen ließ, sich über jedes vernünftige Maß hinaus engagierte und von einer zittrigen Geste, einem verzweifelten Wort, einem hilfesuchenden Blick ins Mark getroffen wurde. Ja, es kam vor, dass sie sich in der Personaltoilette einschloss, weil sie sich übergeben musste, wenn ein Mann oder eine Frau unter unerträglichen Schmerzen litt. Dennoch hatte sie sich für die Anästhesie entschieden, einen Fachbereich, in dem der Schmerz im Mittelpunkt stand und der aus ihrer Sicht noch mehr Empathie verlangte als andere Bereiche. Sie musste ihre übergroße Empfindsamkeit im Zaum halten, keine Frage – aber manchmal war sie in ihrem Beruf eben auch ein großer Pluspunkt.

Nachdem sie die Urne mit Yves-Claude in Tatianas Büro abgestellt hatte, kehrte Florence mit schnellen selbstbewussten Schritten ins Wartezimmer zurück, den Kittel korrekt zugeknöpft, das Stethoskop um den Hals und endlich die Hände frei.

Sie stellte sich vor Virgile. »Ich habe Ihre Ergebnisse, Monsieur Lifar. Würden Sie mir bitte folgen?«

Sie beruhigte ihn in puncto Gehirnblutung, in dieser Hinsicht sei alles okay, keine Sorge, aber dennoch seien zusätzliche Untersuchungen erforderlich, weil das Labor eine erhöhte Anzahl an Lymphozyten ergeben habe.

»Haben Sie zurzeit irgendwo Schmerzen?«

»Am Rücken«, antwortete Virgile. »Schon seit mehreren Wochen, ich muss jeden Tag Codein nehmen.«

»Ah ja? Und hatten Sie schon mal eine CT oder eine MRT?«

»Eine MRT ist für den kommenden Monat vorgesehen«, erwiderte Virgile mit einem Blick auf seine Dahlien, denen die Zimmerwärme gar nicht bekam. »Was, glauben Sie, hat es mit diesen Schmerzen auf sich? Weil ... Mir sagt keiner was, und ich leide wirklich Qualen.«

Florence Marchand drückte die Taste für den Fahrstuhl und wandte sich Virgile zu.

»Das kann verschiedene Gründe haben, von denen zahlreiche harmlos sind«, sagte sie. »Aber vorläufig können wir das nicht mit letzter Sicherheit sagen, und deshalb nehmen wir weitere Untersuchungen vor.«

Der Lift fuhr mehrere Stockwerke in die Höhe, bis sich die Tür leise quietschend öffnete. Sie gingen durch einen langen Flur, in dem es nach Desinfektionsmitteln roch. Die Neonleuchten spiegelten sich in dem glänzenden Linoleum, die Wände waren uringelb gestrichen, Wägelchen mit vorbereiteten Essensportionen oder medizinischen Instrumenten rollten an ihnen vorbei, sie begegneten Pflegern in Kitteln und Clogs, die müde und angespannt aussahen und Florence trotzdem noch ein freundliches Lächeln schenkten. Dann betrat Virgile sein Zimmer. Ein hellgelb bezogenes Klinikbett, an der Wand ein betagtes Fernsehgerät, in der Ecke ein Stuhl für eventuelle Besucher.

»Aber was …«, stammelte Virgile stirnrunzelnd, dem seine Situation erst jetzt aufzugehen schien. »Ich kann nicht bleiben, ich muss zu Marianne.« Er zeigte auf die Dahlien. »Die sind für sie. Sie hat heute Geburtstag.«

Florence Marchand senkte die Stimme zu einem warmen, beruhigenden Raunen. Sie hasste solche Situationen.

»Wie ich Ihnen schon gesagt habe, Monsieur Lifar, wir müssen Sie hierbehalten, damit wir zusätzliche Tests durchführen können und den genauen Grund für Ihre Beschwerden herausfinden.«

Sie verstand, dass er das Gefühl hatte, in der Falle zu sitzen. Eingesperrt worden zu sein, gegen seinen Willen.

»Machen Sie sich keine Gedanken, gleich kommt ein anderer Arzt zu Ihnen.« Sie hob ihr Stethoskop vom Hals und legte es zusammen, damit es in die Kitteltasche passte. »In der Zwischenzeit hole ich Wasser für Ihre Blumen. Sie sind so schön, es wäre schade um sie.«

Sie legte Virgile die Hand auf den Unterarm, *ich bin gleich wieder da*, und ging auf dem kürzesten Weg in die Personaltoilette. Dort schloss sie hinter sich ab und ließ sich mit dem Rücken gegen die Tür sinken. Sie fixierte den Rauchmelder an der Decke und rief sich zur Vernunft. Was genau ging ihr denn so unter die Haut? Die Blumen, die sterben würden, bevor die Beschenkte sie bewundern konnte? Der verwirrte Blick eines Mannes, der seine erste Nacht in der Klinik verbringen musste? Die Frau, die vergeblich auf ihren Liebsten wartete? Florence starrte angestrengt auf den Rauchmelder, um sich gegen die Tränen zu wehren, aber sie kamen trotzdem, ob sie wollte oder nicht, und rollten ihr über die Wangen wie kleine Bäche.

Virgile saß auf dem Bettrand, unter sich die viel zu weiche Matratze. Er nahm sein Mobiltelefon zur Hand, weil er Marianne anrufen wollte. Seine Hand zitterte ein wenig. *Ich bin's*, würde er sagen. *Mach dir keine Sorgen.* Diesen Satz musste er unbedingt als Erstes aussprechen: *Mach dir keine Sorgen.* Er klang beruhigend, andererseits aber auch sehr beängstigend, denn wenn man ihn hörte, folgte als Nächstes unweigerlich eine beunruhigende Nachricht. *Ich bin im Krankenhaus*, würde er sagen. *Ein kleiner Schwächeanfall, kein Anlass zur Sorge. Nur zur Beobachtung. Damit sie noch ein paar Tests machen können.*

Virgile drückte das Telefon ans Ohr. Das Warten zog sich hin, die Abstände zwischen den einzelnen Pieptönen schienen ihm länger als sonst. Endlich nahm Marianne ab, und er hörte im Hintergrund fröhliches Stimmengewirr.

»Hallo, Virgile, wo bist du? Ich habe mit Kamel und Olive schon zwei Detox getrunken. Ich warne dich, wenn das so weitergeht, bin ich bald hackedicht.«

Virgile biss sich auf die Lippen. Marianne trank Alkohol. Mist. Das bedeutete: Schwangerschaftstest negativ. Er hatte einen Kloß im Hals. Und brachte nur ein paar Worte heraus: *Alles okay so weit, nur ...*

Marianne bat Olive mit einer Handbewegung, die Musik leiser zu stellen.

»Im Bichat bist du? Wie kommt das denn?«

Virgile erzählte von seinem Schwächeanfall, seinem Sturz auf der Treppe und seiner Angst. Seiner Angst, es könnte sich um eine Gehirnblutung handeln.

»Ich dachte schon, mein letztes Stündlein hätte geschlagen, ganz ehrlich. Man weiß ja, dass man nur auf der falschen Stelle aufschlagen muss! Der Kopf knallt irgendwo drauf, und im Nullkommanichts verstopft ein Blutgerinnsel deine Hirnarterie ... Das ist Nico passiert, erinnerst du dich?«

Marianne ließ ihn reden und unterbrach ihn nicht, denn sie wusste, dass er sich immer das Schlimmste vorstellen musste, um sich zu vergewissern, dass ihm *das* nicht zustoßen würde. Sie wusste auch, dass er die Katastrophe, an der er knapp vorbeigeschrammt war, wieder und wieder durchleben musste, ganz so, wie man einen ausgelutschten Kaugummi immer weiterkaut, bevor man ihn ausspucken und ein für allemal entsorgen konnte.

»Gut, aber du hast keine Hirnblutung, das ist doch eine gute Nachricht. Beunruhigender finde ich, dass sie dich über

Nacht dabehalten. Sie haben dir nichts weiter dazu gesagt, bist du dir sicher?«

»Nein, nichts.«

Virgile warf einen traurigen Blick zu den Blumen hinüber.

»Ich schicke dir gleich ein Bild von dem Blumenstrauß«, sagte er. »Morgen ist er verwelkt, Dahlien sind total empfindlich.«

Er war dagegen, dass Marianne ihn besuchte. Sie wollte ihn umstimmen, aber er blieb stur. Sie sollte auf keinen Fall ihren Geburtstagsabend im Krankenhaus verbringen.

»Mach dir bitte keine Sorgen, ich bin nur zur Beobachtung hier. Wir sehen uns morgen. Und außerdem bin ich geschafft, ich schlafe bestimmt sowieso gleich ein.«

Ihr abschließendes *Ich liebe dich* klang ein wenig wehmütig, und Virgile machte ein Foto von dem Blumenstrauß und schickte es Marianne: Alles Liebe zum Geburtstag, mein Herz ♥.

Es tat ihm weh, die Blumen langsam, aber sicher welken zu sehen, deshalb rief er sich ins Gedächtnis zurück, was sein Freund Pascal Cribier einmal zu ihm gesagt hatte: *Im Garten hat Trauer keinen Platz, und darin besteht das Glück der Gärtner: Sie befassen sich mit dem Augenblick und denken an kommende Jahreszeiten.* Keine Trauer. Das Glück der Gärtner. Virgile hatte viel, viel Zeit in Varengeville-sur-Mer verbracht und den Garten in allen Jahreszeiten und Wetterlagen kennengelernt. Trauer hatte er dort wirklich nie empfunden. Das kleine bewaldete Tal war ein magischer Ort, der, eingerahmt von den Kreidefelsen von Caux, sanft zum Meer hin abfiel. Man konnte an den Hängen dieses ländlichen Idylls Osterglocken, Mohnblumen, rosarote, weiße oder violette Anemonen und Damaszener Schwarzkümmel bewundern. Wespen summten durch eine sonnendurchflutete Landschaft, die an manchen Stellen einem Traum entsprungen schien. Ulmen, Buchen, Kastanien – alle Bäume wurden immer wieder beschnitten, damit der Blick nie an ein Hindernis stieß und man in der Ferne den Himmel und das Meer sah. Virgile hatte sich zuweilen gefühlt, als stünde er am Bug eines pflanzenbewachsenen Schiffes, das hoch über den Wellen schwebte.

Pascal Cribier hatte er durch seinen Onkel Jean-Paul kennengelernt. Virgile war nicht älter als fünfzehn oder sechzehn gewesen, als Jean-Paul ihm das erste Mal von seinem Nachbarn erzählt hatte, einem ungewöhnlichen und etwas exzentrischen Typen.

»Aber vor allem ein genialer Gärtner!«, hatte Jean-Paul geschwärmt. »Das müsstest du mal sehen! Er hockt genauso oft in den Bäumen wie du, ihr würdet euch blendend verstehen. Und du würdest wenigstens damit aufhören, an meinen Apfelbäumen herumzupfuschen!«

Virgile hatte sich tatsächlich ein Herz gefasst und war zu Cribier gegangen, den er auf dem Wipfel einer Ulme antraf, wo er die oberen Äste beschnitt. Cribier fuchtelte mit seiner kleinen Handsäge, was einer Einladung auf den Baum gleichkam, also kletterte Virgile hurtig hinauf, und da oben, mitten im Geäst, umgeben vom Gezwitscher der Meisen und Eisvögel, schüttelten sich der Junge und der Landschaftsarchitekt zum ersten Mal die Hand.

Pascal Cribier hatte Virgiles Talent, sein feines Gespür für Pflanzen, Insekten und Wolken – ein Erfolg von Jean-Pauls Lehrstunden – sofort erkannt und ihn bald darauf unter seine Fittiche genommen. *Aus dir wird mal ein guter Landschaftsarchitekt und exzellenter Gärtner*, sagte er, und in Virgiles Kopf hatte dieser Satz Wurzeln geschlagen. Er informierte sich über Ausbildungswege, kaufte bei Gibert stapelweise Bücher, aus denen er die Namen der Bäume und Blumen lernte, und erfuhr, wie man Pflanzen pflegte und beschnitt und Schädlinge behandelte.

In Cribiers Garten verbrachte er unzählige Wochenenden, an denen er Baumkronen auslichtete, den Boden umgrub, voll beladene Schubkarren umherschob. Für Virgile war es wie eine zweite Geburt. Sein Körper wurde muskulöser, sein Blick schärfte sich, seine Hände bekamen Schwielen, und er überließ sich mit Haut und Haar den unterschiedlichsten Sinneseindrücken – dem Geruch des frisch geschnittenen Rasens, dem klebrigen Harz an den Fingerspitzen, den Kratzern, die die Dornenranken auf den Armen hinterließen. Er konnte sich an der Schönheit der Pflanzenwelt gar nicht sattsehen. Er liebte die Mispeln mit ihren runden Früchten, die von fern an gigantische Nüsse erinnerten, den Blutweiderich mit seinen großen blütenreichen Stängeln, die sich malvenfarben oder dunkelrosa in die Luft reckten, und die Herbstkamelien, die die Luft mit ihrem zarten Jasminduft erfüllten. Mit Begeisterung sah er zu, wie Pascal, damit neue Triebe sprossen, die Rhododendronbüsche beschnitt, indem er das Ende der Zweige zwischen zwei Fingern hielt, und er genoss es, wenn hin und wieder bei Einbruch der Dunkelheit das tote Holz verbrannt wurde. Dann war ihm, als könnte er unter den Sternen den geheimen Duft der Eschen, Erlen oder Birken erschnuppern, da jede Baumart im Feuer ihren ganz eigenen Geruch verströmte.

Auch als Virgile ein paar Jahre später an der Nationalen Schule für Landschaftsarchitektur in Versailles angenommen wurde, fuhr er weiterhin nach Varengeville-sur-Mer und setzte bei Pascal Cribier seine Ausbildung vor Ort fort. Als er eines Tages dort im Garten gearbeitet hatte, war ihm plötzlich schwindelig und ein bisschen übel geworden. An diese Szene musste er jetzt, auf seinem Klinikbett sitzend, plötzlich denken. Allein inmitten der hohen Bäume, das Kinn auf den Griff seines Spatens gestützt, hatte er eine Art Summen im Kopf gehört, die Finger waren gefühllos geworden, die Luft um ihn her schien dumpf und drückend. Die Sonne brannte. Die Vögel flogen in Zeitlupe, ihr Flügelschlag knatterte wie ein Segel im Wind. Aus Angst, die Beine könnten unter ihm nachgeben, hatte er seine Arbeitsgeräte auf den Boden gelegt und sich in den Schatten einer Magnolie gesetzt, die Handflächen gegen die Erde gepresst, um neue Energie zu tanken und die Kraft der Erde in sich aufzunehmen. Minutenlang hatte er beobachtet, wie die sanfte Brise die schweren glänzenden Blätter der Magnolie hob und senkte, und das Summen in seinem Kopf hatte allmählich nachgelassen. Der quälende Schleier hatte sich aufgelöst, die Natur allmählich wieder an Glanz, die Geräusche an Intensität, die Luft an Leichtigkeit gewonnen. Virgile war noch eine Weile unter der Magnolie sitzen geblieben, allein mit sich und seinen Gedanken.

Als Pascal wenig später dazukam, rauchte Virgile eine Zigarette, hatte die Arme um die Knie geschlungen und den Blick zu den Wolken gehoben. Pascal schlich geräuschlos näher, suchte einen passenden Winkel und machte mehrere Schnappschüsse von ihm. Anschließend schraubte Pascal leise den Deckel auf das Objektiv – Virgile hatte nichts gemerkt und erst Jahre später von den Fotos erfahren – und entfernte sich unbemerkt, hochzufrieden, dass er diesen besonderen Moment auf Film gebannt hatte. Während Virgile gedankenverloren die langgezogenen, faserigen Wolken beobachtet hatte, die Arabesken ins Blau des Himmels zeichneten, bevor sie sich auflösten wie Milch in einer Tasse Tee, war ihm bewusst geworden, dass er um nichts in der Welt auch nur eine Minute missen wollte, die er an diesem Ort verbrachte.

Marianne trank ihr Getränk aus, das einen bitteren Geschmack im Mund hinterließ. Warum saß sie hier an der Theke, alberte herum und wurde immer beschwipster, während sie ihren Virgile in ein elendes Klinikzimmer gepfercht hatten!

»Keine Sorge«, redete Olive beruhigend auf sie ein. »So ein Schwächeanfall ist kein Drama. Und die im Bichat sind super, Kamel hat dort seinen Leistenbruch operieren lassen. Er wäre am liebsten gleich ganz dageblieben!« Sie grinste.

Aber Marianne hatte wenig Sinn für Olives Späßchen. Sie wollte einfach nur zu Virgile. Wenn die Nacht doch nur schon um wäre und der nächste Tag da! Sie betrachtete das Foto, das Virgile ihr geschickt hatte – eine Großaufnahme von üppigen roten Dahlien, Lisianthus und ein paar Zweigen Eukalyptus –, und roch am Display ihres Smartphones, als könnte sie den Duft aus dem Bild saugen. Ihr Herzschlag beschleunigte sich, und sie bekam plötzlich keine Luft mehr. Sie verabschiedete sich rasch mit Küsschen von Olive und Kamel, *bis später, ihr Lieben, ich halte euch auf dem Laufenden*, und stürzte aus der Bar. Sie vergaß sogar, die Tür hinter sich zu schließen.

Draußen goss es wie aus Kübeln, das Gewitter hatte die Stadt erreicht. Marianne zog sich die Jacke über den Kopf und rannte auf die nächstgelegene Metrostation zu. Ihr Mund war so trocken, als sei er voller scharfkantiger Steinchen, und ihre Gedanken liefen Amok. Am Metroeingang angekommen, eilte sie die ersten Stufen hinunter, aber bei der Vorstellung, gleich durch unterirdische Gänge zu laufen, wurde ihr schlecht. Ein Paar stieß sie an und entschuldigte sich lachend, *'tschuldige, wir haben dich nich gesehn*, sie schüttelte den Kopf, *schon gut, nichts passiert*, und drehte um. Dann würde sie eben zu Fuß nach Hause gehen.

Im Handumdrehen war sie nass bis auf die Haut, von den Haaren tropfte der Regen, und ihre Sneakers quatschten. Ihr Gesicht spiegelte sich, wie in tausend Stücke zersplittert, in den Schaufenstern der Geschäfte und den Regenwasserpfützen. Virgile konnte unmöglich etwas zustoßen, sagte sie sich, während sie an einer Gruppe Penner vorbeilief, die in ihrer eigenen Pisse schliefen. Auf keinen Fall etwas Gravierendes. Nein, natürlich nicht. Nichts Schlimmes. Nichts allzu Bedrohliches. In ihrer Familie waren immer alle gesund gewesen. Die Jahre waren ins Land gegangen, ohne dass sie sich Sorgen machen mussten. Von schweren Krankheiten, Trauerfällen und Unfällen waren sie immer verschont geblieben, und dieser Gedanke tröstete Marianne jetzt. Das wahre Unglück stieß immer nur den anderen zu.

Die Sirenen der Feuerwehrfahrzeuge heulten die ganze Nacht durch die Stadt. Ein halbes Dutzend Metrostationen war überflutet, in mehreren Straßen fiel der Strom aus, und erst am frühen Morgen hörte es auf zu regnen, und Ruhe kehrte ein. Nach dem Gewitter roch die Luft wie frisch gewaschen. Die Vögel zwitscherten fröhlich, hüpften zwischen den noch leeren Tischen der Straßencafés umher und pickten hier und da ein paar Krümel oder durchweichte Zigarettenstummel auf.

Virgiles Zimmer im Hôpital Bichat roch nach verwelkten Blumen. Das Tablett mit einer Tasse lauwarmem Kaffee, einem Joghurt, einem blassen Billigbrötchen und einer abgepackten Miniportion Marmelade, das sie ihm zum Frühstück gebracht hatten, würdigte er keines Blickes. Er war unfähig, irgendetwas zu sich zu nehmen. Er hatte kein Auge zugetan, sondern die Nacht über mit Marianne hin und her getextet. Sie hatte ihm das Ergebnis des Schwangerschaftstests bestätigt, und Virgile hatte sich mit einem traurigen Smiley als Antwort begnügt. So konnte er seine Stimmung ausdrücken, ohne zu viel von sich zu verraten, und sein Übermaß an Gefühlen auf Abstand halten. *Schade, Liebling, dann eben beim nächsten Mal*, schien das kleine Emoticon zu sagen. Doch als das Smiley abgeschickt war und Virgile wieder mutterseelenallein auf die gelbliche Wand und den welken Strauß starrte, hatte er angefangen leise zu schluchzen.

Der Arzt, der vor Virgiles Bett stand, überflog wortlos den Laborbericht und saugte, von Zeit zu Zeit aufseufzend, am Bügel seiner Brille. Er roch aufdringlich nach kaltem Zigarettenrauch, und unter seinen Augen wölbten sich Tränensäcke, die an kleine Würstchen erinnerten. Nach einer Weile faltete er seine Brille zusammen, steckte sie in die Tasche seines Arztkittels, fuhr sich mit der Hand über das müde Gesicht und verkündete Virgile ohne jede Einleitung, die Resultate sähen nicht gut aus und man müsste noch eine Lumbalpunktion vornehmen, um zu einer endgültigen Diagnose zu gelangen.

Virgile nahm die Nachricht ohne erkennbare Gefühlsregung auf. Sie brauchte eine Weile, bis sie in seinem Gehirn ankam, und sein erster Gedanke, tatsächlich der allererste, war, dass er nicht zu lange in der Klinik bleiben durfte, weil Marianne noch nicht schwanger war.

Virgile hatte Marianne gebeten, im Flur zu warten, und sie hatte keinen Einspruch erhoben. Sie hatte das kleine Päckchen an sich genommen, das er ihr überreicht hatte – *Ich möchte dich nur bitten, dass du es in meiner Gegenwart öffnest* –, und das Zimmer verlassen.

Während sich Virgile mit dem Arzt unterhielt, stand Marianne auf dem Flur an die Wand gelehnt und befingerte nervös ihren Kettenanhänger. Sie versuchte sich von ihren Ängsten nicht bezwingen zu lassen. Beobachtete das Kommen und Gehen des medizinischen Personals, Frauen und Männer, die geschäftig umherliefen, damit alles seinen geregelten Gang ging, die Patienten rechtzeitig in den OP hinuntergebracht und die Mahlzeiten pünktlich serviert wurden. Das ganze gut geölte Räderwerk, das Heilung ermöglichte, das Leben rettete. Doch je länger das Warten dauerte, desto schwerer fiel es Marianne, Ruhe zu bewahren. Sie spürte, wie ihre Stimmung in die falsche Richtung kippte. Zwei Krankenschwestern eilten mit Mappen unter dem Arm schwatzend und lachend an ihr vorbei. Ihre Clogs schrappten ein wenig am Boden entlang, als hätten beide einen langen Tag hinter sich. Marianne hätte alles gegeben, um an ihrer Stelle zu sein.

Eine Frau im weißen Kittel kam mit schnellen Schritten über den Flur und blieb vor Virgiles Zimmer stehen. Die Hand bereits auf der Klinke, klopfte sie zweimal kurz an und warf Marianne dabei ein höfliches Lächeln zu. Marianne konnte gerade noch die Aufschrift auf ihrem Namensschild entziffern – *Fachärztin für Anästhesie* – und lächelte zurück. Sie hatte das instinktive Bedürfnis gehabt, die Frau in die Krankenhaushierarchie einzuordnen, und es beruhigte sie, dass eine Ärztin das Zimmer betrat und nicht ein Arzt im Praktikum, ein Krankenpfleger, eine Pflegehelferin oder sonst jemand aus diesem Bereich, weil sie davon ausging, dass das Auftauchen einer Ärztin Neuigkeiten für Virgile bedeutete.

Florence Marchand schloss leise die Tür und grüßte ihren Kollegen, der sich noch in Virgiles Zimmer befand.

»Ich dachte, du wärst schon fertig«, sagte sie. »Soll ich lieber später wiederkommen?«

Doktor Daniel Goldstein klemmte sich die Mappe unter den Arm, *nein, alles in Ordnung, ich bin fertig*, und wiederholte, an Virgile gewandt, er solle sich keine Gedanken machen, die entsprechende Abteilung werde sich hervorragend um ihn kümmern, er sei hier genau am richtigen Ort. Er ging, und ein kurzes Schweigen trat ein. Virgile und Florence waren allein, wie in einer Raumkapsel fernab der Welt, von einer unerklärlichen Vertrautheit umhüllt.

»Sie haben sich nicht gehalten«, sagte Virgile und deutete auf die Dahlien, die die Köpfe hängen ließen.

»Bei dieser Wärme ... Es wäre ja auch ein Wunder gewesen.«

Florence sah Virgile an und runzelte fragend die Stirn.

»Sie sind doch Landschaftsarchitekt, richtig? Als ich Sie gestern hier gesehen habe, ist mir ein Interview mit Ihnen eingefallen, in einer Zeitschrift, es ist schon eine Weile her.«

»Na, so was, da muss ich erst ins Krankenhaus kommen, damit jemand ein Autogramm von mir will«, witzelte Virgile. »Es ist noch nie vorgekommen, dass mich jemand erkennt.«

Er dachte an das Interview mit Marianne am Tag nach ihrer ersten Begegnung, und es schien ihm Lichtjahre entfernt von diesem Klinikzimmer, fast wie eine Episode aus einer Parallelwelt. Florence bemerkte die zwei feinen Linien, die sich wie eine Klammer um seinen Mund legten, und noch ein Detail fiel ihr auf: ein weißes Haar, sein erstes, das im Lauf der Nacht die Farbe gewechselt hatte.

Da Florence wusste, dass Virgiles Befunde nicht gerade erfreulich waren, mied sie das Thema und bat ihn stattdessen um Rat für ihre Clematis und den Rosenstock, den sie auf ihrer Balkonecke gepflanzt hatte. Sie erzählte, dass sie nach ihrer Schicht häufig mit der Metro zum Pigalle fuhr und sich bei ihrem Lieblingsfloristen Debeaulieu umschaute. Dort atmete sie begierig die unterschiedlichen Farben und Düfte ein, fragte nach dem Namen dieser oder jener Blume, die sie nicht kannte, und kaufte ihrer jeweiligen Stimmung entsprechend einen bunten Strauß. Überall in ihrer Wohnung standen hübsche Blumensträuße, auf dem Wohnzimmertisch, auf der Küchentheke, im Schlafzimmer, sogar im Bad. Sie widmete ihren Blumen ebenso viel Aufmerksamkeit wie ihren Patienten und war bei allen erforderlichen Handgriffen – der Wahl der Vase, dem Abschrägen der Stängel mit der Schere, dem regelmäßigen Wasserwechsel – immer konzentriert bei der Sache. Nach den langen Tagen und nicht selten auch Nächten in der Klinik fand sie darin eine Möglichkeit, sich zu entspannen und in die Realität zurückzukehren, zu den konkreten Dingen des Alltags.

Virgile hatte im Verlauf des Gesprächs ein wenig Farbe zurückgewonnen, es schien ihm besser zu gehen. Und er hatte plötzlich Lust auf frische Luft und Sonne auf seiner hellen Haut, er wollte im Café einen Spritz trinken.

»Wenn Sie wollen, schaue ich mir Ihren Balkon gelegentlich mal an.«

»Aber gerne, ja«, erwiderte Florence und kritzelte mit der Kappe des Kugelschreibers zwischen den Zähnen ihre Mobiltelefonnummer auf ein Stück Papier.

Bevor sie ging, stellte sie sich vor den Dahlienstrauß.

»Ein wunderbarer Strauß, es ist jammerschade.« Sie richtete die Blumen mit einer Handbewegung auf, als wollte sie sie zum Weiterwachsen ermutigen. »Sie geben mir Bescheid, wenn Sie entlassen werden?«

Marianne saß mittlerweile im Schneidersitz neben der Tür auf dem Fußboden, das in Geschenkpapier eingewickelte Schächtelchen neben sich.

»Wollen Sie rein?«, fragte Florence und hielt ihr die Tür auf.

Marianne rappelte sich hoch und sah Florence unschlüssig an. Sie traute sich nicht, ihr Fragen über Virgiles Zustand zu stellen, aber vielleicht konnte man ihrem Gesichtsausdruck etwas entnehmen? Aus dem Zimmer drang ein Schwall süßlicher Luft, und Marianne rümpfte die Nase.

»Marianne, bist du da?«, rief Virgile von drinnen. »Wie wär's, wenn du mal reinkommst und dein Geschenk aufmachst?«

Sie ging hinein, setzte sich zu ihm auf die Bettkante und wickelte vorsichtig das Papier ab, ohne es zu zerreißen. Zum Vorschein kam ein kleines Samtkästchen, in dem die goldenen, mit Türkisen besetzten Ohrringe steckten. Marianne legte sie in die hohle Hand und bewunderte sie ausgiebig. Sie glänzten auf eine ganz besondere Weise, denn Virgile hatte sie eigens für sie ausgesucht. Und im Handumdrehen wurden sie zu einem der kostbarsten Schmuckstücke, die sie je geschenkt bekommen hatte. Sie küsste Virgile, ein Kuss *full of life*, und befestigte den Schmuck an ihren Ohrläppchen, wo das Gold wie ein Lichtpünktchen aufblitzte. Sie schmiegte sich an Virgile und küsste ihn noch einmal, küsste ihn immer wieder, den Hals, die Lippen, die Lider, *danke, mein Liebling, danke für alles*, sie schob eine Hand unter sein Hemd, schnupperte an seiner Haut. Er roch ein wenig säuerlich nach Schweiß, was sie an ihm nicht kannte, aber sie sagte keinen Ton, sondern nahm einfach nur ihre Ohrringe ab und legte sie auf das Nachttischchen, und dann schmiegten sie sich stumm aneinander, Rücken an Bauch, so dicht wie möglich, und ließen den Atem fließen, ein und aus, bis ihre Atemzüge ineinanderflossen, ihre Herzen im Gleichtakt klopften, erste Traumbilder aufstiegen und sie Körper an Körper in einem viel zu weichen Bett in Schlaf versanken.

Virgile musste mehrere Tage auf die endgültigen Ergebnisse warten. Dr. Goldstein erschien höchstpersönlich und teilte ihm die Diagnose mit. Und fügte sofort an, er werde ihn in die Abteilung für Hämatologie am Krankenhaus Saint-Louis verlegen lassen, wo man seine spezielle Erkrankung gezielter behandeln könne.

Die Abteilung für Hämatologie. Krankenhaus Saint-Louis. Gezieltere Behandlung. Als Virgile diese Worte aus dem Mund von Dr. Goldstein hörte, stockte ihm der Atem – finstere Nacht, kein Stern am Horizont –, denn er hatte sofort begriffen, was sie bedeuteten: unmittelbare Konsequenzen, Gefahr, das Risiko, dass alles aufhörte, dass für ihn alles zu Ende war, die Tage, die Nächte, das Leben. Er wandte sich Marianne zu, die neben ihm saß, und sah ihr hübsches Profil, das sich von der weißen Wand abhob, ihre besorgt zusammengezogenen Augenbrauen, ihre halb geöffneten Lippen, als schnappte sie nach Luft, und in diesem Moment, *genau* in diesem Moment begann sein Blut wieder zu zirkulieren, fing sein Herz wieder an zu schlagen. Einmal. Zweimal. Dreimal. Denn darauf kam es jetzt an. Schlagen. Sich schlagen. Kämpfen. Ab sofort und ausdauernd, denn es galt, den unsichtbaren Feind zu bezwingen, der sich in ihm eingenistet hatte und die Zellen seines Körpers kolonisieren wollte.

»Monsieur Lifar«, meldete sich Dr. Goldstein mit nüchterner, emotionsloser Stimme zu Wort, »die letzten Ergebnisse deuten darauf hin, dass sie an dem Non-Hodgkin-Lymphom erkrankt sind.«

Pause. Virgile griff nach Mariannes Hand, einer zarten, warmen Hand, die er mit dem Daumen abtastete, als wollte er sich ihres Vorhandenseins versichern, und während der Arzt redete und redete, sackte er immer tiefer in seinem Stuhl zusammen. Gigantische Krebse streckten ihre Scheren nach ihm aus, um ihm die Haut aufzuschlitzen und sehr wehzutun. Virgile fuhr auf, unruhig und gereizt, *aber was heißt das denn, um was handelt es sich denn überhaupt*, und Dr. Goldstein antwortete ohne Umschweife:

»Präzise gesagt, handelt es sich um eine bösartige Erkrankung des Lymphgewebes.«

Virgile hatte es sofort als ein Omen betrachtet. Als ein gutes Omen. Saint-Louis war eine der wenigen Kliniken in Paris, die über einen Garten verfügte. Noch bevor er sein neues Zimmer bezog, suchte er ihn zielstrebig auf und machte einen Rundgang an der frischen Luft. Er lief über Gras, freute sich an den hundertjährigen Bäumen, an den Kindern, die beim Picknick zusammensaßen, an den jungen Leuten, die entspannt in der Sonne lagen. Der quadratische Garten war von den vierhundert Jahre alten historischen Gebäuden des Hôpital Saint-Louis umrahmt und ein Werk desselben Architekten, der die Place des Vosges entworfen hatte. Virgile fühlte sich sofort wohl in diesem grünen Karree und riss ein paar Grashalme aus, die er sich in die Tasche steckte. Sie sollten ihm Glück bringen.

»Die Abläufe hier werden folgendermaßen aussehen«, sagte der Arzt, der ihn betreuen würde. »Zunächst wird eine sogenannte Induktionstherapie durchgeführt, die etwa fünf Wochen dauert. In dieser Zeit werden Sie einen Medikamentencocktail gegen ihre Krebserkrankung erhalten. Danach folgt die Aplasiephase, das heißt, ein Absinken Ihrer weißen Blutkörperchen und damit Ihrer Immunabwehr, in dieser Zeit werden wir Sie in einem Isolationszimmer unterbringen müssen. Danach können wir, je nachdem wie Sie auf die Behandlung ansprechen, mit einer Chemotherapie zur Konsolidierung beginnen und vielleicht auch mit einer …«

Der Mund des Mediziners, ein ausgesprochen unansehnlicher, fleischiger Mund mit rissigen Lippen, reihte Worte aneinander, die sich wie eine Perlenschnur um Virgiles Hals legten und ihn zuschnürten, ohne darauf Rücksicht zu nehmen, ob er noch Luft bekam oder irgendetwas verstand. Zu Virgile drangen auch wirklich nur Satzfetzen durch, er hörte die Worte Myelographie, Katheter, Nebenwirkungen, PET, die wie kleine Schlammbläschen durch sein Gehirn blubberten.

Marianne saß neben ihm. Sie hielt seine Hand und verstand ebenso wenig. Wie sollte man das alles auch verstehen! Auf die Blätter mit den Untersuchungsergebnissen hatte jemand ein schmales Etikett geklebt, auf alle das gleiche, und darauf stand: LIFAR Virgile, Geschlecht: M, geb. (Geburtsdatum). Ja wirklich, wie sollte man das verstehen? Dass sein Leben – ihrer beider Leben – gerade auf dem Spiel stand?

Zwischen den Schneidezähnen des Arztes steckte ein kleiner Zahnstocher, den er sogar beim Sprechen im Mund behielt und hin und wieder zwischen Daumen und Zeigefinger klemmte, um noch gründlicher stochern zu können. Seine Fingerspitzen waren zu rosigen Beulen angeschwollen, weil die Nägel bis aufs Blut abgekaut waren. Ein Neurotiker, keine Frage. Virgile versuchte sich nicht aus dem Konzept bringen zu lassen, und dachte an den Garten unten im Innenhof und an die erwiesene Tatsache, dass die seelische Verfassung der Patienten für der Heilung von Krebs und Krankheiten generell von essenzieller Bedeutung war. Der Arzt wollte wissen, ob er Fragen habe, und fuhr in seinem Redefluss fort, ohne Virgile Zeit für eine Antwort zu lassen. Dabei zog ein Wort Virgiles Aufmerksamkeit auf sich, das spontan eine Erinnerung weckte: Vincristin. Virgile hatte es schon einmal gehört, dessen war er sich sicher, auch wenn er eine Zeit lang im Gedankennebel herumtasten musste, bis ihm der Ort einfiel. Dann wusste er es wieder: bei seinem Onkel Jean-Paul.

Er erinnerte sich gut an die Szene. Jean-Paul war im Begriff gewesen, in seinem Gewächshaus in Varengeville die Rosen zu schneiden, als er von seinem Freund Bernard erzählte. Bernard, der Lungenkrebs hatte und deshalb zur Behandlung nach Le Havre musste. Er hatte von Chemo und Nebenwirkungen gesprochen und gesagt, wenn Bernard demnächst entlassen werde, sei das der Kraft der Pflanzen zu verdanken. Damals hatte Jean-Paul die Rosenschere weggelegt, die Handschuhe ausgezogen und mit einer sehr zarten Geste angedeutet, dass der Schnitt beendet war – er hatte eine halb geschlossene Blüte in der hohlen Hand angehoben und sie mit einer weichen, luftigen Bewegung gestreichelt. Eine seiner Damaszenerrosen, auf die er sehr stolz war.

»Sie haben Bernard Vincristin gegeben, weißt du«, hatte er erklärt. »Das Wort sagt dir nichts, nehme ich an?«

Jean-Paul hatte wieder nach seiner Rosenschere gegriffen und war zum nächsten Rosenstock gegangen.

»Vincristin ist der Saft des Madagaskar-Immergrün. Diese Blume wächst überall in Polynesien.«

Jean-Paul hatte seine Kindheit und einen Teil seiner Jugend auf Tahiti verbracht und war bei diesem Thema nicht zu bremsen. Er konnte stundenlang von dem Wind schwärmen, der nach Momoi-Öl duftete, von der regenfeuchten Erde, von den türkisfarbenen Wellen und den violetten Fischen. Auf der Insel hatte er einige seiner glücklichsten Jahre verbracht. Auf dem Weg zur Schule war er an Hühnern, Ziegen und Wildpferden vorbeigekommen, und auf dem Rückweg hatte er getrödelt, um in Ruhe die Vögel – vor allem Fregattvögel – und die überbordende Vegetation betrachten zu können, die aussah, als hätte jemand an den Hängen gigantische Blumensträuße gepflanzt. Der verträumte Junge hatte sich die einheimischen Götter als unvergleichliche Floristen vorgestellt, und so war seine bedingungslose Liebe zu den Gärten entstanden.

Virgiles Blick senkte sich auf die Befundberichte, auf denen sein Name und sein Geburtsdatum standen.

1978.

Das Jahr, in dem Jacques Brel und Claude François gestorben waren.

In dem *Stayin' Alive* die Charts stürmte.

Und *Because the Night* ein Hit wurde.

Aber warum musste er jetzt an so was denken, verdammt. Er drückte Mariannes Hand noch etwas fester, und ihm kam eine Idee: Er wird sich das Madagaskar-Immergrün intravenös reinziehen, und alles wird gut.

Weder Marianne noch Virgile hatten bis dahin von CECOS gehört.

CECOS sei das *Centre d'Étude et de Conservation des Œufs et du Sperme humain*, im Klartext die staatlichen französischen Samenbanken, erläuterte der Arzt und schob seinen Zahnstocher auf die andere Seite. »Denn bei einer Chemotherapie ist, wie Sie wissen, das Risiko einer Keimzellschädigung gegeben. Und somit besteht die Gefahr, dass die Fruchtbarkeit beeinträchtigt wird, vorübergehend oder dauerhaft.«

Marianne dachte sofort an den Pillenstreifen, den Virgile ein paar Wochen zuvor hatte verschwinden lassen. Sie hatte sich Ersatz besorgt, um nicht schwanger zu werden, und täglich die Pille genommen, und später hatte sie die halb leere Schachtel in den Mülleimer geworfen. Jetzt bereute sie es, dass sie so lange gezögert hatte. Sie hätte sie früher wegwerfen sollen. Oder keinen Nachschub kaufen, ganz einfach. Warum hatte sie nicht auf Virgile gehört? *Die Chance unseres Lebens, ein Baby für uns zwei*, hatte er ihr seit Wochen eingebläut, warum hatte sie nicht auf ihn gehört? Nur deshalb saßen sie jetzt im CECOS-Zentrum des Hôpital Cochin, um in aller Eile Virgils Spermien einzufrieren, falls er durch die Chemotherapie zeugungsunfähig wurde – es war zum Verrücktwerden.

Marianne und Virgile wurden bei CECOS von einer sympathischen hyperaktiven Dame mit klackenden Absätzen und klirrenden Armreifen in Empfang genommen, die man schon von weitem kommen hörte. Sie hatte einen orangeroten Pixie-Cut, und ihre Lippen waren nicht sehr sorgfältig mit einem knallroten Lippenstift bemalt. Virgile und Marianne unterhielten sich kurz mit ihr, um die Situation zu schildern, dann beendete die Dame das Gespräch mit einem markigen »Gut, dann legen wir mal los, jetzt sind Sie an der Reihe, Monsieur Lifar« und klappte mit einer entschlossenen Geste die Patientenakte zu.

Marianne legte die Hand auf Virgiles Schulter, *ich warte im Café gegenüber auf dich*, und küsste ihn sanft auf den Nacken. Virgile sah sie bedrückt und ratlos an. Er hatte nicht die geringste Lust zu wichsen und schon gar nicht in einem medizinischen Labor.

Dennoch tat er, was von ihm verlangt wurde, und sein Sperma wurde in sehr dünne Röhrchen gefüllt, die dann in einem runden Behälter bei minus 196 Grad Celsius in flüssigem Stickstoff eingefroren wurden. Es war irgendwie absurd. Krebs. Chemo. Möglicherweise zeugungsunfähig. Und das ihm, der nie im Leben krank gewesen war, der nie zum Arzt ging, abgesehen von der jährlichen Kontrolluntersuchung beim Zahnarzt oder einem gelegentlichen Besuch beim Augenarzt. Das war's.

Virgile unterzeichnete hastig, fast schon gereizt die erforderlichen Papiere. Er las den Text nicht durch, nur der letzte Satz sprang ihn geradezu an und versetzte ihm einen Schlag ins Gesicht: »Sollte der Spender versterben, endet die Lagerung der Keimzellen gemäß der Richtlinie vom 11. April 2008 zur Entnahme und Übertragung von menschlichen Keimzellen im Rahmen der assistierten Reproduktion.«

Was ist das denn für eine Scheiße?, hätte er der Dame mit dem orangeroten Haarschopf am liebsten entgegengeschleudert. *Kapierst du nicht, dass Marianne und ich dieses Kind bekommen werden, ganz gleich, was passiert, selbst wenn ich nicht mehr gesund werde?*

Hätte sein Körper den Gedanken gehorcht, hätte sich Virgile vor der Dame aufgebaut und ihr den Zeigefinger ins Gesicht gestoßen: »Und ich sage dir, dass wir dieses Kind bekommen werden, weil wir so verrückt nacheinander sind, klar?« Er hätte sie am Kragen gepackt und hochgehoben, ihre Absätze hätten in der Luft gestrampelt, und er hätte sie noch lauter angeschrien:

»Du wirst diese Keimzellen für mich aufbewahren, so lange es nötig ist, verstanden? Ist das okay für dich?«

Mit aufdringlich klirrenden Armreifen reichte ihm die Dame einen großen Umschlag, der alle Dokumente enthielt, und wünschte ihm »nur Mut«.

»Das wird schon, Monsieur Lifar«, sagte sie mit einem freundlichen Lächeln. »Die sind ein Superteam da drüben in Saint-Louis. Und außerdem gehören Lymphome heute zu den Tumoren, die sich am besten heilen lassen.«

Er dankte ihr. Faltete den Umschlag zusammen. Verließ das CECOS mit gesenktem Kopf, damit er nur ja keinem Menschen in die Augen sehen musste.

Virgile überquerte den Boulevard de Port-Royal, ohne auf das kleine grüne Ampelmännchen zu warten, und setzte sich zu Marianne ins Café. Sie trank wieder eine Erdbeermilch, das Getränk ihrer Kindheit, das ihr half, wenn sie desorientiert oder nostalgisch gestimmt war. Virgile setzte sich ihr gegenüber, nahm ihr das Glas aus der Hand und trank, aber statt die Milch hinunterzuschlucken, behielt er sie im Mund und blies die Wangen auf, als würde er gleich alles wieder ausspucken. Er presste die Lippen zusammen und verkrampfte die Kiefer, und trotzdem lief ihm ein rötliches Rinnsal übers Kinn.

»Was darf ich Ihnen bringen?«, fragte der Kellner, das runde Tablett unter den Arm geklemmt. »Noch eine Erdbeermilch?«

Marianne prustete los, und Virgile verschluckte sich so gründlich, dass er keine Luft mehr bekam und das Glas leer trinken musste.

»Was für ein scheußliches Gesöff, ich weiß wirklich nicht, was du daran findest.« Er wandte sich an den Kellner: »Einen Gin Tonic bitte, Darling.«

Am Abend kehrten Marianne und Virgile ins Krankenhaus Saint-Louis zurück, nachdem sie in einem Bistro voller fröhlicher junger Menschen am Canal Saint-Martin etwas gegessen hatten. Sie gingen Hand in Hand, schweigend und angespannt, als wäre eine Ausgangssperre verhängt worden. Virgile wollte noch eine Runde durch den Klinikgarten drehen, aber das Tor war bereits für die Nacht abgesperrt, und so begnügte er sich damit, vor dem Eingang eine Zigarette zu rauchen. Er war erst bei der Hälfte, als ihm schlecht wurde. Er war wohl wirklich nicht mehr an den Rauch gewöhnt. Seine letzte Kippe vor dem Beginn der Chemotherapie – was für ein Reinfall! Marianne holte ein Wasserfläschchen aus ihrer Handtasche, befeuchtete ein Kleenex und tupfte ihm die Stirn und die Lippen ab. Dann gab sie ihm ihre Schachtel Pfefferminzpastillen, von denen sich Virgile mit zurückgelegtem Kopf gleich mehrere in den Mund schüttete.

Der Mond hing wie eine pralle Orange am Himmel. Man meinte fast, in der Ferne Wölfe heulen zu hören.

»Weißt du, dass Spaziergänger in Rambouillet die Kadaver von Ziegen gefunden haben, die ziemlich sicher von Wölfen gerissen wurden?«, fragte Marianne. »Und in der Nähe von Montfort-l'Amaury und Arpajon haben sie auch Wolfsspuren gefunden. Kannst du dir das vorstellen? Wölfe im Stadtgebiet von Paris?«

Marianne sah im Geist stilisierte Wölfe vor sich, wie aus Märchenbüchern für Kinder, die durch die nahe gelegene Banlieue streunten, wo sie kleine Lebensmittelläden und die Fleischtheken der großen Supermärkte plünderten. Sie wusste, dass Wölfe ihre Beute bei günstigem Wind auf drei Kilometer Entfernung wittern konnten – konnten diese Wölfe womöglich auch Krebsgeschwüre wittern?

Florence hatte die nordfranzösischen Strände schon immer geliebt. Sie liebte den Wechsel der Gezeiten, die weiten Flächen mit ihren wässrigen Farben, die bleiche Sonne und die welligen Dünen, auf denen Büschel von Strandhafer wuchsen, die die Küstenlandschaft wie flaumiges Haar krönten. Die Pflanzen dort waren immerfort gebeugt, selbst wenn kein Wind wehte. Für ihr Familienwochenende hatten Florence und Baptiste eine moderne Ferienwohnung mit Meerblick ausgesucht. Die weißen Bodenfliesen waren auf Hochglanz poliert, sodass sich sogar die Möbel und ein paar Flecken blauer Himmel darin spiegelten, und die exklusive Küche war mit einem Entsafter, einem Mixer, einer Küchenmaschine, einer Espressomaschine und anderen brandneuen Geräten ausgestattet. Das Apartment ließ nicht den Hauch einer persönlichen Note erkennen, das Dekor beschränkte sich auf das Allernotwendigste. An den Wänden hingen ein paar Schwarz-Weiß-Fotos mit Küstenmotiven – ein Segelschiff, ein Leuchtturm, eine einsame Möwe auf einem Bootssteg –, und im Wohnzimmer stand ein großes, weißes, fast leeres Regal, auf dem lediglich ein Reiseführer über die Opalküste, ein Buch über Seemannsknoten und die drei ersten Bände der *Millennium*-Trilogie von Buchstützen in Form von Silberreihern auf quadratischen Sockeln gehalten wurden. Außerdem gab es ein Windlicht und ein Messingbarometer, beide pseudoantik, und um das maritime Flair abzurunden, waren an den Zimmertüren die Namen von Badeorten angebracht: Le Touquet, Berck-sur-Mer, Le Tréport.

Florence trat ans Panoramafenster und öffnete es weit. Sofort fuhr vom Meer her ein Windstoß ins Zimmer und blätterte in den Zeitschriften auf dem Couchtisch. Sie trat auf den Balkon und war erst einmal geblendet, und es dauerte ein Weilchen, bis sie Einzelheiten erkannte. Der Himmel war von einem verwaschenen Blau, die Luft von Gischttröpfchen durchsetzt. Sie saugte sie tief in die Lungen, und ihr entwich ein kleines, glückliches Lachen.

»Für diesen Anblick könnte ich sterben!«

Baptiste hatte sich neben sie gestellt und stützte sich mit beiden Händen auf dem Geländer ab. Er spähte mit zusammengekniffenen Augen in die Ferne.

»Es ist wirklich phantastisch hier. Erinnerst du dich an unser erstes Wochenende?«

Florence drehte sich mit verschwörerischem Lächeln zu ihm um, *ja natürlich erinnere ich mich.* Sie raffte ihr Haar zu einem lockeren Knoten zusammen und befestigte es mit einer Klammer.

»Sollen wir heute Abend im L'Écailler Austern essen? Hast du Lust?«

Baptiste gab ihr als Antwort ein Küsschen auf die Wange und schob ihr zärtlich eine Haarsträhne hinters Ohr.

»Aber sicher, mein Schatz, ist schon reserviert.«

Die Kinder hatten ihr Gepäck in ihren Zimmern abgestellt, und Nils zog als Erstes seine geblümten Bermudashorts an, die ihm bis unters Knie reichten. Er ging zum Strand hinunter, joggte bis ans Wasser und stürzte sich geradewegs in die Brandung. Er konnte stundenlang schwimmen, ohne zu ermüden, und Florence sah fasziniert zu, wie er, ohne abzusetzen, in einem kontinuierlichen Rhythmus zwischen Kraulschlägen und Brustschwimmen wechselte, wie die Muskeln in seinem durchtrainierten Körper kooperierten und er mit gleichmäßigen Bewegungen an seine Leistungsgrenze ging. Ganz besonders bewunderte sie seine Art, sich von der Welt abzuschotten – er tauchte mühelos in ein Reich ein, in dem man mit den Wellen und den Algen allein war, den eigenen Atem durch die Nasenlöcher entweichen hörte, in dem sich die verbrauchte Atemluft in Tausende schnell zerplatzende Bläschen verwandelte, in dem Arme und Beine das Wasser zerteilten, bis die Luft knapp wurde und man irgendwann auftauchen musste, den Mund gerundet wie das Maul eines Fisches, mit weit aufgerissenen Augen.

Nils kam in leichtem Trab aus dem Wasser zurück. Er neigte den Kopf zur Seite und hüpfte energisch auf einem Bein, bis sein Ohr wieder frei war. Er hatte einen noch jugendlich glatten, gebräunten Oberkörper. Das Salzwasser tropfte auf den Sand, und seine Haut glänzte wie ein Spiegel.

»Kommst du ins Wasser, altes Haus?«, sagte er zu Elena und drückte ihr verspielt wie ein junger Hund den Kopf mit dem nassen Haar in den Nacken.

»Hör auf, Nils, du nervst!«

Er grinste frech, *das erfrischt, was?*, und riss die Verpackung eines Müsliriegels, den seine Mutter ihm gab, auf. Mit drei Bissen hatte er ihn verschlungen. Seine Fingerkuppen waren schrumpelig, und in seinem Haar klebte Salz. Er zog sich ein kükengelbes T-Shirt über und pulte mit dem Fingernagel Getreidekrümel aus einem Backenzahn. Sein Atem roch süßlich nach Popcorn. Ein nasser Kopf, ein matter Körper, aber dennoch sprühend vor Vitalität.

»Ich habe für heute Abend im L'Écailler reserviert, freut euch das?«, fragte Baptiste.

»Yes, Dad, das ist super!«, strahlte Nils und drehte sich zu Elena um. »Dann schlag heute mal zu, Sister. Da, wo du hingehst, gibt's so was nicht.«

Er legte Elena den Arm um den Nacken, *schon gut, ich nehm dich bloß auf den Arm, altes Haus*, und schlabberte ihr einen nassen Kuss auf die Wange. Sie schubste ihn halbherzig weg, *hau ab, Nils, spiel woanders*, stimmte jedoch schließlich in sein Lachen ein.

»Ich weiß, ich weiß, ich werde dir schrecklich fehlen«, sagte sie und verwuschelte ihm das Haar. »Fort mit dir, du Riesenbaby.«

Nils setzte sein Trauriger-Welpe-Gesicht auf, legte seinen Kopf an ihre Schulter, fasste sie um die Taille und drückte sie fest an sich.

Es nahm ihn wirklich mit, dass seine Schwester das Nest als Erste verließ. Ein mieser Trick, das musste man schon sagen. Wo sie sich doch so gut verstanden. Außerdem war Elena nicht mal die Ältere. Und nun würde sie in ein paar Wochen nach London gehen, und er musste ganz allein bei seinen Eltern ausharren – mit denen er gut klarkam, aber trotzdem. Er hatte versucht, Elena von ihrem Plan abzubringen, und ihr hieb- und stichfeste Argumente geliefert: die horrenden Mieten, der grauenhafte Fraß, der endlose Regen. Aber Elena war der entscheidungsfreudige Typ, und wenn sie sich einmal zu etwas entschlossen hatte, war es eine *Mission Impossible,* sie davon abzubringen. Sie träumte nun mal davon, Modedesign zu studieren, und zwar an der Londoner Hochschule für Kunst und Design. Sie könne doch ihre Bewerbungsmappe auch in Frankreich zusammenstellen, hatte Nils gekontert, aber sie war stur geblieben. Nein, das Exil, das Ausland waren Teil ihres Projekts. Schlecht bezahlte Nebenjobs, Instantnudeln, WGs in heruntergekommenen Bruchbuden. Kreativ sein und bleiben, unter den widrigsten Umständen, immer neue sexy Klamotten und schicke Hosen entwerfen, selbst wenn der Magen knurrte.

»Das ist die einzige Möglichkeit herauszufinden, ob man eine Berufung hat oder nicht«, hatte sie ihren Eltern verkündet, die ihre Kleine sehr ungern ziehen ließen.

Baptiste hakte sich bei Florence ein, und die Familie marschierte lebhaft plaudernd am Deich entlang. Nils erzählte von dem Praktikum, das er gerade in der Gastroenterologie des Hôpital Georges-Pompidou absolvierte, und betonte, wie gut es ihm gefiel. Er überlege ernsthaft, sich in diese Richtung zu orientieren.

»Machst du Witze?«, sagte Elena entgeistert.

Baptiste runzelte die Stirn. In der Medizin machte man keine Witze, das sollte sie doch wissen.

Florence hörte zu, aber sie beteiligte sich nicht an dem

Gespräch. Sie war mit den Gedanken woanders. Ihr Sohn würde als Gastroenterologe die Karriereleiter hinaufklettern und später eine Praxis in der Stadt eröffnen, seinen Beruf lieben, über seine Patienten schimpfen und sich trotzdem für sie zerreißen. Aus ihm würde ein guter Arzt werden. Elena würde auf dem unkonventionelleren Weg, den sie für sich gewählt hatte, ebenfalls Erfolg haben. Das wusste Florence. Ihre Tochter war begabt, sie hatte Talent. Und vor allem war sie hartnäckig und stur und würde nicht aufgeben, bis sie ihr Ziel erreicht hatte.

Meine Kinder sind groß geworden und brauchen mich nicht mehr, dachte Florence genau in dem Moment, als ihr ein Sandkorn ins Auge flog. Sie blieb stehen, rieb an ihrem Lid herum, und ein paar Tränen kullerten.

»Alles in Ordnung, Mama?« – »Hast du was, Flo?«

»Alles okay, kein Problem. Nur ein Sandkorn.«

War sie eine gute Mutter gewesen? Woher sollte man das wissen? Wie sollte sie wissen, ob sie immer im richtigen Moment richtig reagiert und gute Entscheidungen gefällt hatte? Florence holte eine Ampulle mit physiologischer Kochsalzlösung aus ihrer Handtasche, legte den Kopf zurück und träufelte etwas von der Flüssigkeit in ihr Auge. Worum ging es? Die Kinder lieben, ganz einfach, sie beim Erwachsenwerden unterstützen, ihnen helfen, sie selbst zu werden. Und dann in die Welt ziehen zu lassen. Sie musste an ihre eigene Mutter denken, an Suzanne, die so früh die Waffen gestreckt und verzagt eingestanden hatte, dass sie *für all das* nicht geschaffen sei.

Suzanne Marchand hatte, das durfte man nicht vergessen, in den Jahren nach Florence' Geburt immer wieder unter Depressionen gelitten, die sie aus der Bahn geworfen hatten.

So gründlich, dass sie nicht mehr wusste, wie sie hieß. Schon vorher nervlich angeschlagen, hatte sie angefangen, sich immer häufiger mit einem anderen Namen vorzustellen. *Guten Tag, ich bin Giulia Antonelli*, erklärte sie, wo immer sie auftauchte, und wenn ihr Gesprächspartner eine gewisse Überraschung oder Verwirrung erkennen ließ, fügte sie eilig hinzu, sie sei Schauspielerin und in Rom geboren, wohne jedoch inzwischen aus freien Stücken in Milly-la-Forêt im Departement Essonne, um ihrem Freund Jean Cocteau näher zu sein. Sie habe mit Truffaut und Antonioni gedreht, erzählte sie im Plauderton weiter, aber auch mit einigen sehr talentierten, dem breiten Publikum leider weniger bekannten Regisseuren, Wolfgansen zum Beispiel. Kennen Sie ihn? Nein? Ein außergewöhnlicher Künstler!

Und manchmal, wenn sie ganz besonders in Schwung war, gestand sie, dass sie nicht zufällig auf die Idee gekommen sei, ihre Tochter Florence zu nennen.

»Wie die vornehmste der italienischen Städte«, flüsterte sie mit einem geheimnisvollen Divenlächeln, das den Gesprächspartner entwaffnen sollte.

Unter den gegebenen Umständen hatte Florence' Vater sehr bald das sinkende Schiff verlassen. Eine Ehefrau mit Wahnvorstellungen! Was zu viel war, war zu viel. Und obendrein die hämischen Bemerkungen der Umgebung, in der Kneipe wie auf der Arbeit.

»Du musst mich verstehen, Florence, ich kann nicht bleiben. Mit deiner Mutter … Es geht einfach nicht. Aber wir bleiben in Verbindung, das weißt du doch.«

Der Trottel, der seine Tochter nie in die Arme genommen hatte und zudem seit mehreren Monaten bei einer gewissen Nathalie ein- und ausging, einer unbedarften Rothaarigen, die für ihre sensationellen Blowjobs bekannt war, wartete mit seinem Auszug nicht mal bis zum Wochenende, und Florence blieb nichts anderes übrig, als sich um ihre Mutter und alles andere zu kümmern. Mit gerade mal vierzehn führte sie von nun an den Haushalt. Sie bezog die Betten, wusch die Wäsche, kaufte Nudeln, Gemüse und Zimtbrötchen, auf die ihre Mutter ganz versessen war, und einmal in der Woche klaute sie Fleisch im Supermarkt. Außerdem hielten sie im Garten zwei Hühner, die Eier legten, denn Florence und ihre Mutter aßen gern weich gekochte Eier, in die sie Brotstreifen mit salziger Butter stippten. Am Abend setzten sie sich an den großen Holztisch und aßen schweigend, mehr oder weniger im Dunkeln. Man sah die Hand nicht vor Augen. Doch wenn Florence auch nur eine einzige Kerze anzünden wollte, protestierte ihre Mutter vehement.

»Glaub mir, mein Kätzchen, nach einem langen Drehtag kann man wahrhaftig kein Licht mehr ertragen!«

In Wirklichkeit streunte Suzanne Marchand tagsüber wie ein trauriger Hund durch die Straßen von Milly-la-Forêt. Besonders häufig führten ihre ziellosen Schlangenlinien sie vor das Darégal-Gebäude, in dem Tiefkühlkräuter abgepackt wurden. Sie stellte sich auf die gegenüberliegende Straßenseite und wartete. In diesem Gebäude hatte sie zwölf Jahre lang gearbeitet. Dann hatte die obere Etage ihr eines Tages eine Abschiedsfeier mit Chips und Cidre ausgerichtet, da ihre Stelle mit den Erfordernissen des Marktes nicht mehr kompatibel sei. So stand es in einem von der Direktion unterzeichneten Schreiben, auch wenn alle Welt wusste, dass der wahre Grund ein anderer war. Die arme Suzanne, seufzten ihre Kolleginnen, die diese leicht gestörte, aber originelle und immer elegante Frau eigentlich ganz gern mochten. Denn wenn sie nicht gerade unter depressiven Phasen litt, war Suzanne kommunikativ und verbreitete Lebensfreude. Sie gehörte zweifellos zu den Menschen, die man beim Essen gern als Tischnachbarin neben sich hatte. Wenn daher die eine oder andere Kollegin sie auf der anderen Straßenseite bemerkte, wo sie auf weiß Gott was zu warten schien, winkte sie ihr von weitem freundlich zu, als Fingerzeig, dass sie zwar keine Zeit für ein Gespräch hatte, ihre Anwesenheit jedoch sehr wohl zur Kenntnis nahm. Suzanne brachte ihr Verständnis ebenfalls mit einer stummen Geste zum Ausdruck: *Oh, sicher, ich verstehe, du hast zu tun*, und bildete mit der Hand einen Telefonhörer, Daumen am Ohr, kleiner Finger an den Lippen: *Wir telefonieren bald mal!* Anschließend blieb sie jeweils noch eine Zeit lang stehen und lächelte ins Leere.

An anderen Tagen schlenderte sie auf dem Boulevard Sadi-Carnot bis zum Haus von Jean Cocteau. Dort betete sie ein Weilchen, erzählte sich dies und jenes und schrieb Einkaufslisten. Auf Papierfetzen notierte sie, was ihr gerade einfiel: Brathähnchen, Pilze, Entenbrust, WC-Ente, Olivenöl et cetera, et cetera, einfach nur zum Vergnügen, denn sie kaufte nie etwas ein, und wenn sie nach Hause kam, war es schon längst dunkel. Florence war vom Collège zurück, hatte Hausaufgaben gemacht, Essen gekocht, den Tisch gedeckt. An den meisten Abenden ließ Suzanne ihre Tochter allein vor ihrem Teller sitzen.

»Kein Hunger, meine Kleine, danke dir«, sagte sie und hauchte Florence einen Kuss auf die Stirn. Dann ging sie in den Garten und legte sich mit einem Glas Wein auf die Erde.

Der feuchte Rasen drückte gegen ihren Rücken. Sie legte die ausgestreckten Arme mit den Handflächen nach unten neben den Körper, krallte die Fingerspitzen in die kalte Erde und blieb stundenlang so liegen. Leerte die Flasche. Trällerte. Schlief wohl zwischendurch auch ein.

Allein in ihrem Garten, führte sie lange Selbstgespräche. Manchmal hörte man sie amüsiert auflachen, manchmal in ihrem Garteneckchen unterdrückt schluchzen, wie ein Kind, das seinen Kummer geheim halten will. Und wenn es zu regnen begann, stand sie auf, zog die Schuhe aus und improvisierte mit nackten Füßen einen ätherischen, impulsiven Tanz à la Isadora Duncan, bei dem ihre Arme Wellen in die Luft malten. Es kam aber auch vor, dass sie sich spät nachts auf ein Stück Rasen erbrach. Gottlob wachten die Sterne wohlwollend über sie. Erst wenn die Morgendämmerung des neuen Tages die Nacht vertrieb, riss Suzanne Marchand ein paar Johanniskrautblätter aus und kaute sie mit geschlossenen Augen. Die seien gut gegen ihre Melancholie, behauptete sie. Sie kaute lange. Schweigend. Danach ging sie zu Bett – nur wenige Minuten bevor Florence' Wecker klingelte und das Mädchen sich für die Schule fertig machte.

Florence legte die Augentropfen in ihre Handtasche zurück und hakte sich wieder bei Baptiste ein. Sie genoss es, an seiner Seite zu gehen, ihm nahe zu sein. Nach so vielen gemeinsamen Jahren war Baptiste immer noch ein aufmerksamer Partner, immer noch genauso verliebt. Florence wusste, dass sie sich glücklich schätzen konnte, und sann über die schwindelerregende Verkettung von Zufällen nach, die zu einer entscheidenden Begegnung führten – oder eben nicht.

Die Fensterfront am L'Écailler war neu gestrichen, in einem hübschen Himmelblau, aber der Innenraum war in seinem Originalzustand erhalten geblieben. Die blanken

Holztische, dicht an dicht, die altertümlichen, vielerorts abgeplatzten Kacheln, die Familienfotos an der Wand. Drei Generationen in Folge hatten den Laden am Laufen gehalten, und augenscheinlich lief er immer noch. Das Restaurant war voll besetzt, wie üblich. Nils und Elena setzten sich nebeneinander, die Eltern ihnen gegenüber an einen der Tische am Fenster.

»Mist«, entfuhr es Florence, als sie die Nachricht las, die auf ihrem Handy aufleuchtete.

»Was ist?«, fragte Baptiste. »Gibt es ein Problem?«

Florence starrte auf die SMS, die Virgile Lifar ihr gerade geschickt hatte, als könnte sie sich keinen Reim darauf machen. Dann vergrub sie das Gerät tief in ihrer Handtasche und betupfte sich das rot entzündete Auge.

»Ein Patient«, sagte sie. »Sie haben ihn nach Saint-Louis verlegt, in die Hämatologie.«

Marianne streckte die Hand nach der Magnetleiste neben den Herdplatten aus, nahm eines der Küchenmesser herunter und spießte eine Tomate aus der Papiertüte auf. Eine von den alten Sorten, wie Virgile sie mochte. Nach drei Wochen in der Klinik konnte er die Fertiggerichte nicht mehr ertragen, und wenn sein Essen vor ihm stand, wurde ihm sofort übel, allein schon vom Metallgeruch der Gabel. Deshalb gab sich Marianne Mühe, ihm jeden Tag etwas Appetitliches mitzubringen. Etwas, das ihm Freude machte. Für den weiteren Verlauf der Behandlung war das von wesentlicher Bedeutung, davon war sie überzeugt. Auf diese Weise würde er schneller gesund werden. Ob sie damit recht behielt oder nicht, spielte keine Rolle; zumindest gab ihr die Zubereitung das Gefühl, eine aktive Rolle zu spielen, den Lauf der Dinge irgendwie beeinflussen zu können und nicht nur hilflos dem Unglück ausgeliefert zu sein.

Sie blickte aus dem Fenster, das sie ein Stück hochgeschoben hatte, damit frische Luft einströmen konnte. Dort, wo sie war, am nahezu höchsten Punkt des Montmartre-Hügels, erreichte sie der Lärm der Stadt nur gedämpft. Lediglich der Straßenverkehr brummte unaufdringlich, ein paar Motorräder knatterten, eine Taube gurrte monoton. Marianne träumte vor sich hin, und dabei schweifte ihr Blick über die verschachtelten Zinkdächer, das lachsfarbene Licht des Sonnenuntergangs, das die Stadt in eine unwirkliche Beleuchtung tauchte, zu den Erhebungen der Île-de-France im Hintergrund. Sie musste an den Tag ihres Einzugs denken. An den Abend, an dem sie wie verzaubert an diesem Fenster gestanden hatten, fasziniert von dem Blick auf die Stadt zu ihren Füßen. Und daran, wie der leicht angeheiterte Virgile sie ins Schlafzimmer gezogen hatte. Sie hatten sich nebeneinander aufs Bett fallen lassen, er auf den Rücken, sie auf den Bauch, und minutenlang hatte sich keiner von ihnen gerührt oder etwas gesagt. Dann hatte sich Virgile auf die Seite gerollt und wie ein Magnetiseur mit der flachen Hand Mariannes Körperkonturen nachgezeichnet, ohne sie zu berühren. Mitunter hatte er über einer Stelle verweilt, knapp über der Schulter, dem Hals, der Rundung am unteren Rücken, der Wölbung ihrer Wade, so virtuos, dass ihre Körpertemperatur unaufhaltsam in die Höhe geklettert war und sie wie zwei Magnete, wie zwei verliebte Meteoriten voneinander angezogen wurden. Die sich an jenem Tag unendlich viel Zeit nahmen, ganz so, als wäre es ihr letztes Mal, als würde nach ihrer Begegnung die Welt erlöschen, als gäbe es kein Morgen mehr, keinen Vogelgesang bei Tagesanbruch, keine sprießenden Blumen. Sie hatten ihre Bewegungen bis zum Äußersten verlangsamt, sie hatten jedem einzelnen Atemzug, jedem Erzittern der Haut, jedem flatternden Lidschlag Beachtung geschenkt, bis die Lust auf sie herabgeregnet war wie ein Goldregenschauer.

Marianne biss sich auf die Lippen und kämpfte gegen die Tränen, die unaufhaltsam in ihr aufstiegen. Sie schniefte kurz, nahm erneut das Messer zur Hand und schnitt mehrere Tomaten – eine grüne, eine gelbe und eine ganz verbeulte blassrote – in kleine Würfel, die sie in eine Tupperschüssel warf und mit etwas Salz bestreute. Gedankenverloren blieb sie davor stehen. Kämpfte erneut gegen die Tränen. Musste schließlich gegen ihren Willen lachen – das war schon ein Ding gewesen! Unglaublich! Sie waren danach noch nicht wieder zu Atem gekommen, da hatte Virgile schon auf der Matratze gestanden und Mariannes Beine in die Luft gehalten, weil er überzeugt war, dass die Spermien auf diese Weise schneller an ihr Ziel gelangten!

»Hör auf, dich lustig zu machen, Marianne, du wirst noch alles verbocken!«, hatte er aufgebracht geschimpft, weil sie seine Technik nicht ernst nehmen konnte.

Also hatte sie brav in dieser Haltung verharrt, Beine in die Luft gereckt, Arme über den Bauch gekreuzt, und versucht, das unbändige Kichern zu unterdrücken, das in ihr lauerte.

Marianne hatte keine Lust, für sich allein zu kochen. Die Stille in der Wohnung zerrte an ihren Nerven. Durch die Wand hörte sie den Fernseher der Nachbarn. Ein weinendes Baby. Zersplitterndes Glas und eine Stimme, die »Scheiße!« rief. Ohne nachzudenken, holte Marianne den Handfeger aus dem Schrank, *regt euch nicht auf, ich fege das zusammen*, und ging in die Hocke, um die Splitter auf die Schaufel zu schieben.

Es ist doch nur ein kaputtes Glas. Das ist nichts. Kein Grund, Tränen zu vergießen … Sie leerte die Schaufel in den Mülleimer, und es gab kein Geräusch, nicht einmal das eines rieselnden Sandkorns.

Sie legte sich ins Bett, das viel zu kalte und zu große Bett, rollte sich auf ihrer Seite zusammen und versuchte möglichst wenig Platz einzunehmen. Virgile konnte schließlich jede Minute nach Hause kommen. Sie spähte auf das Zifferblatt ihres Weckers. Hörte eine Toilettenspülung, unverkennbar. Wasser, das durch Rohre rauschte. Eine zufallende Tür. Sie vergrub die Nase in dem Kopfkissenbezug, den sie seit drei Wochen nicht gewechselt hatte, seit dem Tag, an dem Virgile ins Krankenhaus gekommen war. Sie wälzte sich schlaflos im Bett hin und her. Verdammt, ich bin todmüde, dachte sie verärgert, ich muss schlafen, ich muss schlafen, aber in ihrem Gehirn flackerte und blinkte es wie auf dem Jahrmarkt und ihre Gedanken jagten sich im Kreis, bekämpften sich, machten sich breit, sodass sie irgendwann voller Wut auf Virgiles Kopfkissen einhämmerte und hineinbiss, wieder und wieder, bis der Stoff zwischen ihren Zähnen so unangenehm knirschte, dass sie aufgab und quer über dem Bett liegen blieb, restlos erschöpft.

Als ihr Wecker um 6.59 Uhr klingelte, fuhr Marianne hoch und stützte sich instinktiv auf dem Ellenbogen ab, um zu Virgile hinüberzuschauen. Und fiel gleich wieder bäuchlings auf die Matratze zurück, das erschrockene Gesicht ins Kopfkissen gepresst. *Ich will endlich aus diesem Albtraum aufwachen, bitte, nur das, ich will nur mein früheres Leben wiederhaben.* Sie drehte das Wasser in der Dusche auf, bis es brühend heiß war, und stellte sich lange darunter. Als sie zwanzig Minuten später mit geröteter, brennender Haut aus dem Bad kam, zog sie Jeansshorts und eines von Virgiles Hemden an, das lose um ihren Körper flatterte. Er liebte dieses Outfit an ihr. Dann griff sie nach seinem Eau de Toilette und tupfte sich ein paar Tropfen auf die Kehle. Sie verließ die Wohnung, ohne die Tür abzuschließen. Der Duft nach Bergamotte und Orangenblüte, der sich im Zimmer verteilt hatte, hing noch eine Weile in der Luft, bis er verflog.

Virgiles Fuß ragte unter der Bettdecke hervor. Marianne saß am Bettrand und blickte einer vorüberziehenden Wolke hinterher. Die Wolke hatte die Form eines Krokodils, das in einem tiefblauen Himmel sein großes Maul aufsperrte. Virgile schlief noch. Er hatte die rote Wollmütze, die sie ihm am Vorabend für seinen neuerdings kahl rasierten Schädel mitgebracht hatte, nicht abgesetzt und sah aus wie der Meeresforscher Cousteau. Marianne blätterte in einem der Bücher von Raymond Carver, die auf Virgiles Nachttisch lagen, und legte sie schnell wieder weg, weil sie in den Worten, die sie las, auf einmal eine unendlich große Trauer fand.

Sie trug die Goldohrringe mit den Türkisen, die Virgile ihr geschenkt hatte – wie lange das zurückzuliegen schien, dabei war es erst einen Monat her! Wie schnell das Leben in Schieflage geraten konnte. Mariannes Profil hob sich, von einzelnen, weichen Haarsträhnen umrahmt, vom Blau des Himmels ab, und ein Sonnenstrahl brachte das Rouge auf ihren Wangen zum Glitzern.

»Du bist schon da, meine Schöne?«, murmelte Virgile schlaftrunken. Sein Atem roch nach Medikamenten.

Er richtete sich ächzend auf, *herrje, ich fühle mich wie hun-*

dert, während ihm Marianne zwei Kopfkissen hinter den Rücken schob und ihm rasch seine Sonnenbrille reichte, denn seit er in der Klinik lag, war er lichtempfindlicher denn je, und seine Augen vertrugen nicht einen Sonnenstrahl mehr. Sie küsste ihn zärtlich auf die Stirn.

»Geht's dir einigermaßen? Konntest du letzte Nacht schlafen?«, fragte sie.

»Nicht viel, und du?«

»Auch nicht.«

Sie neigten sich einander zu und nahmen sich in die Arme. Künftig würden sie auch durch ihre Schlaflosigkeit miteinander verbunden sein.

Die Zimmertür ging einen Spaltbreit auf, und zwei Köpfe schoben sich vorsichtig um die Ecke. Olive und Kamel.

»Ding-dong. Stören wir?«

Virgile fuhr auf. »Ja, so was, das ist aber eine Überraschung!« Er winkte sie mit der freien Hand herein. »Kommt rein, statt Blödsinn zu reden.«

»Wow, Sonnenbrille und rote Mütze, wie glamourös«, rief Olive und beugte sich vor, um ihn auf die Wange zu küssen. »Du hast uns so gefehlt, Chéri. Zum Glück kommst du ja bald hier raus.«

»Aber hallo. Ich habe nicht vor, hier zu versauern.«

Kamel gab ihm ebenfalls einen vorsichtigen Kuss auf die Wange und holte eine Tupperdose voller Schnecken *à la marocaine* aus dem Rucksack.

»Hier, die habe ich dir mitgebracht. Als Snack zwischendurch.«

Virgile, der sonst ein großer Freund von Schnecken war, wurde blass, als er den Knoblauch roch, und presste die Lippen zusammen, als müsste er sich jeden Moment übergeben. Instinktiv nahm ihm Olive die Dose aus der Hand und fragte rasch:

»Sag mal, dieser niedliche Kerl, dem wir gerade auf dem Flur begegnet sind, der mit dem Engelsgesicht, kennst du den?«

»Oh, Diego. Der Pfleger.«

Virgile legte die Hand auf sein Herz und seufzte theatralisch, *o Diego, mein Diego!*, während er mit gesenktem Kinn über die Sonnenbrille hinweg Marianne anblickte.

»*I'm joking, of course.* Das weißt du genau.« Dann, zu Olive: »Ich muss dich enttäuschen, aber der gute Diego ist schon vergeben, und zwar an einen Arzt von hier, stell dir vor!«

Olive seufzte, *pff, es ist doch immer dasselbe*, und holte das Geschenk heraus, das sie Virgile mitgebracht hatte, eine kleine japanische Winkekatze am Faden, wie man sie häufig als Glückssymbol in asiatischen Restaurants fand. Olive klemmte den Faden zwischen Daumen und Zeigefinger und ließ das Kätzchen wie ein Pendel hin und her schwingen, bis Virgile es im Flug fing.

»Genial! Ein Maneki-neko! Damit werde ich im Lotto gewinnen!«

Sein Mund war ausgetrocknet und voller Aphthen, und er griff, bevor er weitersprach, nach dem Wasserfläschchen auf dem Nachttisch und leerte es zur Hälfte.

»Heiß hier, oder?«, sagte er und ging zum Fenster, um es zu öffnen. »Das Zimmer ist permanent überheizt.«

Die einströmende kühlere Luft strich wohltuend über seine Haut. Er blieb eine Weile nachdenklich stehen und blickte zu den Wolken empor.

»Alles in Ordnung, Virgile?«, fragte Marianne nach einer Weile.

»Ja, alles gut«, antwortete er mit abwesendem Blick. Er zog seine rote Wollmütze zur Seite und kratzte sich den kahlen Schädel.

»Jaaa. Ich habe wirklich Glück, dass es euch gibt, euch alle.«

»Oje, jetzt muss ich gleich flennen«, sagte Olive.

»Eigentlich haben eher wir Glück, dass es dich gibt«, antwortete Kamel.

Auch Marianne war innerlich aufgewühlt. Sie hätte am liebsten alle gleichzeitig umarmt, ihre Freunde, ihren Liebsten, diese ihr nahen, kostbaren, unersetzlichen Menschen.

»Ich habe ein solches Glück«, wiederholte Virgile, und im selben Moment sahen die anderen, wie er mit dem Arm Schwung holte wie ein Baseballspieler – Ellenbogen hoch erhoben, Handgelenk zurückgebogen – und die kleine Glückskatze mit einer ebenso entschlossenen wie unerwarteten Geste im hohen Bogen von sich warf.

»He, spinnst du oder was?«, rief Olive. »Du wirst dich noch ins Unglück reiten, glaub mir!«

Virgile brach in ein unbändiges Gelächter aus. Er beugte sich mit zuckenden Schultern vor und prustete hinter vorgehaltener Hand, bis er kaum noch Luft bekam. Vergeblich versuchte er sich zu beruhigen und tief durchzuatmen. Er konnte gar nicht mehr aufhören, und immer, wenn sein Blick auf die völlig konsternierte Olive fiel, ging es wieder von vorne los. Die Tränen liefen ihm übers Gesicht, *o Scheiße, ich kann nicht mehr*, und er musste die Sonnenbrille abnehmen, damit er sich mit dem Handrücken über die Augen wischen konnte, erst das eine, dann das andere.

»Das habe ich in dem Film *Harold und Maude* gesehen und fand es toll«, erklärte er, als er sich endlich wieder gefasst hatte. »Erinnerst du dich an die Szene? Maude bekommt ein Geschenk von Harold – sie ist achtzig, er zwanzig –, sie ist total gerührt, sie gestehen sich ihre Liebe, und in diesem Moment schmeißt sie das Geschenk ins Wasser und sagt: ›So werde ich immer wissen, wo es ist.‹ Was für eine Geste, Mann, was für eine Geste. Findest du nicht?«

Olive zwinkerte ein paarmal unsicher mit aufeinandergepressten Lippen, offensichtlich nicht recht überzeugt von seiner Erklärung und zweifellos auch ein wenig verstimmt.

»Okay, Virgile, kein Problem. Überhaupt kein Problem.«

Es klopfte leise an die Tür, Alice und Samuel waren gekommen. Virgile hatte darauf bestanden, *doch, ich würde mich freuen, sie zu sehen*, und natürlich hatte Marianne umgehend ihre Mutter angerufen und ihr die Zimmernummer und die Besuchszeiten genannt. Doch nach dem Telefonat hatte sie sich unschlüssig die Nase gerieben.

»Und deine Eltern? Sagst du ihnen nicht Bescheid?«

»Nein, immer noch nicht«, hatte Virgile kühl erwidert. »Lass uns das Thema nicht strapazieren, Marianne. Ich habe mit diesen Leuten nichts zu schaffen. Nichts. Als mein Vater erfahren hat, dass ich Männer liebe, hat er entschieden, dass ich nicht mehr existiere, und dem hat sich niemand widersetzt. Nicht einmal meine eigene Mutter. Verstehst du?«

Marianne hatte es dabei bewenden lassen und nur den Blick abgewandt. Sie wusste, dass Virgile in dieser Hinsicht nicht ganz ehrlich war. Seinen Vater sah er wirklich nicht mehr, aber mit seiner Mutter und seinen beiden Schwestern verabredete er sich hin und wieder heimlich zum Essen.

Damit man sich nicht ganz aus den Augen verlor. Auch wenn sie sich nicht viel zu sagen hatten. Es war eine komplizierte Situation für Virgile, dessen war sich Marianne bewusst. Er blieb lieber auf Distanz. Auch sie konnte sich natürlich alle möglichen häuslichen Konfliktfelder vorstellen, unversöhnliche Gegensätze, sogar Hass, aber dass er seine Familie unter den gegebenen Umständen nicht informierte, nein, das verstand sie nicht. Und so hatte sie am Ende etwas getan, das so gar nicht zu ihr passte und sie selbst überrascht hatte. Sie hatte gewartet, bis Virgile eingedöst war, sein Handy stibitzt und nach der Nummer seiner Mutter gesucht. Sie hatte sie nicht gefunden – lautete der Eintrag auf ihren Mädchennamen? – und war deshalb auf den von Henri Lifar, Virgiles Vater, ausgewichen. Hastig hatte sie dessen Nummer notiert, bevor irgendjemand etwas davon mitbekam.

Alice und Samuel betraten das Zimmer fast auf Zehenspitzen, während Olive in die Runde grüßte und Kamel zur Tür zerrte.

»Na dann, wir sehen uns bald, Chéri«, versprach sie mit einem Blick zu Virgile. Und an Marianne gewandt: »Kommst du heute Abend?«

Die Angesprochene nickte ein wenig verlegen, weil ihre Eltern ungeplant und quasi aus Versehen einen Einblick in die Welt erhielten, die sie mit Virgile teilte und die für sie inzwischen wichtiger war als alles andere.

»Ja, vielleicht. Ich schau mal«, sagte sie ausweichend.

Nachdem Kamel und Olive gegangen waren, herrschte ein paar Sekunden Schweigen, in denen keiner so recht wusste, was er tun sollte, wohin sich setzen, welchen Ton anschlagen. Marianne küsste ihre Mutter auf die Wange und warf Sam ein verschämtes Lächeln zu – *wie nett, dass ihr gekommen seid.* Sie stellte sich ans Fenster, die Hände hinter dem Rücken verschränkt.

Samuel zog den Besucherstuhl zu sich heran, während sich Alice an den Bettrand setzte, wo bis eben noch Marianne gesessen hatte. Sie legte die Hand auf Virgiles schmale Finger und sah ihm in die Augen.

»Wie geht es dir?«, fragte sie leise.

Sie sprach mit sanfter, liebevoller Stimme, ohne jede Herablassung. Virgile empfand echte Zuneigung zu dieser Frau. Es hatte sofort zwischen ihnen geklickt. Eine spontane Vertrautheit war spürbar, die Marianne anfangs sogar ein bisschen peinlich gewesen war.

»Fit wie ein Turnschuh.« Virgile lächelte schwach.

Seine Sonnenbrille war ein Stück verrutscht, und er wirkte durch die ganze Chemie, die Medikamente und Beruhigungsmittel, die man unentwegt in ihn hineinpumpte, sichtlich angegriffen. Dazu kam die Anstrengung, die es ihn gekostet hatte, vor seinen Freunden Normalität zu heucheln, damit er nicht allzu krank wirkte. Marianne wusste, wie erschöpft er war.

Alice holte ein Buch aus der Handtasche, das sie für Virgile mitgebracht hatte, und tippte auf den Umschlag.

»*Traumsammlerin.*« Sie lächelte komplizenhaft. »Ich dachte, es könnte dir guttun, ein bisschen was von Patti Smith zu hören, was meinst du?«

Virgile ließ sich auf das Kopfkissen zurücksinken, machte es sich bequem und kreuzte die Hände über der Brust. Er seufzte vor Behagen.

»Unbedingt, Alice. Besser geht's nicht.«

Alice blätterte in ihrem Buch, bis sie die Seite fand, die sie durch ein Eselsohr markiert hatte. Sie setzte ihre Lesebrille auf und fing an. Zuerst sprach sie etwas zu schnell, und ihre Stimme klang ein wenig hölzern, sie versprach sich öfter und atmete gegen den Rhythmus. Nicht immer betonte sie die richtige Silbe, und dann war es, als blieben die Wörter neben der Stimme liegen, statt mit ihr zu verschmelzen. Doch nach und nach wurde ihr Vortrag flüssiger, sie fand den Rhythmus, die Intonation, den Atem und schlüpfte in die Sätze hinein wie in ein altvertrautes Kleid. Und so entstand durch ihre Stimme eine ganze Welt von Empfindungen, Gerüchen, Erinnerungen und Gefühlen, die sich vor ihnen ausbreitete und, so lange die Lektüre andauerte, ihre Wirklichkeit war.

Virgile ließ sich von Alice' Stimme einlullen und wurde mit Hilfe der Medikamente bald weit davongetragen, in andere Dimensionen. Er wandelte auf den Pfaden eines Traums ... Über ihm hängt ein verbeulter Vollmond. Er befindet sich irgendwo auf dem Land. Erkennt an ihrem Geruch Eukalyptusbäume, Lavendelsträucher, Trockenmauern. Er betritt ein überfülltes Gasthaus, in dem ein Tanzabend stattfindet. Im Innenhof hat jemand Girlanden aus bunten Glühlampen aufgehängt und ein Büfett mit Grillwürstchen, Fleischspießen und belegten Brötchen aufgebaut. Die Gäste trinken Wein und Limonade aus Plastikbechern, sie amüsieren sich gut, unterhalten sich, tanzen paarweise oder allein. Die Frauen tragen leichte Kleider und flache Sandalen, sie sind sonnengebräunt und haben helles, von Sonne und Salz gebleichtes Haar. Dazwischen stehen ältere Gäste in Flipflops und ärmellosen T-Shirts und Jugendliche im Surferdress oder mit nacktem Oberkörper. Inmitten des Gedränges spielt Patti Smith auf ihrer Gitarre einen Song. Manchmal unterbricht sie sich, um ein Gedicht zu rezitieren. Und bei einem dieser

Gedichte zwinkert sie Virgile zu und flüstert ein paar Worte: *Don't worry my friend you'll be ok.*

Doch wie es im Traum manchmal passiert, ist sie kurz darauf verschwunden, hat sich in Luft aufgelöst. Virgile sieht sich nach Marianne um, aber er kann sie nicht gleich entdecken und wird panisch, er ruft immer wieder nach ihr, *wo bist du, Marianne, wo bist du, verflucht, lass mich nicht allein*, und als er sie endlich findet, steht sie am Büfett und ist dabei, sich einen Stapel Hühnerspieße einzuverleiben, die sie mit fettglänzender Mayonnaise übergießt. Sie schlingt das Fleisch mit phänomenaler Geschwindigkeit in sich hinein, zu ihren Füßen liegen die Holzstäbchen übereinander, und ihr T-Shirt ist mit Fettflecken übersät. Virgile ist fassungslos, denn das alles passt überhaupt nicht zu ihr. Er erkennt sie nicht wieder.

Und dann plötzlich: nichts mehr.

Alice' Stimme ist erstorben. Der Sommer ist verflogen. Um Virgile herum existieren nur noch ein kalter Wind und nackte Bäume, eine alte Eule mit ihrem Schuhu, ein paar entkräftete Grillen. Jemand hat das Licht gelöscht und die Musik ausgeschaltet, das Büfett ist abgeräumt. Auf dem Fußboden liegen leere, zerdrückte Plastikbecher und Dosen, die der Wind hin und her fegt. Und all die fröhlichen Gäste – auch sie verschwunden.

Sie standen zu dritt auf dem Vorplatz der Klinik. Marianne, Alice und Samuel. Da sie nicht recht wussten, wie sie auseinandergehen oder die rechten Worte finden sollten, blieben sie noch eine Zeit lang stumm beieinander stehen. Alice wühlte angestrengt in ihrer übervollen Handtasche und zog ein platt gedrücktes Päckchen Zigaretten hervor. Sie zündete sich eine an, runzelte die Stirn und wedelte mit der Hand den Rauch von sich weg.

»Was meinen denn die Ärzte?«

»Dass man im Moment noch nicht viel sagen kann. Dass es mit der Behandlung gut vorangeht«, erwiderte Marianne mit gepresster Stimme.

Schweigen. Erneute Beklommenheit. Samuel hüstelte in die geschlossene Faust und stellte ein Bein vors andere. Alice behielt die Zigarette zwischen den Lippen, ohne daran zu ziehen. Der Rauch stieg ihr ins Gesicht, und sie kniff die Augen zusammen.

»Und du? Wie geht es dir?«

Marianne hob die Schultern.

»Geht so«, erwiderte sie. »Ich wünsche mir nur, dass er bald hier herauskommt. Dass wir unser Leben weiterleben können, da, wo wir aufgehört haben.«

»Ich weiß«, sagte Alice und drückte ihre Zigarette mit der Schuhspitze aus. Sie legte die Hand ganz leicht an die Wange ihrer Tochter, so zart, dass sie sie kaum berührte. »Er wird nach Hause kommen, Liebes. Du musst nur Geduld haben.«

Marianne sah ihren Eltern hinterher, die sich Hand in Hand entfernten, und dieses Bild rührte sie. Da ging ein Paar, das sich nach all den Jahren immer noch an der Hand hielt, ein Mann und eine Frau, die sich diese zärtliche, fast kindliche Geste bewahrt hatten. Eines Tages würden die beiden als alt gewordenes Paar immer noch Schritt für Schritt nebeneinander die Straße entlanggehen. Alice mit einem weißen Haarknoten, die grünen Augen vom grauen Star verschleiert, Sam gebeugt und zerbrechlich. Und ihre knochigen, spröden

Hände würden sich immer noch aneinanderklammern, weil sich der Weg gemeinsam leichter bewältigen ließ. Marianne sah, wie sie um die Ecke bogen und verschwanden. Sie fühlte sich auf einmal sehr allein.

Sie ließ das Krankenhaus und Virgile hinter sich, überquerte den Canal Saint-Martin und bog in den Boulevard de Magenta ein. Straßenhändler wollten ihr Waren aufdrängen, die sie nicht brauchte, und sie beschleunigte den Schritt, vergrub die Hände in den Jackentaschen und zog den Kopf ein. Die Stadt glitt wie eine fremde Landschaft an ihr vorüber. Aus dem Augenwinkel sah sie Läden für Mobiltelefone, Goldankäufer, PC-Werkstätten. Menschen, die sich in Straßencafés unterhielten, die sich auf öffentlichen Bänken ausruhten, die Burger mit fettigen Zwiebeln in sich hineinstopften. Ein Obdachloser hatte sich unter dem Dach einer Bushaltestelle einquartiert, ein anderer war mit der Hand in der Hose auf dem Straßenasphalt eingeschlafen, und überall stank es nach Abgasen, Dreck und Ratten. Ein internationales Sprachengewirr und alle möglichen französischen Dialekte drangen an Mariannes Ohr, es wurde gehupt und geschimpft, manchmal auch gelächelt – wie die alte Dame, die sich bei einem jungen Schwarzen bedankte, der ihr über die Straße half. Marianne schwirrte der Kopf, ihr Atem ging stockend, ihre Augen wurden feucht, denn vor ihr erhob sich ein Kinopalast im neoägyptischen Stil – das Louxor mit seiner hinreißenden Art-déco-Fassade, seinen blau-goldenen Mosaiken und seinen Säulen. Davor standen Menschen Schlange für die nächste Vorführung, damit sie im Geist in andere Gefilde reisen, träumen, lachen, weinen konnten. Und wir?, dachte sie, wann werden wir wieder herkommen können? Am liebsten hätte sie die Wartenden angebrüllt, so sehr packte sie die Wut darüber, dass das Leben trotz allem einfach weiterging, ohne Virgile und sie.

Marianne betrat ihre Stammbuchhandlung, um die Bücher zu holen, um die Virgile sie gebeten hatte, und da sie nun schon mal da war, blätterte sie in den Neuerscheinungen und las ein paar Klappentexte. Doch sie legte die Bücher schnell wieder weg, denn im Grunde drang kein Wort wirklich zu ihr durch. Sie war unfähig, etwas aufzunehmen. In der Redaktion nahmen sie darauf Rücksicht und gönnten ihr Erholungstage, an denen Lucie ihre Arbeit übernahm, obwohl deren Zwillinge gerade erst ein paar Wochen alt waren und sie jede Nacht auf Trab hielten.

»Guten Tag«, sagte eine Stimme hinter ihr, als sie gerade den neuesten Roman von Louise Erdrich aus der Hand legte.

Marianne drehte sich um und war einen Moment lang verwirrt. Sie zermarterte sich den Kopf, wer die Person sein könnte, aber sie kam einfach nicht darauf.

»Wir sind uns im Bichat begegnet«, half ihr die Frau auf die Sprünge. »Ich bin Ärztin. Doktor Florence Marchand.«

Marianne nickte erleichtert, *ah ja, richtig*, und Florence fuhr fort:

»Ihr Partner hat mir vor ein paar Wochen eine SMS geschickt, dass er ins Saint-Louis verlegt wurde. Wie geht es ihm? Verträgt er die Behandlung?«

Marianne setzte zu einem Ja an, *ja, es geht ihm gut, trotz der Übelkeit, trotz der Schmerzen, obwohl ihm die Haare und Fingernägel ausfallen und er nachts nicht schlafen kann, ja, doch, er hält sich tapfer*, doch als sie Florence so wohlwollend vor sich stehen sah, ohne ihren weißen Kittel, mit dem teilnahmsvollen Blick eines Menschen, der sich ernsthaft für Virgile interessierte, polterten die Bücher zu Boden, die sie in den Händen hielt, und sie brach in Tränen aus.

Marianne schluckte das Valium mit der aufgeschäumten Milch auf ihrem Cappuccino. Florence hatte ihr die Schachtel zugesteckt, als eine Art Notfallhilfe. Sie saßen im Café Francœur, damit Marianne in aller Ruhe wieder zu Kräften kommen konnte. Florence sah geduldig zu, wie Marianne mit tränenschweren Lidern auf ihr heißes Getränk blies. Sie wollte die junge Frau mit ein paar tröstlichen Sätzen über die gute ärztliche Versorgung in Virgiles Abteilung und seine behandelnden Ärzte aufmuntern, aber Marianne reagierte auf nichts und kaute fahrig an der Innenseite der Wangen.

»Er hat schrecklich abgenommen, finde ich«, bekannte sie endlich. »Und er hat immerzu Schmerzen, obwohl er so viele Morphinpräparate bekommt.«

»Haben Sie mit den Ärzten darüber gesprochen?«

Marianne schüttelte den Kopf.

»Nein, nein, Virgile will das nicht. Er meint, es wird alles gut werden, und er kann bald raus. Und in ein paar Monaten ist alles vergessen, und wir sind rund um die Uhr mit unserem Baby beschäftigt.« Sie führte die Tasse an die Lippen.

»Ihr Baby?«

Marianne wischte das Kakaopulver von der Nase, das dort hängengeblieben war.

»Wir hätten so gern ein Baby. Wir versuchen es schon eine ganze Weile. Aber seit Virgile krank ist, hat sich das bei ihm zu einer regelrechten Obsession entwickelt. Noch schlimmer als vorher. Er redet über nichts anderes mehr.«

Sie verstummte und trank noch einen Schluck ihres Cappuccinos.

»Ich habe den Eindruck, dass er sich irgendwie daran festklammert, damit er durchhält, verstehen Sie?«

»Ja, das verstehe ich.«

Florence wusste sehr gut, wovon Marianne sprach, denn sie hatte selbst zwei Kinder bekommen, um seelisch nicht unterzugehen. Die Mutterschaft hatte ihr das Leben gerettet, im wahrsten Sinne des Wortes.

»Sie sollten nach Hause gehen und sich ein bisschen ausruhen«, legte Florence ihr nahe, nachdem sie ihr Glas Perrier ausgetrunken hatte. »Was Sie durchmachen, ist sehr anstrengend, und Sie brauchen Energie, damit Sie Ihren Partner unterstützen können.«

Sie schrieb ihre Handynummer auf die Rückseite der Rechnung, legte einen Geldschein auf das Zahltellerchen und stand auf.

»Ich muss los, aber bitte halten Sie mich auf dem Laufenden.« Sie legte Marianne kurz die Hand auf die Schulter. »Und wenn Sie irgendetwas brauchen, rufen Sie mich einfach an, ja?«

Florence wohnte im dritten Stockwerk eines stilvollen älteren Gebäudes in der Rue Caulaincourt, und an diesem Tag braute sich, während sie mit Marianne im Café saß, in ihrer Wohnung etwas zusammen, was sie sich in ihren kühnsten Träumen nicht hätte vorstellen können.

Nach ihrem Cafébesuch im Francœur entdeckte sie auf ihrem Handy eine SMS von ihrem Sohn, zwei von ihrem Mann und eine Sprachnachricht von ihrer Tochter, doch statt nach Hause zu gehen, wo man sie offensichtlich erwartete, schlenderte sie noch ein wenig durch die Straßen. Spazierte zur Metrostation Jules Joffrin. Mischte sich unter die Fußgänger.

Ließ sich von dem lebhaften Feierabendtrubel mitziehen. War umgeben von Passanten, die mit eiligen Schritten nach Hause strebten, wurde überholt von Buggys, in denen vor Müdigkeit greinende Kinder in Richtung Bett geschoben wurden, kam an Grüppchen vorbei, die sich vor dem Abendessen auf ein Glas trafen, an Händlern, die sich in ihren Läden zu schaffen machten, an Liebespaaren, die sich an Straßenecken lange küssten, sie auf Zehenspitzen, er mit einer Hand um ihre Taille, in der anderen sein Aktenköfferchen.

Florence kaufte beim Fischhändler ein, *Doradenfilets bio, bitte, und Seeigel-Tarama*, zeigte ihrem reizenden Weinhändler eine Flasche Rosésekt in der Auslage, *eine davon, eisgekühlt, wenn Sie haben?*, und betrat zuletzt noch eine Bäckerei, wo sie eine Auswahl von Törtchen zusammenstellte – Erdbeertartelette, Spekulatiuséclair, Biskuittörtchen und Kokosflan.

Als sie schwer atmend, mit ihren Einkäufen beladen, das dritte Stockwerk erreichte, musste sie lange in ihrer vollen Handtasche kramen, bis sie den Wohnungsschlüssel fand, und als sie ihn gerade ins Schlüsselloch stecken wollte, öffnete sich die Tür wie von Zauberhand von innen, und um die dreißig Clownsgesichter kreischten: »Überraschung!« Der Super-GAU. In Sekundenschnelle brannte sich der verblüffende Anblick in ihre Netzhaut ein: Leute, wohin sie schaute, im Wohnzimmer und in der Küche, mit Sektkelchen oder Wassergläsern in der Hand, Zigaretten rauchend oder in Kirschtomaten oder herzhafte Muffins beißend. Es verschlug ihr buchstäblich den Atem.

Baptiste bahnte sich einen Weg durch die Gäste und küsste sie.

»Alles Gute zum Geburtstag, allerliebste Flo! Du hast wirklich nichts geahnt, oder? Freust du dich?«

Florence stand wie erschlagen in der Tür, benommen von dem Lärm, der aus den Zimmern drang – Korkenknallen, Gläserklirren, Lachsalven –, und schüttelte verdattert den Kopf.

»Nein. Nein, ich habe wirklich nichts geahnt.«

Sie trat über die Schwelle und sah sich um. Die Möbel hatten sie an den Rand gerückt und den Wohnzimmertisch in ein Mezzebüfett verwandelt. Und das alles musste hinterher jemand aufräumen ...

»Ihr hättet doch nicht ... Warum hast du dir nur so viele Umstände gemacht, mein Schatz?«

»Warum? Aber für dich natürlich, Flo, für dich«, antwortete Baptiste enthusiastisch. Und küsste sie gleich noch einmal, diesmal auf den Mundwinkel. Ganz zart, ein Hauch von einem Kuss.

Mit glänzenden Augen stürmten Elena und Nils auf sie zu und strahlten sie an.

»Herzlichen Glückwunsch zum Geburtstag, Mama!«

»Du bist so schön!«

Florence musste einmal tief durchatmen, *danke, ihr Lieben, ihr seid wunderbar.* Nur mit Mühe konnte sie die Gefühle im Zaum halten, die sie angesichts ihrer beiden Kleinen, die zu so hübschen jungen Menschen herangewachsen waren, zu überwältigen drohten. Sie drückte sie fest an sich, auf jeder Seite einen, und zog die Umarmung in die Länge, so gut es ging.

Der Kühlschrank quoll über. Florence versuchte ein wenig Platz zu schaffen, aber alle Regale waren belegt, und so quetschte sie ihre Doradenfilets und das Seeigel-Tarama ganz oben zwischen zwei Flaschen. Die Törtchen vom Bäcker stellte sie auf das Büfett im Wohnzimmer, und dann mischte sie sich unter die Gäste, verteilte Küsschen und freundliche Worte und konnte doch nicht verhindern, dass ihr der ruhige Abend vor Augen stand, den sie miteinander hätten verbringen können, nur zu viert.

Elena unterhielt sich mit Freunden von Baptiste, einem Architektenpaar. Florence beobachtete ihre Tochter eine Weile und sah eine souveräne und sehr intelligente junge Frau, die sich in ihrem Körper und ihren Gedanken wohlzufühlen schien. Mutterstolz. Sie ging zu ihr und hob das Glas.

»Auf deinen Umzug nach London, mein Spatz« *(klirr)*, »und auf deine zukünftigen Erfolge« *(klirr)*.

Elena entging nicht, dass die Wangen ihrer Mutter und auch deren Nasenspitze vor Rührung gerötet waren.

»Oh, du bist so süß, Mama«, sagte sie und schlang die Arme um sie. Leise flüsterte sie ihr ins Ohr: »Ich weiß, Mama ... Ich weiß, das ist nicht leicht für dich.«

Nils gesellte sich mit seinem Sektglas in der Hand zu dem Grüppchen und kniff seiner Schwester im Vorübergehen in die Hüfte. Elena zuckte zusammen und revanchierte sich mit einem Klaps auf seinen Oberarm.

»Verdammt, Nils! Wann wirst du endlich mal erwachsen?«

Er grinste breit und zeigte dabei seine makellose Zahnreihe.

»Wenn ich mir vorstelle, dass du Arzt werden willst, kriege ich es mit der Angst zu tun«, schob Elena lachend nach.

Florence hatte sich auf das Sofa gesetzt, die Flasche Rosésekt klemmte zwischen ihren Knien. In ihrem Sektkelch schwebten winzige Bläschen in Schlangenlinien nach oben. Eine Frau, die sich für ihre Freundin hielt, ließ sich mit ihrem Glas neben sie sinken.

»Und, Flo, was hast du Schönes zu erzählen? Wie ist es so, ein Jahr älter zu sein?«

Doch noch bevor Florence zu einer Antwort ansetzen konnte, fing die Frau an, von sich zu erzählen. Sie klagte so ausgiebig über berufliche Sorgen, ehelichen Verdruss und undankbare Kinder, dass Florence erst gar nicht zu Wort kam und vor lauter Langeweile ihr Glas in einem Zug hinunterkippte. Sie hob den Ellenbogen in die Höhe, um auch noch die letzten Tropfen zu erwischen. Tatiana war nicht gekommen. Seit der Geschichte mit ihrem Hund hatten sie nicht mehr miteinander gesprochen. Ihre einzige echte Freundin, so ein Mist. Baptiste war optimistisch, er meinte, Tatiana würde sich irgendwann wieder einkriegen. Man müsse ihr einfach Zeit lassen.

Die Quasseltante setzte ihren Monolog fort und fixierte dabei die gegenüberliegende Wand. Sie fuchtelte beim Reden wie wild mit den Händen und sah Marianne nicht ein einziges Mal an.

»Das eigentliche Problem ist, dass ich meine Arbeit hasse, verstehst du. Natürlich kannst du nicht wissen, wie das ist, du liebst deinen Beruf.«

Sie tauchte die Lippen in den lauwarmen Sekt und rümpfte die Nase.

»Wie bist du eigentlich zur Medizin gekommen?«, fragte sie und stellte unauffällig den schal gewordenen Sekt auf dem Couchtisch ab.

»Wie ich dazu gekommen bin?«, wiederholte Florence. »Sagen wir mal so ...« Und da sie überhaupt keine Lust hatte, über ihre Ausbildung, ihre Kindheit oder ihre Mutter zu reden, erfand sie eine Story. Die Geschichte von einem Lieblingsonkel, der Arzt war. Von dem Wunsch, Leben zu retten. Etwas Sinnvolles zu tun. Und so weiter.

»Wow, das ist ja irre interessant«, staunte die Frau, offenbar zufrieden. »Irre interessant, das alles.«

Sie schien sich das Hirn zu zermartern, was sie noch sagen könnte, und klatschte schließlich affektiert in die Hände.

»Also ich hole mir jetzt ein Stück Kuchen, willst du auch eins?«

»Danke, im Moment nicht«, entgegnete Florence.

Daraufhin stand die Redselige auf und stöckelte, an ihrem zu kurzen Rock zerrend, auf zu hohen Absätzen quer durch den Raum auf das von Gästen umringte Büfett zu.

Florence drehte das leere Glas zwischen den Händen. Sie erinnerte sich in allen Einzelheiten an den Tag, an dem sie ihrer Mutter mitgeteilt hatte, dass sie sich für das Medizinstudium einschreiben wollte.

In der Nacht hatte sich ein Gewitter über der Stadt entladen. Am Morgen leuchtete der Himmel wie frisch gewaschen, er war hellblau und voller Spatzen, und ins Esszimmer fiel ein Sonnenstrahl, der die schwebenden Staubteilchen zum Funkeln brachte. Im Haus war es still, nur in der Küche tropfte der Wasserhahn. Florence schlang ihr Frühstück eilig hinunter, während Suzanne Marchand im unförmigen Nachthemd, das Haar von der schlaflosen Nacht verfilzt, mit mageren Armen ihre Kaffeetasse hielt, hin und wieder einen kleinen Schluck von dem kochend heißen Getränk schlürfte und danach immer mit der Zunge klackte. Florence nahm all ihren Mut zusammen.

»Mama, ich werde mich an der Medizinischen Fakultät einschreiben«, sagte sie. »In Paris.«

Suzanne Marchand saß reglos über ihre Kaffeetasse gebeugt und trank bedächtig einen Schluck. »Hast du gehört, Mama?«, hakte Florence nach. Angesichts Suzannes Schweigen fühlte sie sich genötigt, hastig hinzuzufügen: »Aber ich komme dich jedes Wochenende besuchen!« Bei diesen Worten breitete sich ein strahlendes, geradezu verzücktes Lächeln auf Suzannes Gesicht aus.

»Das trifft sich wunderbar, mein Kätzchen! Am Wochenende drehen wir nicht! Alle Schauspieler haben frei!«

Florence senkte den Blick und kratzte mit dem Fingernagel an der Tischkante entlang. Sie machte sich große Sorgen um ihre Mutter. War die Information überhaupt bis zu ihrem Gehirn vorgedrungen? Florence hatte so ihre Zweifel.

Doch als sie aufstand und sich ihren Rucksack über die Schulter warf, um ins Gymnasium zu gehen, sagte Suzanne auf einmal in verändertem Ton:

»Du wirst eine gute Ärztin werden, mein Kätzchen. Denn wenigstens weißt du durch mich, wie es ist, krank zu sein.«

Suzanne Marchand leerte ihre halb volle Tasse ins Spülbecken, zündete sich eine Zigarette an – die unvermeidliche Gitanes – und zwinkerte ihrer Tochter verschwörerisch zu.

»Heute Abend werden wir die gute Nachricht feiern«, versprach sie und blies zwei perfekte Rauchringe in die Luft. »Die gute Nachricht von deinem neuen Leben.«

Florence stimmte freudig zu, *ja, gern, lass uns feiern, Mama*, und zog ihre Mutter mit einem Gefühl, als sei eine schwere Last von ihren Schultern gefallen, ein wenig abrupt an sich. Sie küsste sie auf beide Wangen.

»Ich bin spät dran, ich muss los. Bis heute Abend, Mama.«

Vom Fenster aus sah Suzanne zu, wie ihre Tochter auf der Straße immer kleiner wurde, und kaute dabei am Filter ihrer Gitanes. *Auf Wiedersehen, mein Kätzchen. Bis später.* Sie warf ihre Kippe auf den Küchenboden und wischte sich mit dem Handrücken eine heimliche Träne von der Wange.

Den ganzen Vormittag über probierte Suzanne Marchand ihre schönsten Kleider an, eines nach dem anderen, und schminkte sich wie für einen Ball – schimmerndes Make-up, Gesichtspuder, Eyeliner und roter Lippenstift. Dann lackierte sie sorgfältig ihre Fingernägel. Anschließend schlenderte sie eine Weile durch die Straßen von Milly-la-Forêt und verweilte vor allen Orten, die ihr lieb und teuer waren – dem Darégal-Gebäude, wo Tiefkühlkräuter abgepackt wurden, ihrer Apotheke, dem Wohnhaus von Jean Cocteau. Sie machte auch einen Abstecher in den Supermarkt, wo sie eine Rolle Heftpflaster und ein Paar hübsche lavendelblaue Socken mitgehen ließ.

Florence kaufte auf dem Rückweg von der Schule eine Flasche Chablis, gefüllte Kalbsschnitzel und zwei Stück Zitronentarte. Sie wusste, dass sie ihrer Mutter damit eine Freude machte, es war ihr erklärtes Lieblingsessen.

»Mama, bist du da?«, rief sie auf der Schwelle zur Wohnung. »Schau mal, was ich mitgebracht habe!«

Alles blieb still. Florence stieg in den zweiten Stock hoch und rief aufs Neue, *Mama?, Mama, bist du da?*, aber es kam keine Antwort. Und die Tür zum Schlafzimmer war geschlossen. Florence klopfte zweimal leise an und drehte dann den Türknauf. Die lavendelblauen, mit duftiger weißer Spitze besetzten Söckchen hingen in der Luft. Darüber: der Körper von Suzanne Marchand. Er pendelte leicht hin und her, die Arme hingen schlaff herab. Der Hals steckte in der Schlinge eines Hanfseils, das sie im Bricomarché geklaut hatte. Ihre Augenlider waren mit Pflaster zugeklebt – um dem Anblick etwas von seinem Schrecken zu nehmen, vermutlich –, und zu ihren Füßen sah Florence eine Bibel und eine bis zum Rand gefüllte Tasse Kaffee. Als hätte ihre Mutter keine Zeit mehr gehabt, sie zu trinken. Als wäre es plötzlich dringlich geworden, allem ein Ende zu setzen.

Später fand Florence einen mit violetter Tinte geschriebenen Brief, in dem Suzanne sie um Verzeihung bat. Sie habe es ja versucht, schrieb sie, aber …, und sie entschuldigte sich, ihr keine bessere Mutter gewesen zu sein. Sie sei sehr stolz auf sie, wegen des Medizinstudiums. Und sie verlasse sich darauf, dass sie einen Ehemann finden würde, der sie *wie eine Mutter, ein Vater und ein Geliebter zusammengenommen* lieben würde. Das war alles. Ein paar läppische Sätze zum Abschied, ein gähnendes Loch, ein Abgrund. Florence war, als würde ihr das Herz bei lebendigem Leib herausgerissen. Ein paar Zeilen, unterschrieben mit *Giulia Antonelli, deine Mama, die dich liebhat.*

Als Florence versuchte, Suzanne zu reanimieren, klopfte ihr Herz so stark, dass sie einen Moment lang glaubte, sie höre das Herz ihrer Mutter, das wieder schlug. Aber es war zu spät. Sie spürte keinen Puls mehr. Danach hatte Florence das Bewusstsein verloren.

Später fand sie sich, ohne zu wissen, wie es dazu gekommen war, im Garten im hohen Gras wieder. Es war dunkel geworden, und sie lag allein unter dem hohen bestirnten Himmel, umgeben von wucherndem Farnkraut, welkem Efeu, verschlungenen Brombeerranken. Der ungepflegte Rosenstrauch lächelte ihr zu. Suzannes Mimosen waren schon ganz vertrocknet. Keine Hand wird je wieder diesen Garten gestalten, dachte sie. Keine Hand wird je wieder säen, gießen, pflegen, Unkraut rupfen. Und doch würde das Leben weitergehen. So musste es sein. Das wusste sie.

Florence stemmte sich mit schwerem Kopf vom Sofa hoch, matt wie nach einer schlaflosen Nacht. Sie griff sich an den Hals und spürte, wie die roten Flecken auf ihrer Haut pulsierten. Das passierte ihr häufig, wenn sie Sekt trank. Sie verzog sich ins Badezimmer und schluckte, über das Waschbecken gebeugt, mit etwas Leitungswasser eine Zyrtec, ihr gewohntes Antihistaminikum. Als sie sich aufrichtete, begegnete sie ihrem Spiegelbild und zog mit den flachen Händen die Haut rechts und links an den Schläfen nach hinten, sodass Stirn, Wangen und Lider sich strafften. Du meine Güte, dachte sie, ich werde alt. Ich fühle mich wie hundert.

Sie seufzte. Einmal schnell mit dem Abdeckstift über die Schatten unter den Augen und dann zurück zu Baptiste ins Wohnzimmer, der gerade ins Gespräch mit seinem Urologenfreund Jacques de Valois vertieft war. Die beiden schienen sich köstlich zu amüsieren.

»Weißt du, was Jacquot neulich passiert ist?«, prustete Baptiste, während er Florence mit leicht glasigem Blick die Hand auf die Schulter legte.

Sie schüttelte den Kopf und nahm sich ein Stück Kuchen vom Büfett. Es war nach Mitternacht. Ihre Schuhsohlen klebten am Boden. Überall im Raum verteilt standen leere Flaschen und überquellende Aschenbecher, und die Gäste zogen allmählich ihre Jacken an, *vielen Dank auch für alles, es war super*, ein letzter Blick im Hinausgehen auf das Chaos in den Räumen, und weg waren sie. *Und noch mal alles Gute zum Geburtstag, Flo.* Vom Treppenhaus klang ab und zu Gelächter herauf, Schritte entfernten sich, manche hörbar schwerfällig und stockend, und dann fiel die Wohnungstür ins Schloss.

Als alle gegangen waren, riss Florence die Fenster sperrangelweit auf. Sie stützte sich auf das Geländer und sog die frische Luft in die Lungen. Die Nacht war sternenklar. Die Blätter der Kastanienbäume bewegten sich leicht im Wind, ihre Kinder und ihr Mann unterhielten sich in der Küche. Die Wohnung war wieder zur Ruhe gekommen – endlich.

Der Himmel flirrte in einem silbrig glänzenden Grau. Vor Marianne, die auf der Avenue de Choisy unterwegs war, ragte ein Ensemble hoher perlgrauer Wohntürme in die Höhe. Sie befand sich im Herzen des chinesischen Viertels, im 18. Pariser Arrondissement, wo sich Restaurants, Asiamärkte und Verkaufsstände aneinanderreihten, an denen man exotisches Obst wie Mangostane, Jack- oder Drachenfrüchte kaufen konnte und alle Gemüsesorten fand, die in den Imbissbuden des Viertels verarbeitet wurden – Pak Choi, Daikon-Rettiche, Shiitakepilze oder chinesischen Schnittlauch.

Marianne warf einen prüfenden Blick auf die Visitenkarte in ihrer Hand.

»Du wirst sehen, der Typ wirkt Wunder, bitte geh zu ihm, mir zuliebe!«, hatte Olive sie gedrängt und ihr die Adresse eines nahezu hundertjährigen chinesischen Schamanen in die Hand gedrückt, der angeblich besondere Talente besaß.

Marianne hatte zunächst gezögert und sich gefragt, ob die Sache seriös war, aber da die Ärzte Virgiles Schmerzen immer noch nicht wirksam bekämpfen konnten, hatte sie den Sprung ins kalte Wasser gewagt.

Der Schamane wohnte in der einundzwanzigsten Etage eines der Wohnsilos, und wer zu ihm wollte, musste durch einen langen schnurgeraden Gang laufen, in dem es nach kaltem Rauch und Kakerlakenspray stank, bis man am hinteren Ende ankam, wo die Deckenleuchte nur noch an einem dünnen Kabel hing. Marianne blieb unschlüssig vor der geschlossenen Wohnungstür stehen, doch dann gab sie sich einen Ruck und klingelte. Einmal. Nichts. Ein zweites Mal. Etwas klirrte, vielleicht Geschirr, dann hörte sie das langsame Scharren von Füßen, die über den Boden schlurften.

Der Mann, der ihr öffnete, maß höchstens einen Meter sechzig. Er hatte ein zerfurchtes Gesicht, seine wenigen weißen Haarsträhnen waren streng nach hinten gekämmt. Er trug eine blaue Leinenweste im Mao-Look, eine dazu passende Hose und Holzschuhe. Auf seiner Wange prangte ein schwarzes Muttermal, aus dem ein paar dünne weiße Härchen sprossen. Er reichte Marianne eine dürre Hand und blickte ihr tief in die Augen.

»Ich komme von Olive«, erklärte Marianne hastig. Sie war beunruhigt: Konnte der alte Schamane ihre Gedanken lesen?

»Ich bin im Bilde«, näselte der Chinese zu Mariannes Überraschung und deutete mit ausgestrecktem Zeigefinger auf einen kleinen Raum zu ihrer Linken. »Setzen Sie sich. Dahin. Ich komme gleich.« Er schien seine Worte herauszukatapultieren. Marianne hatte auf einmal ein ungutes Gefühl. Was hatte sie in dieser höchst merkwürdigen Praxis eigentlich verloren? Dennoch setzte sie sich gehorsam in den kleinen Raum, durch den der würzige Geruch von Tigerbalsam und chinesischer Küche zog, und übte sich in Geduld. An der Zimmerdecke klebten Myriaden toter Fliegen und zerdrückter Mücken. Sie war noch ganz in deren Anblick versunken, als der alte Schamane zurückkam und ihr mit zittrigen Händen ein Schälchen mit einer grünlichen Flüssigkeit servierte, das auf der Untertasse klirrte.

»Nehmen Sie. So. Zum Warten.«

Marianne schob die Hand unter die Untertasse und stellte den Tee misstrauisch auf den Knien ab. Sie hatte die Nase gestrichen voll.

»Das ist Tee«, erklärte der Schamane, und Marianne brach in hysterisches Gekicher aus.

»Das weiß ich«, japste sie. »Das weiß ich doch.«

Um vor dem alten Schamanen nicht ganz das Gesicht zu verlieren, trank sie ein paar Schlucke und konnte nicht umhin, sich zu fragen, ob sie gerade dabei war, sich zu vergiften.

Marianne verließ die Praxis mit einem Fläschchen, das ein gelbes Pulver enthielt, welches Virgile *in einem Getränk seiner Wahl auflösen* sollte, und einem Kräutersäckchen für Absude. Gut. Was hatten sie schon zu verlieren. Immerhin war sie um eine Erfahrung reicher. Bevor sie den Heimweg antrat, setzte sie sich in eines der zahllosen Imbisslokale am Straßenrand. Der Kellner brachte ihr eine heiße Suppe mit Crevettenravioli, gebratenes Rindfleisch mit Gemüse, eine Schale Parfümreis und dazu einen unglaublich süßen Litschisaft. Sie hatte selten einen solchen Bärenhunger verspürt. Es war, als habe ihr Körper einen langen kräftezehrenden Weg durch ein großes, leeres Nichts hinter sich. Sie schlang die kleinen Portionen heißhungrig in sich hinein. An ihren Fingern klebten süßsaure Soße und Sojasoße. Alles schmeckte unglaublich gut. Die Pfefferkörner knackten zwischen ihren Zähnen, und ihre Geschmacksknospen erblühten unter den kombinierten Aromen von Ingwer, Knoblauch, zerstoßenem Piment und karamellisiertem Fleisch. Sie hätte Virgile gern eine Nachricht geschickt – *hierher gehen wir, sobald du wieder draußen bist, es wird dir total gut gefallen!* –, aber eine abergläubische Scheu hielt sie davon ab. Stattdessen nahm sie das Fläschchen, das sich in ihrer Handtasche befand, und streute eine Messerspitze gelbes Pulver in ihren Litschisaft, nur so, zum Spaß.

Florence kostete von dem Wein und nickte zustimmend.

»Er ist sehr gut, vielen Dank.«

Der Kellner füllte schwungvoll und souverän Tatianas Glas, hob mit einer eleganten Bewegung den Flaschenhals und senkte ihn auf Florence' Glas.

»Zum Wohl, meine Damen.«

Die beiden Frauen hoben ihre Gläser und sahen sich in die Augen.

»Auf dich, auf uns.«

Florence wusste, dass Tatiana es vulgär fand, beim Trinken anzustoßen, deshalb vermied sie es in ihrer Gegenwart, selbst wenn das ihrer Meinung nach dem Zuprosten etwas von seiner Fröhlichkeit nahm. Aber gut, Tatiana hatte sehr festgefügte Meinungen. Charaktersache, nicht zu ändern. Und am wichtigsten war ja, dass sie sich überhaupt wieder trafen.

»Der Wein ist phantastisch, er wird dir schmecken«, sagte Florence, die das Café an der Place des Abbesses wegen der vielen schönen Erinnerungen ausgesucht hatte.

Es war ihr erstes Wiedersehen seit Yves-Claudes Tod. In letzter Zeit hatte es kaum Berührungspunkte gegeben, nicht einmal in der Klinik. Florence hatte nach einer Gelegenheit für ein Gespräch gesucht, aber es war immer dasselbe: Tatiana war überlastet, Tatiana hatte einen Notfall in ihrer Abteilung, Tatiana tat alles, um ihr aus dem Weg zu gehen. Und selbst als sie Yves-Claudes Asche abholte, hatte sie kein Wort zu Florence gesagt. Nichts. Sie hatte die kleine Urne wortlos in ihre Tasche gestellt, und das Klacken ihrer Pumps war auf dem Flur verhallt – ja, Tatiana operierte ihre Patienten tatsächlich auf High Heels, welch ein Wahnsinn. Man hörte noch *Tatiana? Tatiana, wohin gehst du?*, aber da klapperte die Freundin bereits mit Tränen in den Augen die Feuerleiter hinunter und strebte zum Parkplatz, wo sie sich in ihrem alten klapprigen Jeep einschloss. Dort stieß sie, den Kopf auf das Lenkrad gelegt, ein lang anhaltendes Schluchzen aus, ein raues animalisches Heulen, das mehrere Minuten dauerte. Und dann hörte sie abrupt damit auf.

Sie schob mit zittriger Hand die auf dem Beifahrersitz herumliegenden CD-Hüllen hin und her, bis sie auf Schubert-Lieder stieß, und als die CD im Player lag, drehte sie die Lautstärke voll auf, zog ihre Pumps aus und preschte auf die Stadtautobahn. *Auf dem Wasser zu singen* hieß das Stück, das sie hörte, und genau dahin träumte sie sich, aufs Wasser, in ihrem Jeep, der sich mit Spitzengeschwindigkeit durch die Wellen fräste, auf ferne Horizonte zu.

Die Schnellstraße war leer, der volle Bariton von Dietrich Fischer-Dieskau ließ die Sitze erbeben und brachte die Fenster zum Erzittern, und mehr als einmal schloss Tatiana kurz die Augen. Für ein, zwei Sekunden. Noch nie im Leben hatte sie sich so einsam gefühlt.

Sie jagte mit durchgedrücktem Gasfuß so unbeirrt über die Autobahn, dass sie nur vier Stunden später vor ihrem Elternhaus hielt, das nur einen Katzensprung von Perros-Guirec entfernt stand. Sie ließ die Schuhe im Jeep und tappte mit bloßen Füßen in den verwilderten Garten, den Blick suchend auf den Boden geheftet, als habe sie etwas verloren. Auf diese

Weise drehte sie mehrere Runden durch den Garten, bis sie schließlich vor einem knorrigen Pflaumenbaum stehen blieb, dessen Äste sich wie Hexenfinger krümmten. Am Fuß dieses Baums, den ihr Großvater Jahrzehnte zuvor gepflanzt hatte, verstreute sie die Asche von Yves-Claude. *Ruhe in Frieden, mein Freund*, murmelte sie leise und bekreuzigte sich feierlich. Sie legte einen Kieselstein auf die Erde, um die Stelle zu kennzeichnen, und küsste den feuchten Boden, der einen lehmigen Geschmack auf ihren Lippen hinterließ. Dann setzte sie sich ins Auto und fuhr den ganzen Weg zurück, ohne einen Gedanken an ihre Müdigkeit oder das Tempolimit zu verschwenden.

»Stell dir vor, Nils hat sich ein Tattoo stechen lassen!«, stöhnte Florence. »Als ich das gesehen habe … puh! Ein Tattoo, hier oben«, sie deutete auf die Innenseite ihres Oberarms. »Ein großer japanischer Drachenkopf.«

Tatiana zuckte die Achseln und griff nach ihrem Weinglas.

»Was ist das für einer? Nuits-Saint-Georges?«

Florence nickte anerkennend. Beim Wein täuschte sich ihre Freundin selten.

»Ich weiß nicht, ob du dir das vorstellen kannst«, fuhr Florence fort, »aber für mich ist das so, als hätten sie meinen Sohn mit ihren Nadeln beschmutzt. Als ich das gesehen habe, bekam ich Lust, ihn in ein Bad mit ätzendem Waschpulver zu stecken und am nächsten Tag wie neu herauszuholen. Dass es sich nicht mehr rückgängig machen lässt, macht mich ganz verrückt. Ich habe immer die alten Leute vor Augen, die mit ihrer schlaffen Haut, ihren ungepflegten Fingernägeln und faltigen Tattoos im Seniorenheim sitzen, und ehrlich, ich könnte …«

Tatiana hatte keine Kinder. Sie hörte ihrer Freundin zu, aber aufregen konnte sie sich über so etwas nicht.

»War das die wichtige Sache, die du mir erzählen wolltest?«

Florence trank sich mit einem Schluck Wein Mut an.

»Nein, nein. Das ist es nicht.«

Sie hatte sich möglichst ungekünstelt geben und ein Gespräch ankurbeln wollen, das locker dahinfloss. Jede erzählte ganz locker, was so passiert war, blablabla …, aber nun sah es so aus, als redete sie die ganze Zeit um den heißen Brei herum und begrübe ihr Unbehagen unter einer Flut von Geplapper. Tatiana betrachtete sie kühl und schwieg eisern, und so rang sich Florence endlich zu dem Satz durch, den sie zu Hause sorgfältig geprobt hatte.

»Ich möchte dir gern eine Katze schenken, wenn es dir recht ist.«

Da ihre Freundin nicht reagierte, schob sie die Gründe nach:

»Ich weiß ja, dass kein anderer Hund Yves-Claude jemals ersetzen kann. Aber du liebst doch Tiere so sehr. Und eine Katze ist auch praktisch wegen der Mäuse.«

Tatiana warf den Kopf in den Nacken und brach in schallendes Gelächter aus. Ihre Glutaugen blitzten frech – da war sie wieder, die echte Tatiana, das Teufelsweib. Die Tatiana, die Florence im Hörsaal der Medizinischen Fakultät kennengelernt und mit der sie all die Jahre eine fast ungetrübte Freundschaft verbunden hatte. Eine Freundschaft fürs Leben. In unverbrüchlicher Loyalität.

Florence wischte mit dem Daumen den Lippenstift vom Rand ihres Weinglases. In dem angenehmen Bewusstsein, dass es ihr gelungen war, die Atmosphäre zu entfrosten und die Moleküle wieder frei zirkulieren zu lassen, wagte sie ein zaghaftes Lächeln und fuhr fort:

»Die Mäuse sind eine echte Plage, weißt du. Mit Ratten natürlich nicht zu vergleichen, aber trotzdem kein Spaß, glaub mir.«

Tatsächlich hörte Florence seit einiger Zeit – seit ihrer Geburtstagsfeier, um genau zu sein – hinter den Wänden und der Zwischendecke ab und zu kratzende Geräusche. Besonders abends, wenn sie im Bett lag und auf den Schlaf wartete. Sie wurde schier wahnsinnig. Mäuse hinter meinen Wänden, ist das zu fassen? Um sie zu vertreiben, pochte sie heftig gegen die Wände, als wären sie lärmende Nachbarn. Sie hatte alles zugestopft, was nach Löchern und Gängen aussah, und Nudeln, Linsen, Zwieback, Müsli – kurz, alles, was Mäuse so mögen könnten – in hermetisch verschließbare Glasbehälter umgefüllt. Das Schlimmste war, dass die Biester lächerlich wenig brauchten, keine drei Gramm täglich. Das hatte sie in Erfahrung gebracht. Und außerdem pflanzten sie sich in atemberaubender Geschwindigkeit fort, bis zu acht Würfe pro Jahr. Als Florence auf dem Küchenboden schwarze Reiskörnchen fand, die in Wirklichkeit Mäuseköttel waren, rief sie deshalb umgehend einen Kammerjäger an. Der Mann war sehr mitfühlend. Mäuse und Ratten seien in Paris derzeit nicht gerade Mangelware, sagte er am Telefon, und stand gleich am nächsten Tage vor der Tür. Er stellte in allen Winkeln der Wohnung Schächtelchen mit bonbonrosa Paste auf, mit der sich die Nager vergiften sollten.

Florence hatte sich vorgestellt, wie nun überall in den Zwischendecken Mäuse mit nach oben gereckten Beinchen dahinscheiden und verwesen würden, und sie fragte den netten Herrn nach einer eventuellen Geruchsbelästigung. Darüber müsse sie sich keine Sorgen machen, lautete die beruhigende Antwort. Die Mäuse würden das Produkt zu sich nehmen und weglaufen, um *anderswo zu sterben* – genau diese Formulierung hatte er benutzt. Zudem würden sie quasi *verdorren*, es bestünde keinerlei nennenswertes Risiko. Florence hatte ihn verblüfft angestarrt. Er konnte ihr also definitiv zusichern, dass sie mit keinem üblen Geruch zu rechnen hatte? In ihrer Wohnung würde nichts nach Tod riechen? Der Kammerjäger, der mittlerweile etwas gereizt wirkte, erteilte ihr eine höfliche Abfuhr.

»Wissen Sie, Madame, ich übe diesen Beruf seit dreißig Jahren aus. Sie können mir durchaus vertrauen.«

Ein paar Tage später jedoch war Florence in der Küche ein merkwürdig fischiger Geruch in die Nase gestiegen. Zuerst hatte sie geglaubt, er stamme von dem Kabeljaufilet, das sie am Vortag gekocht hatte, aber der Gestank war von Stunde zu Stunde stärker geworden, und schließlich hatte sie unter die Spüle geschaut und dort drei dicke Wollknäuel vorgefunden (sie musste automatisch niesen), die sich als drei Mäusekadaver entpuppten (dreißig Jahre im Beruf, haha). Sie hatte den Kerl in Gedanken verflucht, dann – was blieb ihr auch anderes übrig – ein Paar Gummihandschuhe übergezogen und den Handfeger geholt. Sie hatte die kleinen schlaffen Dinger in eine Plastiktüte geschüttelt, war zum Abfallcontainer gegangen, hatte sie mit einem spitzen Schrei hineingeworfen und den Deckel zugeknallt.

Die Mäusegeschichte löste bei Tatiana gewaltige Heiterkeit aus, ihr liefen die Tränen über die Wangen.

»Wenn man deinen Sauberkeitsfimmel kennt, ist das wirklich krass! O nein, es ist unglaublich ... Ich hoffe, du bist sie wenigstens für immer los!«

Sie wischte sich die Kajalspuren von den Augenlidern und akzeptierte den Vorschlag mit der Katze.

»Na gut, warum auch nicht.«

Florence' Handy vibrierte, und sie warf einen kurzen Blick darauf. Ihre Lippen verzogen sich zu einem Lächeln.

»Entschuldige, es dauert nur zwei Sekunden«, sagte sie, während sie eine Antwort tippte. »Ein Patient«, erläuterte sie. »Das heißt, nicht direkt einer meiner Patienten. Aber wir sind uns sympathisch und sind in Kontakt geblieben.«

Gleich darauf vibrierte ihr Telefon noch einmal. Mehrere fröhliche Smileys erschienen.

»Er wird morgen entlassen«, erklärte sie. »Er war wegen eines Lymphoms im Saint-Louis. Eine üble Sache.«

Tatiana lauschte aufmerksam.

»Ich habe vor einiger Zeit seine Freundin getroffen, sie wohnen in meiner Ecke der Stadt. Wir haben spontan einen Kaffee zusammen getrunken.«

»Ah, ja? Und?«

»Nichts und. Das war alles. Wir haben uns unterhalten, ich habe ihr zur Entspannung eine Schachtel Valium gegeben, und jetzt halten sie mich auf dem Laufenden.«

Tatiana gluckste und ließ sich gegen die Rückenlehne ihres Stuhls sinken.

»Was?«, fragte Florence.

»Nichts, nichts.«

»Doch, sag, was ist? Warum lachst du?«

»Na ja, weil …« Tatiana beugte sich vor, bis ihre Brust an die Tischkante stieß, und lächelte schelmisch. »Weil du wieder mal deine Nase in alles stecken musst. Du willst dauernd die ganze Welt retten.«

Florence kannte Tatiana gut genug, um zu wissen, dass sie zu Neid und Eifersucht neigte, aber die Bemerkung verletzte sie dennoch. Auch wenn etwas Wahres daran war. Sie wollte anderen Menschen wirklich unentwegt helfen, selbst wenn sie nicht darum gebeten wurde. Aus Mitgefühl, denn das war zweifellos eine ihrer besten Eigenschaften, aber auch, um im Gegenzug Anerkennung und Liebe zu bekommen. Um sich lebendig zu fühlen, ganz einfach.

Tatiana bestand darauf, die Rechnung zu bezahlen, *doch, das passt so, heute bin ich dran*, und als die beiden Frauen vor dem Café auf dem Gehweg standen, machte Tatiana ein verlegenes Gesicht, weil sie Florence so schroff abgekanzelt hatte.

»Sei mir nicht böse, okay, ich habe das nur so dahingesagt. Du bist für mich die Allergrößte, das weißt du doch, Flo?«

Sie suchte ihren Blick – »Das weißt du, oder, Flo?« – und drückte ihr ohne Vorwarnung einen Kuss auf die Lippen. Florence riss verblüfft die Augen auf. Wusste nicht, wie darauf reagieren, wohin den Blick lenken, was mit den Armen anstellen. »Zieh nicht so ein Gesicht«, sagte Tatiana mit einem Anflug von Spott, »nicht gleich alles überbewerten.« Sie holte ihre Packung Nicorette aus der Tasche und steckte zwei Lutschtabletten in den Mund.

»Und mach dir keinen Kopf wegen Nils. Heutzutage sind doch praktisch alle Leute tätowiert. Dadurch wird dein Sohnemann noch lange nicht zu einem Bad Guy.«

»Dieser Typ ist ein Magier«, sagte Virgile auf der Schwelle zur Wohnung. »Ein echter Magier.«

Er zog seine rote Wollmütze vom Kopf, legte sie auf das Wandbord beim Eingang und sah sich um. Marianne hatte Blumensträuße verteilt, das Parkett gewachst, Glasscheiben und Schränke abgewischt und den Kühlschrank mit lauter guten Sachen gefüllt. Das Zimmer roch nach Sauberkeit und Sonne, die lindgrünen Bettbezüge waren straff gespannt, und auf dem Nachttisch stapelten sich die literarischen Neuerscheinungen.

Marianne sah zu, wie Virgile durch die Wohnung schlenderte und wie ein Gast hier und da interessiert stehen blieb. Er stellte sich ans Fenster und konnte freudig konstatieren, dass sich in seiner Abwesenheit nichts verändert hatte. Alles war noch an seinem Platz – die Zinkdächer, die Schornsteine aus rotem Backstein, die Kräne in der Ferne, die Höhenzüge der Île-de-France. Er drehte den Wasserhahn auf und füllte ein Glas, in das er eine Prise Schamanenpulver streute. Er schwenkte das Glas, damit sich das Pulver verteilte, und trank es in einem Zug aus.

»Es klingt verrückt, aber seit ich dieses Zeug nehme, sind meine Schmerzen wie weggeblasen. Praktisch über Nacht. Wann bringst du mich zu diesem Typen?«

»Hör auf, Virgile, ich habe es dir schon x-mal gesagt: Ja, du wirst ihn kennenlernen. Wir warten nur, bis du ein bisschen fitter bist.«

Das war typisch für ihn. Von allem, was von der Norm abwich, wurde er angezogen wie ein Metallspan von einem Magneten. Virgile krempelte den Ärmel seines T-Shirts hoch und spannte den Bizeps an. Marianne musste ihn befühlen.

»Siehst du, ich bin super in Form!«

Sie verdrehte die Augen zum Himmel, *okay, gut, du hast gewonnen*, und legte die Arme um ihn. Schmiegte sich an ihn. Doch statt Virgiles warmem Atem spürte sie einen Eishauch an ihrem Nacken, der ihr bis ins Herz wehte: Oh, nein, wie mager er geworden war!

Virgile glitt in seinen Alltag zurück, als wäre nichts geschehen. Er sprach nie über die Krankheit, die Klinik, seine Müdigkeit oder irgendein Thema, das in diese Richtung ging. Er hatte beschlossen, das alles zu vergessen. Nach vorne zu schauen. Das Leben und die Liebe zu feiern. Aus diesem Grund kochte er hingebungsvoll für Marianne, schenkte ihr Blumen oder Topfpflanzen, legte die Termine für ihren nächsten Strandurlaub fest (Griechenland? Oder doch lieber Portugal?) und kaufte fast täglich Babykleidung. Als Marianne zum ersten Mal die Tüte mit den Strampelanzügen, den Minisöckchen und der Daunenjacke in Puppenformat gesehen hatte, war sie aus der Haut gefahren.

»Was soll denn das, Virgile? Ich bin noch nicht mal schwanger!«

»Ja, das ist mir bekannt. Na und?«

»So etwas kann Unglück bringen.«

Davon war Marianne ehrlich überzeugt. So etwas durfte man nicht tun. Es war keine gute Idee. Virgile hatte losgelacht, *wo schnappst du denn solche Ideen auf?*, die Babykleider in aller Ruhe ausgepackt und dabei sorgfältig alle Etiketten herausgeschnitten. Und das, obwohl er seit seiner Chemotherapie nicht eine einzige Erektion gehabt hatte.

Virgile unternahm jeden Tag lange Spaziergänge durch ihr Viertel. Das sei gut für den Genesungsprozess, hatte man ihm geraten, und so lief er durch die Straßen, so lange er konnte, manchmal über mehrere Stunden, wenn auch mit regelmäßigen Pausen, denn ihm gingen schnell die Kräfte aus. Dann stellte er sich vor eine Bäckerei und sog den Duft von frischen Croissants und knusprigem Brot ein, bis er sich, seinem eigenen Rhythmus folgend, weiter durch die Gassen von Montmartre treiben ließ, sich absichtlich in ihnen verlief. Manchmal lehnte er sich an eine Toreinfahrt und hörte dem Gespräch zu, das im Innenhof hinter seinem Rücken geführt wurde. Dann setzte er seinen Weg fort, begegnete Touristen, die die Nase in ihre Reiseführer steckten, alten Leuten, die ihren Hund ausführten, und jungen Müttern mit ihren Babys. Auf dem Rückweg vom Hügel blieb er gelegentlich vor einer Buchhandlung stehen, in der die Neuerscheinungen auslagen, und ließ die Gedanken schweifen. Lesen strengte ihn immer noch an, und er schlief oft nach wenigen Seiten ein. Der Anblick der Bücher deprimierte ihn ein wenig, und deshalb betrat er die Buchhandlung nicht, aber er wollte gar nicht erst in Selbstmitleid verfallen und zwang sich zum Weitergehen. Er achtete darauf, seine Umgebung bewusst wahrzunehmen. Jede Sekunde, jede Einzelheit zählte. Seine Sinne nahmen alle Eindrücke mit gesteigerter Intensität auf – den Obstverkäufer, der aus Mandarinen gekonnt eine Pyramide baute, die Bettlerin, die den Passanten einen guten Tag wünschte, den Metzger, der sich die Finger an seiner blutbefleckten Schürze abwischte, die verkrüppelten Tauben, die Kastanien, die schon die ersten Blätter abwarfen, den Schwall verbrauchter Luft, der aus dem Eingang der Metrostation auf die Straße drang.

Auf einem seiner Spaziergänge begegnete er auf der Rue Caulaincourt der Ärztin Florence Marchand, die ihm schnellen Schrittes mit einem Arm voller roter Pfingstrosen entgegenkam. Sie war in Gedanken und bemerkte ihn nicht gleich.

»Was für ein Strauß!«, rief Virgile. »Wunderschön, Ihre Pfingstrosen!«

»Ja, so was!«, erwiderte Florence überrascht. »Wie geht es Ihnen? Ist nach Ihrer Entlassung aus dem Saint-Louis alles gut verlaufen?«

Virgile setzte ein strahlendes Lächeln auf.

»Top! Wirklich super. Ich wollte ja noch bei Ihnen vorbeikommen und mir ein paar Gedanken machen, was auf Ihrem Balkon wachsen könnte. Nächste Woche vielleicht?«

Ohne ihre Antwort abzuwarten, nahm er einen der Blütenbälle zärtlich in die Hand und vergrub die Nase darin. Waren die Päonien nicht nach dem griechischen Heilgott Paion benannt, dem Gott der Ärzte? Sein Blick verschleierte sich, aus seinen Wangen wich die Farbe.

»Ist etwas mit Ihnen?«, fragte Florence. »Geht es Ihnen nicht gut?«

»Der Geruch der Päonien«, sagte Virgile und tippte sich auf die Nase, »das passiert mir häufig. Aber alles in Ordnung, machen Sie sich keine Sorgen. Wollen wir uns dann auf nächste Woche einigen, passt Ihnen das?«

Florence legte sich den Strauß in den anderen Arm und strich sich eine Haarsträhne hinters Ohr.

»Ja, sehr gern, das ist ausgesprochen nett von Ihnen. Dann also bis nächste Woche. Und vergessen Sie nicht, sich auszuruhen, das ist wichtig.«

»Mich ausruhen?«, Virgile lachte. »Aber ich tue doch nichts anderes!«

Virgile hatte sich Mariannes Make-up ausgeliehen, damit er nicht so mitgenommen aussah. Er war es auch, der darauf bestanden hatte hinzugehen, was fast zu einem Streit geführt hatte.

»Ach, komm schon, Marianne! Ich habe mich seit einer Ewigkeit nicht mehr so richtig mit anderen zusammen amüsiert. Soll ich etwa den Rest meines Lebens hier versauern?«

Marianne wusste nicht, was sie darauf antworten sollte.

Sicher, es war wichtig, dass das Leben so normal wie möglich weiterging. Es war wichtig, dass sie wieder ausgingen, Spaß hatten, tanzten und lachten, bis sie sich gierig in die Arme fielen. Und doch löste der Gedanke daran, aus welchem Grund auch immer, in ihr eine Art Widerstreben aus. Im Gegensatz zu Virgile konnte sie nicht so tun, als ob. Als säße kein Wurm im Apfel. Als wäre nichts geschehen. Und seit Virgiles Entlassung aus der Klinik war sie, wie sie selbst zugeben musste, immer ein wenig auf der Hut. Nur nicht zu viel Lärm machen. Nicht zu viel essen, nicht zu viel trinken. Und nicht zu intensiv leben. Es war, als hätte die geringste Enthemmung oder Abweichung von der Alltagsroutine die Macht, alles zu zerstören – als sei ihr privates Universum eine zerbrechliche Eierschale, mit der man ganz behutsam umgehen musste.

Die Party fand irgendwo in Montmartre statt, gar nicht weit von ihrer Wohnung entfernt, aber sie hätten sich in ihren kühnsten Träumen nicht vorstellen können, dass ein solcher Ort wirklich existierte. Das jahrhundertealte zweistöckige Haus war über und über mit Kerzen erleuchtet und mit Möbeln vom Flohmarkt, billigen Kopien alter Meister, künstlichen Blumen und Tierpräparaten (Zebras, Tiger, Hirsche) vollgestopft. Der größte Raum, durch den bei ihrem Eintreffen gerade dumpfe Hardrockbässe wummerten, war in einen Tanzsaal umfunktioniert worden und besaß Terrassentüren, die sich zu einem phantastischen Garten hin öffneten. Von ihm aus hatte man einen freien Blick über die ganze Stadt. An den Bäumen hingen Laternen, im Gras standen Bodenlichter und der ganze Garten duftete nach Feigen, Lindenblüten und Birnen. An der Hausfassade rankten sich wilder Wein und Trichterwinden empor, und hier und da schoben sich unvermutet die leuchtenden Blüten der Stockmalven aus dem Grün.

In einer Ecke des Gartens saß ein Mann am Cembalo. Sein Gesicht war nicht zu sehen, denn er trug zu seinem schwarzledernen Anzug als extravagante Maskierung den Kopf eines Steinbocks. Ein gutes Dutzend Personen hatte sich um ihn geschart und lauschte andächtig. Auch Marianne und Virgile machte der Tierkopf neugierig, und sie gesellten sich dazu.

Währenddessen schoben junge Männer in eleganten Dreiteilern Wägelchen durch die Räume, auf denen sich das Essen türmte. Marianne und Virgile trauten ihren Augen nicht. Da gab es ganze gegrillte Schweine, gebratenes Geflügel, geräucherten Fisch, Pyramiden aus Käse und eine wahre Dessertorgie – gigantische Rum-Savarins, Windbeutelarrangements, Zabaione und Waldfrüchte in randvollen Glasschüsseln, Kübel voller Mousse au Chocolat.

»War doch gut, dass wir gekommen sind, oder?«, grinste Virgile.

»Der helle Wahnsinn«, antwortete Marianne fassungslos. »Wo bin ich denn?«

Virgile betrachtete sie voller Zärtlichkeit.

»Du bist hier«, sagte er und tippte sich auf die Herzgegend. »Du bist hier, meine Schönste.«

Es war ein milder Herbstabend. Die Gäste trugen T-Shirts und leichte Jacken. Virgile war der einzige mit einer Kopfbedeckung und erinnerte mit seiner runden roten Wollmütze und den eingefallenen Wangen mehr denn je an Kapitän Cousteau.

»Ich komme gleich wieder«, sagte Marianne, »wartest du hier auf mich?«

Sie hatte einen Bekannten entdeckt und wollte ihn kurz

begrüßen. Virgile gab ihr einen Kuss aufs Handgelenk, *ja, bis gleich*, und rührte sich nicht von der Stelle, bis eines der Wägelchen an ihm vorbeikam, von dem er sich einen Perlhuhnschenkel und einen Schöpflöffel Mousse au Chocolat nahm. Es schmeckte einfach göttlich. Er holte sich dreimal einen Nachschlag und kippte dazu mehrere Gläser Wodka. Das Dröhnen in seinen Ohren wurde lauter. Der Steinbock am Cembalo war zu Scarlatti übergegangen, und Virgile sah die Noten mit einer solchen Leichtigkeit, einer solchen Anmut durch die Luft tänzeln, dass ihm die Tränen in die Augen stiegen. Er ging ein paar Schritte, um sich zu beruhigen, und atmete tief durch. Es war dunkel geworden. Wie gedämpfte Nachtlichter in Kinderzimmern verbreiteten die Lampions im Garten ihren wohlig sanften Schein.

Virgile holte sich noch einen Wodka und schlängelte sich entspannt durch die Gäste, fing hier einen Gesprächsfetzen auf, stieß dort mit einem Unbekannten an oder erwiderte einfach nur ein freundliches Nicken. Ein leichtes Schwindelgefühl überkam ihn. Die Gegenwart so vieler Menschen berauschte ihn. So viel Leben! Fröhliches, unbeschwertes Leben, Leben, das ohne Bedenken die Zeit verstreichen ließ. Leben, das sich manchmal auch in die falsche Richtung entwickelte, sodass Träume zerrannen und danach das Bedauern einsetzte, dieses *wie gern hätte ich noch dies erlebt, wie gerne wäre ich ein anderer gewesen.* Er hatte endgültig genug davon. Endlich wusste er genau, was wirklich zählte. Man musste an beiden Enden brennen, wie eine Kerze. Mit den Gefühlen als einzigem Kompass. Und vor allem, vor allem musste man jede Sekunde in sich aufsaugen, tief in sich hinein, bis ins Mark.

»Aber da ist ja mein Virgile!«, rief eine Stimme. »Komm her, mein Herz, hier drüben sind wir!«

Olive fuchtelte wie wild mit dem Arm. Sie stand mit Kamel und zwei, drei anderen Personen zusammen, die Virgile nicht kannte.

»Wie geht's dir, schöner Mann?«, fragte Olive, während Virgile seine Küsschenrunde begann.

»Mir geht es großartig. Und ich bin megaglücklich, euch zu sehen.«

»Das sind wir auch, und wie! Du kannst dir nicht vorstellen, wie sehr!«

Olive umarmte ihn herzlich und wisperte ihm ein paar liebevolle Worte ins Ohr.

»Scheiße, du Mistkerl, du hast uns vielleicht einen Schrecken eingejagt!«

Sie ließ ihn überstürzt los, als wollte sie ihre Gefühle in Schach halten, und warf ihm einen unergründlichen Blick zu.

»Sag mal ... Juliette kennst du noch nicht, oder?«

»Nein, ich kenne Juliette noch nicht«, erwiderte Virgile und wandte sich der jungen Frau neben Olive zu. »Aber ich bin hellauf entzückt.«

Er sah der jungen Frau ins Gesicht und schnappte nach Luft. Vor ihm stand die Sängerin, deren Songs er seit Monaten praktisch ununterbrochen hörte, und redete ganz vertraut mit seinen Freunden. Juliette Armanet.

»O nein, ich muss zu viel getrunken haben«, ächzte Virgile und hielt sich an Kamels Schulter fest.

»Ha, ich war mir sicher, dass dich das umhauen würde«, grinste Olive. »Du bist ein solches Sensibelchen, Darling.«

Virgile war zunächst so überwältigt, dass es ihm die Sprache verschlug. Das Grüppchen zog ihn ins Haus zurück, wo die Hardrockhits von Discomusik und Retrobeats abgelöst worden waren. *Los, Virgile, schwing die Hüften.* Er ließ sich nicht lange bitten und legte mit seiner Lieblingssängerin hintereinander mehrere Tänze aufs Parkett – Rock, Slow, Mambo, Charleston, was das Herz begehrte. Mein Gott, es war absolut surreal. Virgile verstand überhaupt nichts mehr. Null. Er ließ die Dinge einfach nur noch auf sich zukommen.

Virgile hatte nicht gemerkt, dass Olive und Kamel schon längere Zeit nicht mehr in seiner Nähe waren. Er suchte sie zwischen den eng gedrängten Paaren auf der Tanzfläche, aber er fand sie nicht. Die Luft war stickig und roch nach Schweiß, überall zuckten Arme und Beine, zum Lächeln verzogene Münder rochen nach Alkohol und Unbekümmertheit. Virgile war dabei, sich mit Hilfe seiner Ellenbogen schubsend und drängelnd einen Weg ins Freie zu bahnen, als sich ein junger Mann, Typ kalifornischer Sonnyboy mit gebräunten Armen und sonnenhellen Haaren, vor ihm aufpflanzte.

»Tanzt du?«

»Äh … kennen wir uns?«, fragte Virgile zurück.

»Noch nicht«, antwortete der Sonnyboy, »aber das lässt sich ändern.«

Und bevor Virgile reagieren konnte, drückte er ihm einen Kuss auf die Lippen und schob die Zunge nach, die immer fordernder kreiste.

Virgile stieß ihn zurück. »Aber sonst geht's dir gut?«

»Ich bin verliebt«, lachte der andere und breitete die Arme aus.

Er zwinkerte Virgile zu und verschwand so schnell, wie er gekommen war, zwischen den Tanzenden. Virgile wischte sich ungehalten die Lippen mit dem Handrücken ab, *der geht ja ganz schön ran*, aber er sah sich trotzdem nach ihm um. Der junge Mann hatte ihn aus dem Gleichgewicht gebracht – seine Zunge schmeckte nach Andy, seinem Ex.

Egal. Er hatte entschieden zu viel Wodka getrunken und musste unbedingt Marianne finden. Um ihn herum drehte sich alles, der Raum schaukelte wie ein Schiff, ein grässlicher Zustand. Und gleichzeitig wusste er – spürte er –, dass das bald alles zu Ende sein würde. Alles würde zum Stillstand kommen. Die Welt würde aufhören, sich zu drehen, die Flüsse aufhören zu fließen, der Mond aufhören, die Menschen zu verspotten. *He, hör auf zu spinnen, Virgile, geh lieber an die frische Luft.* Er schleppte sich mit schwankenden Schritten weiter und musste sich an einer jungen Frau festhalten, deren Arme und Beine im Rhythmus der Musik zuckten. Ihre Armreife klimperten, und sie roch nach Pfirsichshampoo.

»Du hast nicht zufällig Marianne gesehen?«

Das Mädchen lächelte ihn an, ohne ihre rhythmischen Bewegungen zu unterbrechen, und hob die Schultern. Virgile wankte mehr schlecht als recht in Richtung Garten weiter. Kaum unter freiem Himmel, erbrach er alles, was er zu sich genommen hatte – die Perlhuhnschenkel, den Wodka, die Schokolade. Niemand beachtete ihn. Er presste die Hände gegen den Magen und torkelte noch ein paar Meter. Sein Blick verschleierte sich. Am Fuße eines von Parasiten angefressenen Baumes verlor er das Bewusstsein.

Marianne hatte ihn überall gesucht, hier einen Hut gehoben, dort an einem Jackenrevers gezogen, sie hatte an Leuten gezupft und gefragt, ob sie nicht vielleicht eine rote Mütze gesehen hätten – *nein, keine verlorene Mütze, einen Mann mit roter Mütze!* Aber sie erntete jedes Mal bloß ein breites Lächeln, das eine perfekte weiße Zahnreihe entblößte, nein, niemand hatte etwas gesehen, weder Mütze noch Virgile, für sie gab es nur die Party, die ihnen aus allen Poren quoll.

Irgendwann erfuhr Marianne, dass es einem Gast schlecht geworden war, draußen im Garten, und dass die Sanitäter bereits vor Ort waren. Schon von weitem erkannte sie Virgile, der auf einer Trage lag.

Sie beugte sich über sein Gesicht. »Kannst du mich hören?«, fragte sie atemlos. »Kannst du mich hören, Virgile?«

Eine Haarsträhne löste sich aus ihrer Frisur und kitzelte Virgiles Wange. Er zeigte keine Reaktion.

»Kann er mich hören?«, wollte Marianne von den Sanitätern wissen, und der Mann, der neben ihr kniete, nickte. »Ja, ich glaube schon.« Er hob die Arme und nahm eine Sauerstoffflasche entgegen.

Es war gegen zwei Uhr früh, als Virgile in den Rettungswagen geschoben wurde. Die Türen klackten zu, und das Fahrzeug fuhr leise, mit blinkendem Blaulicht zum Krankenhaus Saint-Louis. Die Sirene war defekt.

Als die Party zu Ende war und das Haus sich geleert hatte, fand sich im Tanzsaal ein buntes Sammelsurium von vergessenen Gegenständen. Feuerzeuge, einzelne Ohrringe, ein Schlüsselbund, zerdrückte Zigarettenstummel. Und abseits, in einer Ecke, eine von vielen Füßen platt getretene rote Wollmütze.

Florence hatte den Patienten intubiert, Anästhetika gespritzt und die Augenlider mit Pflaster fixiert, damit die Hornhaut nicht austrocknete. Sie hielt sich gern im Operationstrakt auf. Abseits der Menschen, abseits der Zeit. Sie liebte den Augenblick, in dem der Patient unter künstlichem Licht in einen künstlichen Schlaf versank und sie alle Werte im Blick hatte (Herzfrequenz, Blutdruck, Sauerstoffsättigung). Für ein paar Minuten oder Stunden war ein Leben vollständig unter Kontrolle gebracht.

Während sich die Medikamente in den Venen des Patienten (Mann, zweiundvierzig, siebzig Kilo) allmählich auflösten, betrachtete sie das Gesicht des Unbekannten auf dem Operationstisch, der buchstäblich in ihren Händen ruhte. Sie legte ihm die Hand auf die Stirn und strich ihm mit einer zarten Geste eine Haarsträhne aus dem Gesicht.

»Bist du so weit, Florence?«, fragte der Chirurg. »Kann ich anfangen?«

Er war einer von den Sympathischen. Florence und er schätzten einander sehr und waren sogar einmal mit ihren Ehepartnern übers Wochenende weggefahren.

»Ja, von mir aus kannst du«, bestätigte sie, und in diesem Moment spürte sie, wie das Handy in ihrer Kitteltasche vibrierte.

Der Patient war eingeschlafen und weit weggedriftet. Wenn er aufwachte, würde er sich an nichts erinnern. Wie ein Kind, bevor es vier Jahre alt ist. Das wurde jedenfalls behauptet. Florence hatte noch nie so recht glauben können, dass Kinder keine Erinnerungen an die Zeit vor dem Kuchen mit den vier Kerzen besaßen. Sie selbst wusste noch genau, wie Nils und Elena mit drei oder vier Jahren im Wohnzimmer in der Rue Caulaincourt gespielt hatten, sie sah die offenen Fenster vor sich und die Sonnenstrahlen, die schräg ins Zimmer fielen, durch die Bäume gefiltert, deren Blätter sie zartgrün färbten, und auch die Schatten, die sie auf die Zimmerwände warfen. Elena trug ihre Lieblingshose, eine kleine rote Latzhose, und jagte quietschvergnügt mit dem Kescher den Schatten hinterher, während Nils sich vor Lachen ausschüttete und den Mund hinter seinen Patschhänden versteckte: *Hast du das gesehen, Mama?* Sie hatte ihm verstohlen zugezwinkert und beiden Kindern Luftküsschen zugeworfen. Erzählt mir nicht, dass sie sich an all das nicht erinnern!, hatte sie oft gedacht. Und an die Legohäuser, die Geschichten von Wölfen und kleinen Schweinchen und Hexen, das Kuscheln, den Kummer, den Trost … Wenn ich vor ihrem vierten Geburtstag sterbe, dann existiere ich für sie nicht? Kompletter Blackout? Ich wäre restlos von ihrer Festplatte gelöscht?

Der Chirurg hatte den ersten Schnitt hinter sich und widmete sich dem tiefer liegenden Körpergewebe des Patienten. Florence holte ihr Handy hervor: eine SMS von Marianne. Florence biss die Zähne zusammen. Scheiße, Virgile war in der Nacht wieder ins Saint-Louis eingeliefert worden. Vierzig Fieber um fünf Uhr früh, und um sieben hatten sie ihm die Diagnose auf die Brust geheftet: schwere Sepsis.

Der Chirurg hob den Kopf und zog die Hände zurück. Er verlangte nach Tupfern.

»Absaugen, bitte, ich sehe nichts mehr, da ist zu viel Blut.«

Während das Blut mit einem lauten Sauggeräusch aus der Wunde entfernt wurde, vergewisserte sich Florence, dass die Werte des Patienten im grünen Bereich lagen. *Bei mir alles okay.* Dann las sie den Nachsatz: »Virgile bestand darauf, Sie zu informieren. Er hat Sie nicht vergessen. Er sagt, er wird bald bei Ihnen vorbeikommen.« Marianne hatte Virgiles Zimmernummer dazugeschrieben. Falls Florence ihn besuchen wolle.

Nach der OP legte Florence im Umkleideraum rasch Kittel, Clogs und Haube ab und verließ die Abteilung. Auf dem Flur begegnete sie Tatiana, deren Sprechstunde gerade zu Ende war.

»Wohin rennst du denn so, Flo? Ist was passiert?«

»Ich will ins Saint-Louis.«

»Aha? Und warum?«

Florence war schon ein paar Meter weiter und rief ihr über die Schulter zu:

»Der Patient, von dem ich dir erzählt habe … Er hat eine Blutvergiftung.«

Virgiles Klinikzimmer war noch kleiner als das vorige. Marianne hatte sogar den Eindruck, als rückten die Wände mit jeder Stunde ein Stück weiter zusammen. Als Florence Marchand die Tür aufstieß und eintrat, richtete sich Virgile hastig auf und bemühte sich um eine gerade Haltung.

»Es hat einen kleinen Zwischenfall gegeben«, sagte er mit schleppender Stimme. »Sie wurden benachrichtigt, ja?«

Florence nickte erst ihm und dann Marianne zu.

»Die werden mir ein paar Vitamine einflößen, dann bin ich bald wieder auf den Beinen«, fuhr er in munterem Ton fort.

Marianne senkte den Blick. Was erzählte er denn da! Was spielte er für ein Spiel? Florence durchschaute ihn doch. Eine Schutzmaßnahme, eine Überlebensstrategie. Das Gehirn hatte so viele Mechanismen auf Lager, wenn die Realität den Menschen unerträglich erschien. Florence hatte es – und daran musste sie jetzt denken – fünf, sechs Wochen nach der Geburt ihres Sohnes selbst erlebt, als sie, erschöpft durch die schlaflosen Nächte und die Hormonumstellung, keine

Milch mehr hatte. Trotzdem hatte sie damals noch tagelang das Baby selbst stillen wollen, das mittlerweile vor Hunger schrie. (Baptiste war längst in die Apotheke gegangen, hatte Milchpulver und Fläschchen gekauft und fütterte nun seinen Sohn in den wenigen Minuten, in denen seine Frau schlief.) Wer mit der Unvollkommenheit des eigenen Körpers konfrontiert wurde, verschloss die Augen gern vor dem Offensichtlichen. Florence hatte das schon häufig beobachtet, bei sich selbst ebenso wie bei ihren Patienten, und nun erlebte sie es auch bei Virgile.

Marianne war aus dem Zimmer gegangen, um auf dem Flur ein paar Minuten für sich zu sein. Sie übte den Satz, den sie gleich würde aussprechen müssen. Zögerte. Stellte ihn mehrmals um. Und wählte schließlich die Nummer von Henri Lifar. Zuerst erreichte sie zweimal die Mailbox, doch als sie nicht aufgab, hob endlich jemand ab.

»Ja, hallo?«

»Guten Tag, Monsieur Lifar, ich bin Marianne, die Lebensgefährtin Ihres Sohnes.«

Schweigen.

»Ich rufe Sie an, weil Ihr Sohn im Krankenhaus liegt. Er hat eine Blutvergiftung.« Den Rest verschwieg sie, weil sie wusste, dass Virgile nicht gewollt hätte, dass sie mehr erzählte. »Es wäre gut, wenn Sie ihn besuchen, glaube ich.«

Das Schweigen hielt an.

»Sind Sie noch da, Monsieur Lifar? Haben Sie mich verstanden?«

Nach einer Pause meldete sich eine weibliche Stimme. Henri hatte den Hörer an seine Frau weitergereicht.

»Ich bin Virgiles Mutter«, sagte sie. »Ich werde kommen.

Geben Sie mir bitte seine Zimmernummer.« Und in einem feierlich-düsteren Ton, bei dem Marianne ein Schauer über den Rücken lief, ergänzte sie: »Danke, dass Sie uns informiert haben, Mademoiselle.«

Als Marianne ins Zimmer zurückkam, war Virgile eingeschlafen und Florence gegangen. Sie trat an sein Bett und küsste ihn auf die Stirn. Das Fieber war ein wenig gesunken. Er wirkte friedlich, wie ein Schlafender, nicht wie ein Kranker. Sie hob seinen Arm an und schmiegte sich in seine Armbeuge, und dann musste sie auch eingeschlafen sein, von der Müdigkeit aufgesogen wie von einem zu weichen Polster, und wurde von bizarren Visionen heimgesucht. Als sie die Augen öffnete, saßen drei pechschwarze Amseln auf dem Fenstersims. Marianne glitt vorsichtig vom Bett, tappte lautlos auf sie zu und streckte die Hand nach ihnen aus. *Guten Tag, ihr.* Die Vögel rührten sich nicht von der Stelle. Sie fixierten Marianne ohne jede Regung. Es sah fast so aus, als wären sie diejenigen, die beobachteten.

Sie hätte sich so gewünscht, noch einmal mit ihm auf dem Land spazieren zu gehen, Nelken, Mohnblumen und Brennnesselzweige zu pflücken,

sie hätte sich so gewünscht, seine zärtlichen Berührungen zu spüren,

noch einmal den Geruch seiner Haut einzuatmen,

noch einmal mit ihm bei traurigen Filmen Tränen zu vergießen, über alberne Witze zu lachen und gemeinsam die ersten Himbeeren der Saison zu kosten.

Sie hätte sich so gewünscht, inmitten redseliger Menschen in einem Straßencafé zu sitzen, neben Virgile, der den Kellner herbeirief, *hallo, Herr Ober, ich hätte gern das Meer in einem hübschen Cocktailglas*, sie hätten einander einen salzigen Kuss gegeben, der Himmel wäre rot geworden, und sie hätten den Schwalben hinterhergeschaut, die sich heimlich in warme Länder verzogen.

Sie hätte sich so gewünscht, nachts bei gedämpftem Licht stundenlang seine Babys zu wiegen, während er nebenan schlief. Sie hätte sich so gewünscht, sich gemeinsam mit ihm Sorgen um die Zukunft zu machen, sich am Abend zu streiten und am Morgen zu lieben, sie hätte sich so gewünscht, im Urlaub ans Mittelmeer zu fahren. Sie hätten Eimerchen und Schäufelchen aus blauem Plastik gekauft, die Kinder hätten gelernt, Sandburgen zu bauen, Muscheln zu sammeln, Kieselsteine zu bemalen und mit dem Kopf unter Wasser zu tauchen, und Virgile hätte ihr Kinderlachen, ihre kleinen Milchzähnchen, ihre sonnenverbrannten Nasenspitzen vergöttert.

Sie hätte sich so gewünscht, mit ihm alt zu werden. Sie mit Gelenkschmerzen, er mit Rückenschmerzen. Sie hätten sich ein einfaches Haus als Rückzugsort gesucht, wären jeden Morgen in die Küche geschlurft und hätten sich mit einer zarten, fast körperlosen Berührung ihrer knochigen Hände begrüßt. Sie hätten darüber gelacht, wie durchscheinend und papiertrocken ihre Haut geworden war. So hätte es aussehen können: an nichts denken, die Espressokanne aufsetzen und sich auf den kommenden Tag freuen. Glücklich altern, in einem Haus, in dem Vögel die Brotkrümel vom Frühstückstisch auf der Terrasse aufpicken, in dem man viele Stunden unter der Pergola sitzend lesen kann oder die Obstbäume betrachten, deren Duft am Abend durch den Garten zieht.

Heute war die Stadt schmutzig grau, und ihre Wohnung in Montmartre fing an, nach Schimmel zu riechen. Marianne blickte aus dem Fenster. Da waren weder Wolken noch Vögel. Nur Leere. Nichts als leerer Raum. Marianne hörte das Telefon klingeln, ihr Telefon, und als sie abhob, hallten drei Worte wie Schüsse durch den ausgebleichten Himmel: Virgile ist tot.

Die erste Nacht verbrachte Marianne bei ihren Eltern. In dem schmalen Bett in ihrem Kinderzimmer, an den Wänden die Tapete mit den Heißluftballons, in der Luft der Geruch von Kugelschreiberminen und Heftumschlägen, auf dem Bücherregal die ordentlich sortierten Jugendromane, auf dem Nachttisch der alte Stoffteddy. Sie war an den Ort geflüchtet, der ihr als Erstes einfiel.

Als sie am Morgen an den Frühstückstisch kam, nahm Sam sie in die Arme, was er seit tausend Jahren nicht mehr getan hatte, und drückte sie fest an sich. Er spürte Mariannes pochenden Herzschlag an seiner Brust und war so erschüttert, dass er die Worte, die ihm durch den Kopf gingen, laut aussprach.

»Ich bin stolz auf dich, musst du wissen. Was du für Virgile getan hast. Wie du ihn unterstützt hast. Wie du ihn geliebt hast.«

Ihm versagte die Stimme, und er konnte nicht weitersprechen.

Alice kam aus dem Bad, ein Handtuch um das feuchte Haar gewickelt. Der locker gebundene Bademantel entblößte ein Stück nackte Schulter. Weil sie sich am Abend nicht abgeschminkt hatte, war der grüne Lidstrich unter den Augen ein wenig verschmiert. Sie ging auf Marianne zu und umarmte sie.

Dabei sprach sie kein Wort, sondern streichelte ihrer Tochter nur stumm über den Kopf. Der Jasminduft ihres Duschgels überlagerte die Küchengerüche.

Um die schlechten Schwingungen zu vertreiben, zündete Alice Kerzen an, legte eine CD ein – *Summertime* in der Version von Janis Joplin – und rührte Pfannkuchenteig an. Sie gab Bananenscheibchen und geraspelte Kokosnuss dazu und brachte die fertigen Pfannkuchen zusammen mit der dampfenden Teekanne an den Tisch. Sie setzte sich neben ihre Tochter und goss den Tee in die Tassen.

»Ich möchte dir sagen …«, begann sie, doch mehr brachte sie nicht heraus. Nach einer Weile fuhr sie, ruhiger geworden, fort, hörbar bemüht, möglichst klar und deutlich zu sprechen. »Sam – dein Vater – und ich, wir haben viel über das gesprochen, was ihr vorhattet, Virgile und du. Und du sollst wissen, dass wir dir helfen werden, so gut es geht. Du kannst auf uns zählen.«

Marianne stippte eine Kokosflocke mit der Fingerspitze auf und ließ sie mit abwesendem Blick auf der Zunge zergehen. Hätte sie doch nur gewusst, welche Wendung ihr Leben nehmen würde. Gab es einen Punkt im Leben, an dem eine Entscheidung fiel? Können wir eine Wahl treffen, welches Leben wir führen wollen? In der Klinik hatte sie durch die Krankheit und die Chemotherapie einen Vorgeschmack darauf bekommen, wie es sich anfühlte, wenn die Welt um einen herum zusammenbrach, aber das Erlebnis im Leichenschauhaus war etwas ganz anderes gewesen. Ihr waren Worte in den Sinn gekommen, die sie gehört hatte, Worte wie: *Man muss den Tod sehen, um ihn zu begreifen, um ihn zu akzeptieren, um trauern zu können*, und andere Stimmen in ihrem Kopf rieten: *In so einem Fall muss jeder Mensch das tun, was er will und was ihm möglich ist.* Sie hatte sich, warum auch immer, für die erste Stimme entschieden und sich sogar gezwungen, Virgile zu berühren. Mit ihren Lippen seine Stirn zu küssen. Mein Gott, wie hatte sie diese Geste anschließend bereut! Diese harte kalte Haut, die gerade erst aus dem Kühlraum kam ... Und wozu sollte das überhaupt gut sein? Wo war Virgile bei alledem?

Virgile, ihr unvergleichlicher Virgile. Ihr Poet. Für immer verloren. Wie viele Male hatte sie seither versucht ihn anzurufen? Wie viele SMS hatte sie ihm geschrieben, nur um sich zu versichern, dass wirklich keine Antwort kam? Und dann, im Leichenschauhaus, hatte sie ihm ganz leise einen Satz ins Ohr geflüstert: *Wenn nicht mit dir, werde ich nie ein Kind haben.* Ein Satz, der sich ganz schnell in Luft aufgelöst und gleich darauf neu zusammengesetzt hatte und ihr wie ein Bumerang um die Ohren geflogen war. Ja, es stimmte. Dachte Marianne. Mit keinem anderen als mit ihm.

Virgile, der nicht mehr atmete. Virgile, der nicht mehr lachte. Virgile, der in der Leichenhalle in einer Schublade lag. Sie trat einen Schritt zurück, in der Hand das Röhrchen Bromazepam, das sie hilfesuchend umklammerte. Wie viele konnte man noch mal pro Tag nehmen?

Einige Zeit später stand sie in der Schlange im Supermarkt und starrte ein Baby an, das vor ihr mit zur Seite geneigtem, wie losgelöstem Köpfchen im Kinderwagen schlief, auf den Handgelenken und der Stirn noch ein paar letzte Windpockenbläschen. Ein Stück weiter saß ein Kleinkind im Wagen, das mit dem Fuß wütend gegen eine Bonbonschachtel trat. Sie betrachtete die Einkaufswagen vor und hinter ihr, in denen sich Windeln, Hackfleisch und Kinderkekse stapelten, ein ganzes, wohlgeordnetes Familienleben. In ihrem Wagen lagen Frühstücksflocken und ein Karton Milch, eine Familienpackung Duschgel, ein Sechserkarton Bier, ein großes Backhähnchen. Auf keinen Fall Fertiggerichte. Keine Singleportionen. Nichts, das auf ihre Einsamkeit hindeuten konnte, diese monströse, verhasste, scheußliche Einsamkeit.

Ihr Leben ähnelte einem verwüsteten Garten, den ein Gewitter unrettbar zerstört hatte. Verkohlte, vom Blitz gespaltene Bäume. Zermalmte Blumenbeete. Übrig geblieben waren schwarze Baumstümpfe, abgebrochene Äste und aufgewühlte Erde. Selbst wenn man wusste, dass dort irgendwann wieder etwas wachsen würde – es wäre ein anderer Garten. Anders angelegt. Mit anderen Pflanzen, anderen Farben, anderen Sorten. Wie würde er später einmal aussehen, ihr Garten? Welcher Teil von ihr wäre noch am Leben?

Um den Schmerz auszuhalten, konzentrierte sich Marianne auf die alltäglichen Verrichtungen, auf den konkreten Aspekt der Dinge. Sie räumte die Wohnung auf und wusch die Kleidungsstücke, die sich im Wäschekorb angesammelt hatten, sie organisierte die Trauerfeier, sie kontaktierte die nahen und weniger nahen Freunde und versuchte niemanden zu vergessen. Sie stellte sich keine Fragen und analysierte nichts. Das Denken hatte sich aus ihrem Gehirn verabschiedet. In ihr kreisten ohne Unterlass die Sätze, die Virgile in den Tagen vor seinem Tod wie ein Mantra wiederholt hatte:

»Ich will, dass du dir die Keimzellen zurückholst. Ich will, dass die Samenübertragung gemacht wird und du schwanger wirst, *ganz egal, was mit mir passiert.*«

Marianne war jedes Mal, wenn er das sagte, in Tränen ausgebrochen und hatte sich aufgeregt, *hör auf damit, sei still, du bist verrückt*, und Virgile hatte ihr mit dem Daumen die Tränen abgewischt und eindringlich gefordert:

»Doch, du musst es tun, Marianne. Weil ich gern noch ein bisschen leben möchte. Mit dir.«

Die erste Sitzbank war leer geblieben. Niemand hatte es gewagt, sich dorthin zu setzen, obwohl die Kirche bis auf den letzten Platz gefüllt war. Es wimmelte von jungen und weniger jungen Menschen, die helle Farben trugen und gerötete Augen hatten. Es roch nach Weihrauch und frischen Schnittblumen, und die Madonnen in den farbigen Kirchenfenstern hatten die Hände gefaltet und blickten flehentlich.

Marianne saß in der zweiten Bank neben Alice und Samuel. Während immer mehr Menschen in die Kirche strömten und sich im Seitenschiff aneinanderdrängten, blickte sie immer wieder suchend über die Schulter. Sie entdeckte Olive und Kamel. Lucie und ihren Freund. Auch Tom, Andy, William, Benoît und andere Gesichter, die sie nicht kannte. Man hätte meinen können, dass sie erwartete, jeden Moment Virgile auftauchen zu sehen, ihren Virgile, in einem schicken hellen Anzug, einen Strohhut auf dem Kopf, der sich seinen Weg nach vorne bahnte – *Pardon, ich bin spät dran, lassen Sie mich bitte durch.*

Marianne fiel das Stillsitzen schwer. Ihre Beine kribbelten, und in ihrer Magengrube saß etwas, das wie ein nervöses Lachen rumorte und herauswollte. Überhaupt fühlte sie sich ausgesprochen unwohl in ihrer Haut, die Jacke war zu eng, die Hose kniff, und der Kummer war mehrere Nummern zu groß.

Die vier Mitarbeiter des Beerdigungsinstituts schritten mit Virgiles Sarg auf den Schultern durch das Kirchenportal.

Alle hatten kurzes, glatt gekämmtes Haar, kräftige Hände und kurze Fingernägel. Als der Sarg an den Bänken vorbeigetragen wurde, hörte man hier und da ein Schnäuzen, wenn Trauergäste von ihren Erinnerungen an Virgile überwältigt wurden. Und weil alle plötzlich die Angst packte, da jeder und jede irgendwann an der Reihe war und in einem hellen Eichensarg liegen würde.

Vor dem Altar stellten sie den Sarg ab. Unmittelbar daneben stand eine Staffelei mit einem Bild von Virgile. Es zeigte ihn, unter einer Magnolie sitzend, mit einer Zigarette in der Hand, den Blick zum Himmel gerichtet. Das Foto aus Varengeville, entstanden vor langer Zeit.

Gebete wurden gesprochen. Alice las einen Text von Patti Smith. Einer nach dem anderen traten Virgiles Freunde vor und sagten ein paar Worte, die ihre Betroffenheit erkennen ließen. Marianne zögerte bis zum letzten Moment und behielt ihren Brief dann doch zusammengefaltet in der Hosentasche – das ist der Lauf der Dinge.

Die Familie Lifar hüllte sich während der Zeremonie in Schweigen. Kein Angehöriger hielt eine Ansprache, sie defilierten lediglich hintereinander am Sarg vorbei. Der Vater bekreuzigte sich. Die Mutter erstickte im Ärmel ein Schluchzen. Die beiden Schwestern hielten sich ein Taschentuch vor die Nase. Niemand von der Familie hatte Virgile noch einmal gesehen. Sie waren zu spät gekommen.

Als Marianne die Kirche verließ, blieb ihr Blick an einem Schwarm Stare hängen, der hoch oben am Himmel in einer perfekten Formation flog. Die Vögel bildeten eine Wolke, die sich streckte, sich aufblähte und wieder abflachte, und

Marianne fühlte sich an die fließenden Formen in den Gemälden von Dalí erinnert. Vielleicht war Virgile jetzt einer von ihnen. Am Tag sähe man ihn hinaus auf die Wiesen und Äcker fliegen, wo er Raupen, Kirschen und Apfelstückchen aufpickte, und abends würde er in der Stadt Zuflucht suchen, mit ausgebreiteten Schwingen auf einem der Dächer landen oder sich im Lichtschein der großen Kaufhäuser aufwärmen. Einfach so. Hier. Ganz nah bei ihr.

Florence betrat das Café Francœur eine gute Viertelstunde vor der verabredeten Zeit und setzte sich an einen Tisch am Fenster. Sie schlug ihr Buch auf und las denselben Satz mehrere Male, bis sie merkte, dass sie sich nicht konzentrieren konnte, und das Buch zuklappte. Um sie herum lachten und redeten die Leute, die Kaffeemaschine pfiff, die Tassen klapperten, und die Kellner riefen sich kurze Bemerkungen zu, *die Rechnung für die Zwei*, *das Kartenlesegerät für die Zehn*, und alles kam ihr so fremd, so unvertraut vor. Alltagsgetöse. Sie bat den Kellner um ein Glas Wasser, *ja, mit einem Kaffee, danke*, oder vielleicht auch anders herum, und schluckte noch eine Kapsel Tranxene. Die zweite an diesem Tag. Sie legte die Hände flach auf den Tisch. Warum war das Nichts so allgegenwärtig, warum trieb sich der Tod immer in der Nähe herum, anhänglich wie ein alter Rabe? Warum war die Medizin nicht in der Lage, Menschen zu retten? Die beiden hatten nicht einmal genug Zeit gehabt, ein Kind zu bekommen. Dabei hatte ihre Liebe etwas Himmelstürmendes, das sprang einem gleich ins Auge. Sie hatten das Leben noch vor sich. Die Welt lag ihnen zu Füßen. Wie sollte die junge Frau damit zurechtkommen? Wie sollte sie diesen gähnenden Abgrund mitten auf ihrem Weg ertragen? Und die Einsamkeit? Sie selbst hatte sich durch das Kinderkriegen gerettet, das wusste Florence sehr wohl. Sie dachte an die kleinen warmen Körper, die sich an sie geschmiegt hatten, an ihren weichen zuckrigen Atem, der nach Muttermilch roch, und an ihr zauberhaftes zahnloses Lächeln. Manchmal hatten sie den Körper so energisch gestreckt, dass ihre kleinen Fäuste zitterten. Jahrelang hatte sich das Leben nur um sie und ihre Bedürfnisse gedreht.

Als Marianne das Café betrat, musste sie nicht lange suchen. Sie winkte Florence unauffällig zu und kam an ihren Tisch. Sie hatte ihr Haar zu einem Knoten geschlungen und hielt sich sehr aufrecht. Sie wirkte nicht im Mindesten niedergeschlagen oder am Boden zerstört. Die Frauen begrüßten sich herzlich, und Florence nahm Marianne in den Arm. Für einen kurzen Moment ließ Marianne ihre Wange gegen Florence' Schulter sinken, und der Lärm ebbte ab, ihre Atemzüge wurden ruhiger und gleichmäßiger und glichen sich einander an.

»Wie geht es Ihnen?«, fragte Florence. Sie ließ Marianne los und setzte sich wieder hin.

Mariannes Augen wurden feucht. Sie zog einen Stuhl näher zu sich heran und zwang sich zu einem Lächeln.

»Es geht.«

Florence bestellte zwei Gläser Wein und zog Marianne ins Gespräch. Sie stellte konkrete Fragen, wollte wissen, ob sie Hilfe beim Einkaufen oder bei den Behördengängen bräuchte, ein Rezept für die Apotheke oder die Nummer einer Psychologin.

Marianne bedankte sich. Sie würde sich melden, wenn sie etwas brauchte. Dann fing sie an, von ihrem Termin bei Maître Lardet zu erzählen, einem sehr guten, sehr kompetenten Fachanwalt im Bereich Medizinrecht und Bioethik.

»Kennen Sie ihn vielleicht?«

Florence schüttelte den Kopf, und Marianne erzählte weiter. Ignace Lardet hatte sich bereit erklärt, ihren Fall zu übernehmen. Er hatte seine Qualifikationen und die Gründe für die Übernahme des Mandats auf den Tisch gelegt, ihr aber auch nicht verschwiegen, dass ein Sieg keineswegs gewiss war.

»Wir werden uns auf die Europäische Menschenrechtskonvention berufen«, hatte er erklärt, »aber Sie sollten dennoch damit rechnen, dass man Ihnen die Herausgabe der Keimzellen verweigern wird. Denn wie Sie wissen, ist die Samenübertragung post mortem in Frankreich verboten.«

Marianne griff nach ihrem Weinglas, führte es mechanisch an die Lippen und stellte es wieder ab, bevor sie daraus getrunken hatte.

»Eines wüsste ich gerne«, sagte sie und sah Florence direkt in die Augen. »Wenn es auf diese Weise nicht klappen sollte, gäbe es dann trotzdem eine Möglichkeit …?«

Florence fühlte sich überrumpelt. Sie hatte sofort verstanden. Sie versuchte Mariannes Blick standzuhalten, aber es fiel ihr schwer.

»Ich finde, man sollte an den Erfolg glauben«, antwortete sie zögernd. »Sie haben offenbar einen guten Anwalt. Und unsere Zeit steht dem gesellschaftlichen Wandel doch positiv gegenüber, nicht?«

Marianne nickte. Hoffen musste man, sicher. Sie drehte den Stiel ihres Glases zwischen den Fingern, trank einen Schluck und sagte:

»Aber wenn es nicht klappen sollte, wissen wir ja, wo Virgiles Keimzellen aufbewahrt werden.«

Maître Lardet stürzte sich mit wahrer Leidenschaft auf den Fall. Er war ein selbstbewusster, redlicher und arbeitsamer Mann, der Herausforderungen liebte. Sein Tagwerk begann um sieben Uhr früh im Fitnessstudio, wo er auf dem Laufband regelmäßig seine neun Kilometer lief – bei einer sitzenden Lebensweise wie der seinen sammelten sich mit den Jahren die lästigen Pfunde aber auch wirklich viel zu schnell an! –, und dann widmete er sich in der Kanzlei seinen Akten. Hin und wieder kam ein Außentermin dazu, gelegentlich ein Plädoyer im Gerichtssaal. Er hatte weder Frau noch Kinder. Nur Klienten und seine alte Mutter, die er fast jeden Tag nach der Arbeit besuchte.

Marianne und er verstanden sich auf Anhieb. Sie schätzte sein Engagement und seinen gewissenhaften, hochgradig perfektionistischen Charakter, und ihn beeindruckten neben ihrem Kampfgeist – *Kriegerin der Liebe*, nannte er sie insgeheim – auch ihre elegante Kopfhaltung und ihre niedlichen Sommersprossen.

Häufig verabredeten sie sich in der Nähe von Maître Lardets Kanzlei im Viertel Batignolles zum Mittagessen und besprachen die neuesten Entwicklungen. Da gab es beispielsweise den Fall einer Witwe, die die Keimzellen ihres verstorbenen Ehemannes per Beschluss erhalten hatte, aber auch eine andere, der sie verweigert worden waren. Sie sprachen jedoch auch über anderes, über Kindheitserinnerungen oder Urlaubsländer, und Marianne nannte ihren Rechtsbeistand sehr bald beim Vornamen.

Marianne hatte Phasen glühender Siegesgewissheit, denn schließlich investierte sie so viel Energie in diese Sache, dass sie ihr doch unmöglich Virgiles Keimzellen vorenthalten konnten – mit welchem Recht denn auch? Sie wechselten sich mit Phasen tiefster Niedergeschlagenheit ab, in denen sie sich zu nichts aufraffen konnte und so demotiviert war, dass sie morgens kaum aus dem Bett kam. Sie fühlte sich wie David im Kampf gegen Goliath. In solchen Zeiten suchte sie sogar Streit mit Maître Lardet und stellte ihm tausendmal dieselben Fragen.

»Sagen Sie mir ehrlich, Ignace: Wie stehen unsere Chancen, dass wir gewinnen und ich Virgiles Keimzellen wiederbekomme? Glauben Sie, dass alles umsonst ist?«

»Ich tue mein Möglichstes, damit Sie das Verfahren gewinnen«, versicherte ihr der Anwalt immer wieder aufs Neue. »Das Wichtigste ist aber, dass Sie den Mut nicht sinken lassen.«

Da klappte Marianne die Speisekarte seufzend auf – und legte sie gleich wieder aus der Hand. »Sie haben ja recht, wir dürfen den Mut nicht verlieren, wir müssen weiterkämpfen.« Anschließend bestellte sie sich in der lauten Brasserie das einzige Gericht, das sie noch essen konnte, weil es sie an die Abende mit Virgile erinnerte.

»Einen Caesar Salad, bitte. Mit vielen Croûtons.«

Ignace Lardet warf pro forma einen flüchtigen Blick auf die Karte, die er auswendig kannte, und schloss sich ihr an.

»Dasselbe für mich, aber ohne Croûtons und ohne Salatsoße. Nur ein paar Tropfen Balsamico.«

Ein befreundeter Journalist hatte Marianne kontaktiert, weil er einen Artikel über sie schreiben wollte. Marianne hatte zunächst abgelehnt, weil es ihr nicht lag, öffentlich über ihr Privatleben zu plaudern, aber Ignace Lardet hatte ihr geraten, doch noch einmal darüber nachzudenken, denn so ein Artikel könne die öffentliche Meinung günstig beeinflussen, und man dürfe den Faktor Öffentlichkeit nicht außer Acht lassen. Etwas widerstrebend rief Marianne den Freund an und vereinbarte ein Treffen. Bei ihr zu Hause. Glücklicherweise näherte sich der Kollege dem Thema mit Einfühlungsvermögen und ließ bei seinen Fragen Rücksicht walten, und der fertige Artikel war gut recherchiert und geschrieben. Und wie so häufig bei interessanten Themen riefen daraufhin andere Journalisten an, und weitere Artikel folgten. Alle behandelten die ethischen Probleme einer postmortalen Befruchtung, befassten sich mit der Rechtslage in den europäischen Ländern, der Entwicklung der Familienstrukturen und den neuen Elternschaftsmodellen, und vor allem interessierten sie sich für Mariannes Beziehung zu Virgile. Für ihre leidenschaftliche Liebe. Eine Liebe jenseits der Norm. Und für Mariannes Willensstärke, ihren Mut. Es entstanden gelungene Frauenporträts, und das Thema war sogar in den 20-Uhr-Nachrichten von France 2 zur Sprache gekommen.

So vergingen die Wochen, bis die Sache ein wenig in Vergessenheit geriet und der Winter kam. Eines Abends standen große dunkle Wolken am Himmel, und die Temperaturen fielen in den Keller. Die Menschen eilten hastig nach Hause, die Straßenlaternen waren vereist, und der Autoverkehr kam zum Erliegen. Aus den Kaminen quoll mehr Rauch denn je. An jenem Abend dauerte es nur wenige Stunden, bis die Stadt in Schnee und Stille versank.

Florence verließ das Restaurant vor Baptiste, der hinter sich die Tür fest zuzog. Sie knöpften eilig ihre Mäntel zu, zogen Handschuhe und Mützen an und schlugen mit einem dumpfen Klappklapp die Hände gegeneinander.

»Was für eine Kälte!«, ächzte Florence. »Zum Glück haben wir's nicht weit.«

Vor ihrem Mund kondensierte der Atem zu weißen Wölkchen, so eisig war es in Paris schon lange nicht mehr gewesen. Baptiste rubbelte ihr liebevoll den Rücken, und beide lachten ausgelassen.

»Das war doch wirklich ein schöner Abend, das Restaurant ist super!«

Durch ihre Adern rann ein heller, funkelnder Burgunder, sie waren fröhlich und entspannt und genossen ihr Beisammensein. Während sie den Boulevard de Clichy entlanggingen, nahm Baptiste Florence' Arm und drückte sich an sie. Er küsste sie auf den Mundwinkel, genau auf die Stelle, an der die Haut inzwischen ein paar Fältchen aufwies. Er fand dieses Detail an ihr besonders charmant, und es berührte ihn sehr. Was man aus einem Gesicht mit Falten alles lesen konnte – die Freuden und Sorgen des Lebens, eine gewisse Mattigkeit, all das, was sich mit den Jahren eingrub und nicht mehr vertuschen ließ. Wenn du älter wirst, sagte Baptiste gern, kannst du durch keine Tricks mehr verbergen, wer du bist, es steht dir ins Gesicht geschrieben.

Es war kurz vor Mitternacht. Florence und Baptiste überholten ein Paar mit einem Kinderwagen, in dem ein warm eingepacktes Baby unter einer dicken Decke lag; sie sahen nur die großen, weit aufgerissenen Augen, die darunter hervorlugten. Es gähnte nicht, es schrie nicht, es hatte den starren Blick eines Junkies. Die Frau schob den Wagen gebückt mit beiden Händen, eine Zigarette zwischen den Lippen. Ab und zu sagte sie etwas zu dem Mann, der neben ihr ging, dann wippte die Zigarette auf und ab, und manchmal blieb sie stehen und nahm einen Zug. Sie war ständig in eine Wolke aus

Tabakrauch gehüllt. Der Mann hechelte in Schlangenlinien hinter ihr her und quengelte ununterbrochen mit kraftloser Stimme:

»Nicht so schnell, Jessy. Dein Kleiner hat's warm genug.«

Ein paar Tage zuvor hatte Florence einen Anruf von Marianne erhalten.

»Es hat nicht geklappt«, hatte die neue Bekannte ihr erstaunlich gelassen mitgeteilt. »Das Verwaltungsgericht hat meinen Antrag abgewiesen.«

Florence hatte zugehört, wie sie die Punkte aufzählte, die der Entscheidung zugrunde lagen, und sie natürlich verstanden: *Man bringt nicht absichtlich ein vaterloses Kind zur Welt*, lautete ein Argument, ein anderes: *Es soll vermieden werden, dass das Kind als Ersatz für den Verstorbenen dient.* Gleichzeitig hatte sie sich insgeheim aufgelehnt, wie sie sich eingestehen musste. Dass man hierzulande so etwas verbot, wo es doch in anderen Ländern, beispielsweise in Spanien oder Belgien, erlaubt war!

»Ich bekomme Virgiles Keimzellen nicht zurück«, hatte Marianne berichtet. »Sie werden zerstört. Und zwar ziemlich bald, wenn ich es richtig verstanden habe.«

Florence hatte nichts darauf geantwortet, aber sie hatte gemerkt, wie sich in ihr ein Schalter umlegte, als hätte von einer Sekunde auf die andere ihr Verstand kapituliert und sei von nun an nicht mehr dafür zuständig, wie die Geschichte weiterging.

»Alles okay, Flo?«, fragte Baptiste. »Du sagst gar nichts mehr.«

Sie waren fast zu Hause. Die frierende Jessy, ihr Baby und den sternhagelvollen Vater hatten sie längst abgehängt.

Florence ging langsamer und lehnte sich noch stärker gegen Baptiste.

»Ich habe endlich Monique angerufen. Ich treffe sie morgen am Bahnhof Port-Royal.«

Baptiste stand wie vom Donner gerührt.

»Wie, du hast Monique angerufen? Bist du verrückt geworden? Wir haben doch gestern darüber gesprochen, das kann dich deine Stelle in der Klinik kosten! Und du verlierst wahrscheinlich deine Approbation!«

Sie hatten tatsächlich am Vorabend heiß diskutiert und sich bis spät nachts gestritten. Vor dem Schlafengehen hatten sie sich dann wieder versöhnt und darauf geeinigt, dass es besser sei, die Finger davon zu lassen. Und jetzt wollte sie die Entscheidung umstoßen?

»Aber warum denn, Flo? Was ist auf einmal los mit dir?«

Sie gab keine Antwort. Mit hängenden Schultern stand sie vor Baptiste, die Hände in den Manteltaschen vergraben. Zitternd vor Kälte. Baptiste schien darauf zu warten, dass sie sich erklärte, aber Florence sagte nur leise *Baptiste, bitte*, mit der Miene eines Menschen, der eine schwer erträgliche Nachricht überbringen muss. Er kniff die Lippen zusammen, und sein Kinn zitterte, als könnte er seine Erregung nur mühsam im Zaum halten. Er kannte seine Frau, er wusste, dass sie einer einmal getroffenen Entscheidung treu bleiben würde.

Florence wollte seine Hand ergreifen, *bitte versuch wenigstens, mich zu verstehen*, aber Baptiste riss sich mit einer ruppigen Bewegung los.

»Nein, lass mich, Flo. Ich gehe nach Hause.«

Er drehte sich um, und seine Schritte verhallten auf der menschenleeren Straße. Florence hörte sie überdeutlich, alle anderen Geräusche schienen verstummt. Dann knatterte ein Motorroller vorbei, auf ihm zwei alkoholisierte Männer, die ausgelassen grölten. Ein Paar hastete auf den Eingang der Metro zu und teilte sich im Laufen eine Zigarette. Ein Jogger rannte in Shorts und Top durch die Dunkelheit, so ein Spinner. Florence war wie betäubt von dem, was soeben geschehen war. Sie zog ihren Schal bis über die Nase hoch und atmete in ihn hinein, um sich zu wärmen. Es war die kälteste Nacht des Jahres.

Ich werde alle mir anvertrauten Geheimnisse auch über den Tod des Patienten hinaus wahren.

Seitdem sie an der Medizinischen Fakultät von Amiens im Jahre 1994 ihr ärztliches Gelöbnis abgelegt hatte, rief sich Monique Rozan die Worte von Hippokrates immer wieder in Erinnerung. Sie war eine so aufrechte und wahrheitsliebende Frau, dass es ihr in ihrer beruflichen Laufbahn nie schwergefallen war, dieses Versprechen in der Praxis umzusetzen.

Als sie den Hörer auflegte, dachte sie an ihren Vater und an das, was Florence für ihn getan hatte. Es lag schon einige Jahre zurück. Er hatte unter einer unheilbaren degenerativen Krankheit gelitten, dem Morbus Charcot-Marie-Tooth, und konnte dank Florence zu Hause sterben, im Kreise seiner Familie, im Reinen mit sich selbst und dem Leben, das er geführt hatte. Ihm war viel erspart geblieben: der Rollstuhl, schmerzende Wundgeschwüre, eine verwaschene Sprache, Zahnausfall und ein fataler Mundgeruch. Florence Marchand hatte ihn bis zu seiner letzten Stunde begleitet und ihm geholfen, friedlich zu sterben. Sie hatte eine Menschlichkeit an den Tag gelegt, wie man sie nicht häufig fand, und war Risiken eingegangen. So etwas vergaß man nicht. Monique

Rozan hatte es nicht vergessen. Und sie hatte immer gewusst, dass sie eines Tages die Chance bekommen würde, Florence aus der Klemme zu helfen.

Florence hatte Monique Rozan in der Mittagspause angerufen und um ein Treffen gebeten.

»Ja, es ist dringend. Es geht um einen Patienten. Das heißt, mehr oder weniger ... Ich erkläre es dir. Hast du heute Zeit?«

Monique Rozan war Gynäkologin in der Geburtsklinik von Port-Royal und hauptsächlich für In-vitro-Fertilisationen zuständig. Aus diesem Grund war sie im CECOS Paris Cochin, wo Virgile Lifars Samenzellen lagerten, gut bekannt.

Florence und Monique trafen sich nach Feierabend im Café Bullier an der Ecke Boulevard Montparnasse und Boulevard de Port-Royal. Von den Cafétischen aus sah man die große weiße Kuppel des Observatoriums aus den Häusern aufragen. Monique bestellte einen Lapsang Souchong und Florence, die sich genierte, einen Wein zu bestellen, eine Flasche Perrier.

»Zitrone? Eis?«, fragte der Kellner.

»Ja, beides, danke.«

Florence redete nicht lange um den heißen Brei herum, sondern kam gleich zur Sache. Virgiles Tod, das Keimzellmaterial, das im CECOS aufbewahrt wurde, Marianne. Deren Wunsch nach einer künstlichen Befruchtung, die Justiz, die sich querstellte. Ja, richtig, sie verlangte etwas völlig Irres. Die Überschreitung einer Grenze. Einen Gesetzesverstoß. Florence hatte ja auch nicht gezögert, als es darum ging, Moniques Vater zu helfen.

»Du erinnerst dich?«

»Ja, natürlich erinnere ich mich.«

In Monique Rozans Kopf drehte sich alles. Die Erinnerung an ihren Vater, der selbst am Tag seines Todes noch so schön aussah, Florence' ruhige Gesten, ihre Fürsorge, ihr sanfter reiner Blick. Wie sie im entscheidenden Moment die Hand auf die ihres Vaters gelegt hatte. Was hatte diese Frau (und Mutter) veranlasst, ihre persönlichen Interessen zugunsten eines in ihren Augen offenbar übergeordneten Interesses zurückzustellen? Was hatte Florence dazu gedrängt, ihr zu helfen und sich selbst in Gefahr zu bringen?

Monique Rozan verbrannte sich die Zunge am Tee, der nach Kaminfeuer und Fichtennadeln schmeckte. Während sie auf die heiße Flüssigkeit pustete, kam ihr ein Fragment von Hippokrates in den Sinn: *Ich werde meinen Beruf nach bestem Wissen und Gewissen, mit Würde und im Einklang mit guter medizinischer Praxis ausüben.*

Doch sie war schon längst auf die andere Seite übergewechselt. Allein schon dadurch, dass sie dem Treffen mit Florence zugestimmt hatte. Sie trank die Tasse leer, stand auf und griff nach ihrem grobmaschigen Schal.

»Wir sehen uns bald wieder«, sagte sie zu Florence. »Grüß Baptiste von mir.«

Monique Rozan war vierundfünfzig. Sie überschlug im Geist die Jahre, die noch vor ihr lagen: dreizehn bis zum Ruhestand. Dreizehn Jahre, das konnte lang oder kurz sein, je nachdem. Sie verstand nicht genau, was da gerade vor sich ging, ihre Gedanken verhedderten sich ständig, aber ihre Füße steuerten entschlossen das Ziel an – über die Avenue de L'Observatoire, an der Ampel warten, bis ein Motorroller vorbeigebraust war, schnell weitergehen, vorbei an der Entbindungsstation von Port-Royal und noch ein Stück weiter. Sie kannte alle im

CECOS, besaß die Schlüssel, kannte die Codes. Florence hatte sie gebeten, die Keimzellen des Patienten Lifar, Virgile, an sich zu nehmen, und obwohl dies all ihren Prinzipien widersprach – oder sagen wir dem Großteil ihrer Prinzipien –, würde sie genau das tun.

Marianne saß auf der Rückbank, Florence fuhr, und Tatiana hielt auf dem Beifahrersitz, dem Todessitz, ein kleines schwarzes Kätzchen mit smaragdgrünen Augen auf dem Schoß.

»Wie hast du sie denn jetzt genannt?«, wollte Florence wissen. »Heißt sie auch wie einer deiner Ex?«

»Hahaha. Nein, Quatsch. Ich habe sie Stromae genannt. Genauso hübsch, genauso zart. Der Name passt doch gut zu ihr, oder?«

Tatiana trug eine große dunkle Sonnenbrille und hatte sich einen Seidenschal um den Kopf gewickelt wie Susan Sarandon in *Thelma & Louise*, und während die Landschaft an ihnen vorüberzischte, klopfte sie rhythmisch mit der Zigarettenschachtel gegen das Sitzpolster. Seitdem sie das Kätzchen adoptiert hatte, rauchte sie wieder wie ein Schlot.

Sie drehte am Autoradio und maulte entnervt: »Ts, ts, ts, nichts als Geschwafel, wir wollen Musik!« Sie wechselte die Sender im Sekundentakt, sodass nur noch ein Rauschen zu hören war, und da sie nichts fand, was ihr zusagte, klappte sie das Handschuhfach auf und wühlte in den CDs.

»Hier, die ist perfekt für uns!« Sie schwenkte triumphierend eine der Hüllen.

Sie legte die CD ein, drehte die Lautstärke auf, und durch das Auto tönte die raue, fast schon gebrochene Stimme von Marianne Faithfull, wodurch der enge Innenraum auf einmal viel großzügiger wirkte.

The morning sun touched lightly on the eyes of Lucy Jordan / in a white suburban bedroom / in a white suburban town. Die Straße, auf der sie fuhren, war so gut wie leer. Keine anderen Pkw, nur ein paar Lastwagen, die PC-Zubehör, totes Geflügel, Tulpen oder Kisten mit Zitrusfrüchten transportierten.

»Mit ihr kann ich mich total identifizieren«, sagte Tatiana.

»Mit wem?«, fragte Florence.

»Na, mit dieser Lucy Jordan. Hör mal, was sie da singt ...« Sie drehte die Lautstärke noch weiter auf: »*She could clean the house for hours / or rearrange the flowers / or run naked through the shady street / screaming all the way* ... Sie könnte stundenlang das Haus putzen, die Blumen neu arrangieren und so weiter, aber sie könnte genauso gut nackt und schreiend durch die Straße rennen. Das ist genial. Ich liebe es.«

Sie drehte sich zu Marianne um und sagte:

»Findest du nicht auch?«

»Doch.«

Und während Tatiana den Song mitsummte, legte Marianne die Stirn gegen das Fenster, um eine Weile in die Landschaft hinauszuträumen.

Florence trat aufs Gaspedal und überholte den Lastwagen, der sie schon seit mehreren Kilometern nervte. Sie dachte an ihre Mutter. Der Wahnsinn vererbte sich bekanntermaßen von Generation zu Generation. Florence hatte alles getan, um den Feind hinters Licht zu führen. Sie hatte sich ein Leben aufgebaut, das so strukturiert war wie eine medizinische Dokumentation. Sie freute sich über den Anblick ihres sauberen, wohlgeordneten Hauses, sie liebte den frischen Duft der Wäscheschränke, die funkelnden Waschbecken, die gebügelten Kleidungsstücke. So gelang es ihr am besten, das innere Gleichgewicht zu bewahren. Sie wünschte sich Blumensträuße, die nie welkten, Patienten, die gesund wurden, einen keimfreien Kühlschrank, Ferien, die ein halbes Jahr im Voraus geplant wurden, und ihre Kinder möglichst in Sichtweite. So viel wie möglich fest im Griff haben. Kontrolle über ihr Leben ausüben. Nicht aus der Rolle fallen.

Und jetzt raste sie in Begleitung von Marianne und Tatiana mit hundertvierzig Sachen über die Autobahn und wusste überhaupt nicht, wohin das alles führen sollte. Und sie empfand – es war nicht zu leugnen – eine gewisse Euphorie. Ich bin also doch ein bisschen verrückt, dachte sie, während sie an einem abgetakelten Wohnmobil vorbeizog. Sie, die so großen Wert auf die Familie legte – auf *ihre* Familie –, war dabei, ein gewaltiges Risiko einzugehen, zu allem Überfluss auch noch für eine junge Frau, die sie kaum kannte. Damit Marianne ihr Baby haben konnte. Die alten Risse traten doch immer wieder zutage. Wie geschickt man sie auch übertünchte. Was man auch anstellte, um ihnen zu entfliehen oder sie aus dem Bewusstsein zu verdrängen.

Sie warf einen Blick auf den Tacho und verringerte das Tempo ein wenig, aber nicht zu sehr, denn sie hatte das Gefühl, gerade einen Teil von sich zu befreien, *sich* zu befreien. Von dem übermächtigen Zwang, die Zügel in der Hand zu halten. Sie erinnerte sich an die Allüren ihrer Mutter, an Suzannes Respektlosigkeit und innere Freiheit. Und seufzte. Warum nur hatte die hartnäckige, gierige, unerträgliche Melancholie diese eigenwillige Frau trotzdem bezwungen?

»Können wir mal kurz anhalten?«, fragte sie in die Runde. »Ich muss pinkeln. Ihr nicht?«

»Doch, doch«, erwiderte Tatiana und hörte auf, ihre Katze am Hals zu kraulen. Sie drehte sich zu Marianne um. »Alles klar da hinten? Wir hören gar nichts mehr von dir.«

Nach ein paar Sekunden drehte sie sich schmunzelnd wieder nach vorn und stellte die Musik leiser. Marianne war eingenickt, die Stirn an das kalte Fenster gelehnt.

»Hier ist echt kein Schwein«, stellte Tatiana fest. »Göttlich.«

Sie schlug die Tür zu und lief ein paar Meter über die menschenleere Raststätte, um die Beinmuskeln zu lockern. Ein eisiger Wind schlug ihr ins Gesicht.

»Du hast dir wirklich ein Superwochenende ausgesucht«, rief sie Florence zu. »Was für eine Scheißkälte.«

Nachdem Florence Marianne sanft geweckt hatte, stiegen die beiden ebenfalls aus, bis zur Nasenspitze in ihre Schals gewickelt. Sie liefen gebückt ins warme Tankstellengebäude. Der junge Mann hinter der Theke ignorierte die Ankunft der drei Frauen, seine Aufmerksamkeit war restlos von seinem Handy absorbiert.

»Ich hoffe, Sie haben hier guten Kaffee«, sagte Tatiana, um ihn aus seiner Versunkenheit zu reißen.

Er hob den Blick und sah sie benommen an, dann zeigte er stumm mit dem Kinn auf den Kaffeeautomaten in der Ecke.

»Aber Cappuccino können Sie nicht nehmen«, nuschelte er. »Es ist keine Milch mehr in der Maschine.«

Tatiana zwinkerte ihm zu und hob den Daumen, ließ drei Espressi in kleine Becher laufen, und die drei Frauen setzten sich mit ihren dampfenden Getränken an die Theke an der Fensterfront. Der eisige Wind wirbelte schmutzige Papierfetzen und welkes Laub über den Asphalt. Die Tanksäulen sahen alles andere als funktionstüchtig aus. Die ganze Tankstelle wirkte, als wäre sie geschlossen.

»Du weißt, dass ich nicht mehr im Haus war, seit ich im Garten die Asche von Yves-Claude verstreut habe«, sagte Tatiana nachdenklich. »Es ist schon ein komisches Gefühl für mich, jetzt wieder hinzufahren.«

»Aber gut, dass du nicht allein bist«, erwiderte Florence und legte ihr die Hand aufs Knie.

Tatiana schnipste mit dem Finger gegen ihr Zuckerbeutelchen, schüttete sich ein paar Körner auf die Zunge und ließ sie dort schmelzen.

»Ja«, sagte sie, »es ist gut, dass ihr dabei seid.«

Am Nachmittag erreichten sie Perros-Guirec. Tatianas Elternhaus schien sie zu erwarten. Als Florence den Motor ausstellte, hörte man noch eine Weile ein leises Klicken, dann war alles still. Nur ihr warmer Atem erfüllte das Innere des Wagens. Tatiana öffnete die Beifahrertür und setzte Stromae auf die Erde, die sofort Reißaus nahm.

»Hallo allerseits«, rief Tatiana ins Grundstück hinein und ging auf den alten Pflaumenbaum zu, der ganz hinten im Garten stand.

Sie atmete den trockenen Duft des Winters ein. Es roch nach verbranntem Holz und getrocknetem Seegras. Das Meer hatte sich, weil Ebbe herrschte, weit nach draußen verzogen. Tatiana legte die Hand an den Baumstamm und verharrte eine Weile in dieser Haltung, in Gedanken versunken. Während sie am Baum stand, stakste Stromae hochbeinig durch den Garten, hin und her, von einer Seite zur anderen, und erkundete aufgedreht und konfus jeden Winkel. Tatiana zündete sich eine Zigarette an und rief nach ihr.

»Kommst du, Stromae? Ich möchte dir etwas zeigen.«

Sie beugte sich vor und wischte den Stein ab, den sie als Markierung auf die Erde gelegt hatte.

Am Abend gönnten sie sich ein Festmahl aus Hummern und Riesengarnelen. Tatiana hatte sie bei einem Freund aus der Nachbarschaft, der gelegentlich mit dem Boot hinausfuhr, fangfrisch gekauft.

»Die Hummer lege ich immer erst in die Gefriertruhe, weil sie dann vor dem Garen betäubt sind«, erklärte Tatiana. »Sonst halte ich das nicht aus.«

Sie nahm die Sektflasche, die sie ins Eisfach gelegt hatte, heraus und schob die Hummer an ihre Stelle.

»Wie wär's, Flo? Anästhesie durch Kälte, ist das nicht eine gute Idee?«

Ohne auf Florence' Antwort zu warten, ließ sie den Korken knallen und füllte drei Sektkelche bis an den Rand.

»Heben wir die Gläser, Mädels. Ich bin schon ganz ausgedörrt.«

»Auf Virgile, auf uns.«

Tatiana legte ein paar Holzscheite und Zeitungspapier in den Kamin, zündete die kleine Pyramide an, und sie setzten sich mit ihren Sektgläsern vor das Feuer. Keiner der Frauen war nach Reden zumute. Sie begnügten sich damit, auf die knackenden Holzscheite zu starren, die sich in der Hitze krümmten, bis immer größere Flammen von ihnen hochschlugen.

Nach dem Essen gingen sie, in Mäntel und breite Schals gehüllt, in den Garten und legten sich auf die klapprigen Liegestühle. Der klare Himmel war von Sternen übersät. Die goldfarbene Rumflasche leerte sich zügig, schließlich musste man die Körpertemperatur auf einem anständigen Niveau halten. Tatiana suchte erst den Großen Bären, dann Kassiopeia, dann Orion, aber sie konnte partout nichts erkennen.

»Ich glaub, ich hab einen im Tee, Mädels«, erklärte sie irgendwann, »ich geh schlafen.«

Florence stand zur Verabschiedung auf, *gute Nacht, meine Süße, schlaf gut,* und setzte sich gleich wieder neben Marianne. Deren Nervosität war für alle spürbar, auch wenn sie keinen Ton sagte.

Florence sah sie mitfühlend an. »Es wird alles gut gehen. Du muss dir wirklich keine Sorgen machen.«

Marianne schniefte leise und fuhr sich mit dem Handrücken über die Nase. Florence drückte sie an sich. Strich ihr behutsam über die Wange. Legte ihr die Lippen auf die Stirn. Nahm einen Geruch wahr, der aus Rum und zart duftender Haut, rauchigem Holzfeuer und einem Potpourri von Gefühlen bestand. Trotz der klirrenden Kälte blieben sie noch eine Weile aneinandergelehnt. Die Zeit verstrich fast unmerklich, nahezu geräuschlos. Nur die kleinen Nachttiere raschelten im Gebüsch, und in der Ferne rauschte die Brandung. Sie sahen Sternschnuppen, die im Bogen über den Himmel flitzten und eine kurz aufglühende Spur hinterließen, und jedes Mal wünschten sie sich insgeheim dasselbe. Virgile war allgegenwärtig. In jedem Fleckchen Himmel, jedem funkelnden Stern, jedem Windhauch, jedem Mondstrahl.

Marianne ist in der Morgendämmerung aufgewacht, zu einer Zeit, in der alle Formen noch grau und diffus sind. Sie hat unruhig geschlafen, so allein zwischen den kalten, feuchten Bettlaken, und ist in der Nacht häufig aufgewacht. Mal knarrte ein Fensterladen, dann wieder fuhr ein Windstoß unter dem Fensterrahmen herein, das alte Haus riecht ungewohnt, und die Stille draußen ist geradezu ohrenbetäubend. Der Raureif hat zarte Ornamente ans Fenster gemalt. Marianne hört, wie die ersten Vögel zum Vogelhäuschen hopsen, mit dem Schnabel ein paarmal gegen das Metallgehäuse hacken und mit kurzen, trockenen Flügelschlägen davonfliegen. Die Landschaft vor dem Fenster liegt, vom Morgennebel verhüllt, wie erstarrt in der Kälte. Hier und da hängen Wolken über ihr, weiße bauschige Kumuluswolken, die an Schlagsahnetupfen erinnern.

Florence werkelt in der Küche, wo sie das Frühstück zubereitet – gebratenen Speck, Rühreier, Toast mit Butter. Sie stellt die Kaffeekanne auf den Tisch und lächelt, als Marianne in der Tür erscheint.

»Nicht allzu schlecht geschlafen?«, fragt sie. »Hier, nimm dir. Der Kaffee ist heiß.«

Marianne setzt sich an den großen Küchentisch und gießt sich eine Tasse ein. Beim ersten Schluck verbrennt sie sich die Zungenspitze.

»Ist Tatiana nicht da?«, fragt sie, als Florence ihr einen Teller mit Eiern und Speck reicht.

»Sie ist beim Nachbarn, im Hof nebenan. Da wird gerade ein Kälbchen geboren, und sie macht sich nützlich.«

Marianne führt konzentriert die Kaffeetasse an die Lippen, und Florence ist beeindruckt von der Anmut, die die junge Frau ausstrahlt, von ihrem leuchtenden Blick, ihren Sommersprossen, die wie winzige Farbspritzer die Haut tüpfeln, von ihren johannisbeerroten Lippen, die sie durch ein transparentes Lipgloss vor der Kälte schützt. Um den Hals trägt sie ein antikes Oval aus vergoldetem Silber, das am Rand mit kleinen Rubinen besetzt ist und ihr ein zeitloses Flair verleiht.

Etwas später, die Sonne ist inzwischen aufgegangen, fragt Florence Marianne, ob sie bereit sei. Im Kamin glimmt noch ein Rest Glut. Ja. Alles gut. Sie können anfangen.

Florence desinfiziert sich die Hände, holt das Röhrchen aus dem Gefrierfach und zieht den weichen Katheter aus seiner sterilen Verpackung. Marianne hat sich auf das alte Sofa im Wohnzimmer gelegt und denkt an all jene Menschen, die vor ihr schon darauf lagen, um vor sich hin zu träumen, die Welt neu zu erfinden oder ein Nickerchen zu machen. Sie denkt an die Kinder, die auf ihm herumgehüpft sind, bis die Federn brachen. Sie denkt natürlich auch an Virgile. An Virgile und daran, dass sie sich darauf vorbereitet, etwas anderes von ihm in sich zu tragen als den Tod und die Erinnerungen. Darum schließt sie die Augen, atmet tief ein und schickt ein Stoßgebet zu allen Göttinnen und Magiern dieser Erde, dass es klappen möge.

In diesem Moment legt Florence eine Hand auf ihren Bauch. Sie führt vorsichtig den Katheter ein. Dann bestätigt sie: »So, das war's. Es ist getan.«

Im Bauernhof nebenan hat Joseph, der alte Bauer mit den schwieligen Händen, ein Seil und einen großen Kanister Olivenöl in den Stall geschleppt. Die mahagonifarbene Kuh, sechshundertfünfundzwanzig Kilo schwer und von Schmerzen geplagt, atmet stoßweise. Es geht nicht voran. Das kleine Kalb hat sich im Geburtskanal verkeilt. Man sieht die zierlichen Hufe, die aus der Vulva herausragen, aber nun bleiben sie so stecken, übereinandergelegt wie Blumen in einem Gebinde, und rühren sich nicht mehr. Joseph reibt sich den Unterarm mit Olivenöl ein und schiebt die Hand in die Vulva. Er tastet umher und versucht, das Ungeborene zu verschieben, aber da es sich trotzdem nicht bewegt, bindet er am Ende ein Seil um die Beine des Kälbchens und zieht. Zuerst vorsichtig, dann immer fester. Mit schweißtriefender Stirn dreht er sich zu Tatiana um und poltert, *hilf mir mal, Titou, ich schaff's nicht*, und nun ziehen sie mit aller Kraft zu zweit. Nach mehreren Versuchen gelingt es ihnen, das Kälbchen zu befreien, und Joseph zieht es zwei, drei Meter von seiner Mutter weg. Dann gießt er ihm einen Eimer Wasser über den Kopf. Das ganz zerknautschte, patschnasse Kälbchen zuckt zusammen. Joseph kitzelt es mit einem Strohhalm an der Schnauze und das Tier bewegt das Maul. Erst zögert es noch ein bisschen, dann nimmt es den Halm zwischen die Zähne und kaut emsig. Seine Ohren sind eiskalt.

Marianne ist auf dem Sofa eingeschlafen. Florence hat ihre Beine angehoben und sie mit einem Fleece-Plaid zugedeckt. Ein paarmal gibt Marianne im Schlaf ein verhaltenes Lachen von sich und murmelt Satzfetzen, die keinen Sinn ergeben.

Florence hat neue Holzscheite in den Kamin gelegt und mit Äpfeln aus dem Garten einen Kuchen gebacken. Der Duft von geschmolzener Butter und Zimt zieht appetitlich durch das Haus. Während der Kuchen im Ofen ist, spült sie die Küchengeräte, trocknet sie sorgfältig ab und legt alles wieder an seinen Platz.

Irgendwann steht Tatiana auf der Schwelle und streift energisch die Stiefel auf der Fußmatte ab. Sie wirkt erschöpft, aber sie lächelt. In ihrem Haar hängt noch ein Rest Stroh. Sie küsst Florence auf die Wange und zündet sich eine Zigarette an.

»Wie sieht's aus? Alles erledigt?«

Florence nickt.

»Und du hast sogar noch einen Kuchen gebacken?« Lachend gibt Tatiana ihrer Freundin einen Kuss auf die andere Wange. »Unsere Übermutter!«

Als Marianne die Augen aufschlägt, weiß sie für ein paar Sekunden nicht, wo sie ist. Ihr Blick bleibt an einem Riss an der Decke hängen. Schweift hinunter zum Couchtisch. Dann zu den Holzscheiten im Kamin. Mit der Zeit werden die Stimmen von Florence und Tatiana deutlicher und nehmen Gestalt an.

»Na, aufgewacht, Marianne?«, fragt Tatiana und setzt sich zu ihr auf die Sofalehne. »Willst du nicht ein bisschen Meeresluft schnuppern? Wir sind schließlich nicht zum Faulenzen hier!«

Marianne richtet sich schlaftrunken auf, während Tatiana drei Paar Stiefel, Regenmäntel und Eimer aus dem Schrank holt.

»Auf geht's, Mädels, wir gehen Herzmuscheln suchen«, sagt sie. Und zu Florence: »Ich habe schon dreimal die überregionale Meisterschaft im Muschelsammeln gewonnen, hast du das gewusst?«

Bei Ebbe scheint sich der leere Strand ins Unendliche auszudehnen. Tatiana geht voran, bewaffnet mit ihrem großen Eimer und dem Wunsch, die Beste zu sein. Sie kämpft sogar dann, wenn weit und breit kein Feind in Sicht ist. Ein Sieg muss her, alles andere interessiert sie nicht.

Florence geht schweigend, mit ruhigen Schritten, so dicht neben Marianne her, dass sich ihre Schultern fast berühren.

Das Winterlicht ist sanft und blass, der Himmel taubenblau. Der Wind hat aufgefrischt. Er wirbelt die Haare durcheinander und trocknet die Lippen aus. Durch die Kälte beginnt sich Mariannes heller Teint zu röten. Sie hören das Knacken der Herz- und Messermuschelschalen, die unter den Sohlen ihrer Gummistiefel zerbrechen, und hier und da liegen über den Strand verstreut kleine Gischtfetzen, die der Wind umhertreibt, bis sie als dicke Schaumflocken auf dem Sand zur Ruhe kommen. Florence und Marianne unterhalten sich nicht. Sie atmen die Meeresluft ein. Betrachten die Möwen, die sich zanken oder in den Wasserpfützen planschen.

»Alles in Ordnung?«, fragt Florence leise.

Marianne nickt und deutet ein Lächeln an. Florence versteht, dass sie auf sich aufpasst, keine abrupten Bewegungen, keine Anstrengung riskieren will.

»Warte hier auf uns, wenn du willst, wir holen dich auf dem Rückweg ab.«

»Einverstanden«, sagt Marianne und setzt sich im Schneidersitz auf den feuchten Sand.

Florence geht ein paar Schritte, dann dreht sie sich noch einmal um und winkt ihr zu. Marianne lächelt zurück. Der kalte Wind jagt ihr einen Schauer über den Rücken. Sie zieht den Schal enger um den Körper und blickt lange hinaus aufs Meer. Ihr Haar weht ihr ins Gesicht, manchmal sogar zwischen die Zähne. Sie streicht sich ein paar Strähnen hinters Ohr und fängt an, mit dem Zeigefinger Bilder in den Sand zu zeichnen.

Marianne denkt an Alice, die es gleich gewusst hatte, als sie mit ihrer Tochter schwanger war. Das zumindest besagt die Familienlegende. Sie hatte von Marianne immer beim Vornamen genannt werden wollen, niemals Mama. Das war wohl eine Folge ihrer Achtundsechzigervergangenheit: gleiche Behandlung der Generationen, Abschaffung überkommener Autoritäten. Marianne hatte es nie ganz verstanden, aber sich mit den Jahren notgedrungen daran gewöhnt.

Am hinteren Ende des Strandabschnitts legt Tatiana eine Herzmuschel nach der anderen in ihren Eimer. Außerdem entdeckt sie kleine Löcher im Boden; sie deuten auf die Anwesenheit von Messermuscheln hin, die sich im Sand eingegraben haben. Sie beugt sich vor, steckt die Hand in die Tasche ihrer Regenjacke und streut ein Häufchen grobes Salz auf die Löcher. Bei dieser Technik dauert es nur wenige Sekunden, bis die Muschel sich langsam, aber sicher aus dem Sand schiebt, und Tatiana ruft begeistert:

»Genial! Die reinste Magie!«

Sie packt die Muschel, wirft sie in ihren Eimer und schreit ihren Begleiterinnen zu:

»Es sind genug! Mit Knoblauch in der Pfanne gebraten wird das gigantisch!«

Marianne hat einen nassen Hintern. Ihr wird allmählich kalt. Sie steht auf und schlendert langsam über den Strand. Hier und da hebt sie Muscheln auf, die noch einigermaßen heil sind, und macht sich einen Spaß daraus, auf leere Messermuschelschalen zu treten. Ihr gefällt das knirschende Geräusch unter ihren Füßen. Sie bückt sich, um eine kleine Krabbe aufzuheben, die sie ein Weilchen über die Hand kriechen lässt und dann wieder auf dem Sand absetzt, wo das Tierchen schleunigst das Weite sucht. Ihm fehlt ein Bein, aber das hindert es nicht daran, zielsicher seinen Weg fortzusetzen.

Das Meer steigt. Tatiana schreit noch einmal, ihr Eimer sei fast voll, und wenn die Mädels mehr sammeln wollten als sie, müssten sie einen Zahn zulegen. Florence reagiert mit leisem Spott: *Das lohnt sich nicht, du bist einfach unschlagbar, mein Herzblatt*, und hebt eine zerdrückte Plastikflasche und eine alte, zerfetzte Sandale auf. Ein paar Meter weiter hat eine Möwe eine Supermarkttüte gefunden und hackt gereizt auf sie ein.

»Fertig!«, schreit Tatiana und hebt ihren Eimer in die Höhe. »Fertig!«

Florence applaudiert ihr gut gelaunt und joggt auf sie zu. Aus vollem Herzen lachend, improvisieren die beiden Freundinnen ein Tänzchen, das wegen der Gummistiefel ein bisschen tollpatschig aussieht. Über ihnen kreisen die aufgeregten Möwen mit heiserem Gekreisch.

Als Marianne die Freundinnen von weitem tanzen sieht, geht ein Strahlen über ihr Gesicht. Sie hat immer noch ihr hübsches Lächeln, ihre glänzenden Augen, das Herz am rechten Fleck. Sie steckt ein paar Muscheln in die Tasche und blickt weit hinaus aufs Meer. In diesem Augenblick ist der Horizont vollkommen wolkenlos und frei.

Dank

Ein ganz besonderer Dank gebührt Constance Trepenard für ihr Vertrauen und ihren unbezahlbaren Enthusiasmus.

Ebenso danke ich Maylis de Kerangal für ihre Ratschläge beim Verfassen dieses Romans und Laurence Tardieu für ihre informierte Lektüre.